THE LAST ACT

最 后 一 幕

[美] 布拉德·帕克斯 著

蒋小虎 译

BRAD PARKS

北京联合出版公司
Beijing United Publishing Co.,Ltd.

图书在版编目（ＣＩＰ）数据

最后一幕 /（美）布拉德·帕克斯著；蒋小虎译
. -- 北京：北京联合出版公司，2023.11

ISBN 978-7-5596-7059-5

Ⅰ.①最… Ⅱ.①布… ②蒋… Ⅲ.①长篇小说—美
国—现代 Ⅳ.① I712.45

中国国家版本馆 CIP 数据核字 (2023) 第 159680 号

北京市版权局著作权合同登记 图字：01-2023-1447

最后一幕

作 者：［美］布拉德·帕克斯
译 者：蒋小虎
出 品 人：赵红仕
责任编辑：夏应鹏
封面设计：吴黛君

北京联合出版公司出版

（北京市西城区德外大街83号楼9层 100088 ）

北京新华先锋出版科技有限公司发行

涿州汇美亿浓印刷有限公司印刷 新华书店经销

字数289千字 620毫米×889毫米 1/16 20印张

2023年11月第1版 2023年11月第1次印刷

ISBN 978-7-5596-7059-5

定价：59.00元

谨以此书，献给我在《明星纪事报》（*The Star-Ledger*）和《华盛顿邮报》（*The Washington Post*）的前同事，是他们使我成为一名作家；也献给世界各地勇于挖掘并公布真相的记者。

序

这是一本小说。

但是……

本书的灵感大致基于美联银行（Wachovia Bank）的真实案件。从 2004 年至 2007 年，该银行未能及时管控洗钱行为，导致其与墨西哥多家货币兑换机构的转账金额至少高达 3780 亿美元。换言之，美联银行实则在墨西哥贩毒集团与美国银行体系之间，搭建起了一个后来被联邦政府称为"自由渠道"的通道。由于这项服务，美联银行收取了 10 多亿美元的手续费。该事件之后，它被富国银行（Wells Fargo）收购。

目前依然无法得知这些货币兑换机构的钱，哪部分是合法的，哪部分是贩毒所得的非法收益。锡那罗亚（Sinaloa）贩毒集团购买了一架 DC-9 型飞机，该飞机在墨西哥被截获，飞机上装有可卡因。美国缉毒局[1] 在调查该案件时，发现了银行牵扯其中的证据。最后，为了应付联邦调查，美联银行支付了 1.6 亿美元，这成为截至当时美国根据《银行保密法》（*Bank Secrecy Act*）向银行开出的最高罚

---

[1] US Drug Enforcement Administration，简称 DEA。

款金额。

　　与罚款金额同样触目惊心的是，该事件仅仅是美联银行兑换业务的冰山一角。这里有一个更大的社会背景——美国早在20世纪70年代，就打响了所谓的反毒战。因为这场反毒战，一个以自由和民主为建国之本的国家，如今被关押的公民人数，远超俄罗斯与中国被关押人数的总和。美国这些关押者中，绝大多数是情节轻微的街头混混，他们的罪行所涉及的金额与美联银行案件相比，完全不值一提。

　　但是，美联银行的高层没有受到任何犯罪指控，没在监狱待过一天。

　　这就是为什么说本书是一部虚构的小说。

　　否则，谁能相信如此荒诞的事？

目 录

必须找到我的天空一角。

——《彼平正传》

第一章

夜幕初降，他们站在他面前，距离他的汽车保险杠大约三十英尺[1]。

科瑞斯·兰哲迪格是一位丈夫，也是一位父亲，他和蔼可亲，一头红发。他刚刚参加了学校委员会的会议，此刻正走在一条偏僻的小路上，他的车就停在那儿。此刻，他满脑子想着赶紧回家陪伴家人，全然没有留意到那两个男子，直至他们在狭窄的人行横道上将他围住。

一人在前，一人在后。

兰哲迪格立刻认出了他们。他们是贩毒集团的人。当兰哲迪格停下脚步时，乐福鞋在西弗吉尼亚州细碎的沙粒上打滑。他的上嘴唇覆盖着一层薄薄的汗水。

"再次向你问好。"其中一个说道。是前面那个，拿着枪。

"你们想干什么？"兰哲迪格问道，汗水从他眉梢上涌出来，"我已经拒绝过你们了。"

---

[1] 英美制长度单位。1 英尺等于 12 英寸，合 0.3048 米。

"没错。"另一个从他身后步步紧逼。

兰哲迪格已经做好了准备。他个头儿大，体格健壮，但性情温和。他惊恐万分。

一人在前，一人在后。

右边是栅栏，左边是一辆卡车，所有的方向都被堵上了，这让兰哲迪格感觉自己的汽车远得如同俄亥俄州。如果他的腿可以站直，可以把手臂伸直，可以多吸几口气……

就在这时，一股电流穿透了兰哲迪格。两万伏电流从一支小型警用泰瑟枪中流出，差点儿没把他的脑子电成浆。他跌在地上，身体缩成一团。

旁边一辆小型货车打开门，又出来两个男人。他们都是墨西哥人，体格如同摔跤手。他们重心向下、手脚敏捷地抬起孤立无援的兰哲迪格，并扔到了卡车后面。卡车开动了，"摔跤手们"蒙上兰哲迪格的眼睛，捆住他的手脚，在他嘴里塞了一块洗碗布，为了防止掉落，又用另一条毛巾捆住。整个过程无比顺畅，显然是老手。

兰哲迪格现在能指望的，就是有人目击了整个事情，或者有人意识到美国西弗吉尼亚州北区副检察长被人强行带走了。他渴望听到警车鸣笛的声音，或者直升机盘旋的轰鸣声，或者其他一些能够让他觉得绑匪未能逃脱的声音，以便让自己心安。

但是，这是一个炎夏之夜。这样的夜晚，西弗吉尼亚州马丁斯堡市（Martinsburg）相当平静，居民们都待在屋里吹着空调。轮胎行驶在柏油路上的呜呜声，空气在铁制车身四周呼啸而过的声音，以及发动机的运转声，让兰哲迪格越发感觉获救的希望渺茫。

他们已经行驶了二十五分钟。

绳索陷进了兰哲迪格的皮肤，眼罩压迫着他的双眼，洗碗布的一角钻进了他的喉咙，弄得他直想吐，但他强迫自己别吐。他已然不能用嘴呼吸，如果呕吐物堵住了鼻子，他就会窒息而亡。他躺在卡车里，卡车每一次因刹车而出现的颠簸晃动，他都感知得真真切切。他能猜到要去哪儿，但也就是个大概——首先是市内街道，然后是高速路，接着是乡间小道。

很快，汽车颠簸得更猛烈了。行驶在柏油马路上时相对安静，如今却能听到轮胎碾压小碎石发出的嘈杂声，飞起的石头在车子下面乒乓作响。接下来是泥土路，比石头路和柏油路更加颠簸，但周围却更安静，最大的声响，也就是汽车底盘偶尔与杂草摩擦发出的声音。

终于，他们停下来了。

车门猛地打开，兰哲迪格闻到了松树的气味。"摔跤手们"再次架起他。此时的兰哲迪格已经不再感到四肢无力，他来回扭动着身体，透过塞嘴布号叫着，像一只受伤的动物。

但是，作用不大。

"你想再被电一次吗，伙计？"其中一人用带着西班牙口音的英语问他。

兰哲迪格放弃了。

他们抬着他走了大约二十英尺，然后上了几级台阶。

兰哲迪格如今在一间屋子里。松树的香气消失了，取而代之的是一股霉味和铁具的气味。他被松绑了，可是很快又被绑上了，这次是被绑在一张椅子上。

他们解开了他的眼罩。贩毒集团的头目坐在他面前，手中握着一把匕首。

接着，塞嘴布也被取走了。

"等等，等等，"兰哲迪格嘴一被松开就忙不迭地说，"我改变主意了，我依你们的意思办，我做……"

"抱歉，"这个男人说，"太迟了。"

第二章

去剧院的那天，我在路上对自己说：这事只能这么着了。

演出开始之前，舞台下传来一阵座椅起落的响动。那是我最后一次冲进灯光里，迷失在一个角色中。那是我为观众带去的最后一场表演。

我从七岁开始表演。无论是在金碧辉煌的剧院，还是在狭窄局促的剧院，我都演出过。一场又一场精彩的演出——准确来说，是一场又一场精妙绝伦的演出——胜过了99%自认为演技高超者的表演，也超出了那些来自新泽西州哈肯萨克市的发育不良、相貌平平、中低阶级的孩子们最大胆的期待。

人生如戏，一切终将落幕，甚至很多时候，在演员们期望落幕之前，就已经悄然结束。这是亘古不变的真理。虽然我早熟，但体形小，少年时期，我可以饰演儿童角色，刚成年时，我可以饰演少年角色。曾因此获得过荣耀。可惜现在，我却只是一个令世人感慨的故事——那个曾经的百老汇童星最后还是长大了。

二十七岁那年，我因为年纪太大，而且胸部太宽，发际线也开始倒退，不再适合扮演儿童角色；又因为太年轻，也不适合扮演绝大多数其他角色，更因为个头儿太矮，无法担任男主角。我不得不痛苦地承认，自己的天赋已经枯竭。虽说做一个尽心尽力唱歌的小配角也不差，但终究不如天赋异禀，例如曼迪·帕廷金[1]的音域、小莱斯利·奥多姆[2]的吹笛技艺，以及本·沃伦[3]的踢踏功夫。唯有天赋异禀，才能让我在百老汇剧场区的不夜街永葆一席之地。

其他的职场现实情况接踵而至。我那位充满传奇色彩的经纪人艾尔·马特洛维茨于去年春天去世了。他的葬礼结束一周后，经纪公司就以我近来演出收入微薄、前景黯淡为由把我开除了。经过四处打听，我意识到没有哪家顶级经纪公司愿意签我。我不得不参加万人挤独木桥式的试镜，这个过程残酷而无意义。所有迹象似乎都在逼迫我放弃自己的事业。

我最喜欢的一首百老汇歌曲是音乐剧《彼平正传》的《天空一角》（ Corner of the Sky ）。剧里的主角是一位年轻的王子，他哀叹道："我为何

---

[1] 出生于1952年，美国男高音演唱家及演员。

[2] 出生于1981年，美国男歌手及演员。

[3] 出生于1946年，美国男演唱家、舞蹈家及演员。

觉得无论在哪里都格格不入？"我多次扮演过这个角色——彼平的个头儿矮。可是我那时对他的焦虑却从未感同身受。

曾经，我的天空一角在舞台的聚光灯之下；如今，我不确定自己是否还能留在那里。

从严格意义上来说，截至目前，我为求职做的唯一努力，是给一位曾经的表演同行发去一封求职信。他如今在阿肯色州开了一家非营利剧院，正在招募一位副主管。我知道，很快，我就要停下回望演出生涯破碎残梦的脚步，转而迈入其他行业。

我的未婚妻阿曼达是一位画艺高超的画家。她一门心思想要在范布伦画廊办一场画展。没错，就是那家大名鼎鼎的范布伦画廊。

我们两人之中必须有一个人工作，这样才能有稳定的收入和医保。阿曼达必须全力以赴保持效率，她分身乏术。所以，这个责任落在了我的肩上。我当年在收入颇丰的时候弄了个大学文凭，如今指着它来挣钱了。

这事只能这么着了。

最后的落幕。

最后的一幕。

由于历史和现实的原因，摩根索剧院当季的最后一场演出安排在劳动节这一周的周日下午。坐落于卡茨基尔的这家夏季固定剧院之所以能存活四分之一个世纪，主要是因为人们的怀旧之情。剧院里有个"演员公平工会"，由两位成员组成，我就是其中之一。摩根索在宣传广告语中高调宣布：一同演出的还有托米·詹普！

上了年纪的观众或许还记得，在百老汇重新将《悲惨世界》搬上舞台时，托米·詹普曾饰演了加夫罗契这个儿童角色。又或许，他们记得他因出演《切罗基族紫色番茄》（*Cherokee Purples*）中那位口齿伶俐的杰克逊而被提名托尼奖（Tony Award）[1]——这部剧在金融危机时期上

---

[1] 美国戏剧协会于 1947 年创立的奖项，主要表彰美国年度优秀的话剧和音乐剧。

演，可以说生不逢时，尽管口碑极佳，但演出时间短暂，毕竟在那个时期，几乎没有人愿意去看一部讲述一家人如何逃离恶性竞争、去种植和贩卖祖传有机番茄的剧。

随你怎么笑话吧。要知道，过去十年里最受热捧的一部音乐剧，讲的是美国第一财政部长的故事。

想来真是讽刺，我的绝唱是在摩根索剧院演出的《我，堂吉诃德》（*Man of La Mancha*），但我演的不是堂吉诃德。这未免太伤人了！我演的是堂吉诃德的仆人桑科·潘萨，因为我是个矮家伙，总是只能演桑科。话虽如此，我还是一直在与假想敌做斗争。

序曲才刚刚响起，似乎只是一眨眼的工夫，整个演出就落幕了。于我而言，舞台上的时间总是飞快流逝。然后我就得脱下戏服，抹去妆容，与那些今后也许再不会相遇的临时朋友告别。还没来得及缓缓神，急于收拾场地的舞台经理就把我们轰了出去。

是时候面对接下来的人生了。

午后，我从剧院后门出来，迎面扑来的恶臭空气如同狗的呼吸。这是来自闷热夏季的最后一阵炙热气流。

就在这时，我听见一个男人喊道："嗨，托米！"

我以为是有人想让我在海报上签名，于是一边眯眼躲避夕阳的刺眼强光，一边朝声源处转过身去。透过眼缝往外看，我感觉好像认识他，但是很久没见了，更没想到会在摩根索剧院外看见他对我咧着嘴笑。

"丹尼？"我问道，"丹尼·瑞茨，是你吗？见鬼了，'危险人物丹尼'！"

这是他以前的绰号。明显是玩笑话。

他哈哈大笑："很久没人这么叫我了。我猜已经没人喊你'穷弹'了吧？"

这是他给我起的昵称，当然也是胡诌的。我俩以前同在小个子联盟队，演出闲暇时，我们常在一起玩球。那时候我的球技可以说是"百老汇之星"，我恐怕从未将球带出过内场。

"是的。"我笃定地回答，"完全没有。"

"那谁知道呢，但也许他们应该这么叫你。"丹尼一边说，一边摇晃我的手，还掐我的肱二头肌，"你的肌肉更发达了。小托米·詹普都做了些什么？"

我回答道："他找了一家举重馆。"

"老天，你最近都在做什么魔鬼训练，胸肌练得这么硬？"

"我不想练得太大。没人愿意雇用一个手臂粗到放不下来的演员。"

"不论如何，你看起来很好。"

"谢谢，你也是。"我回答道。

"说真的！我们多久没见面了？"

"没记错的话，九年了。"

那时我们刚高中毕业，而此刻，光是他站在我面前就让我大吃一惊了，我甚至没来得及细想他怎么会突发奇想穿件西装，毕竟是周日，而且气温至少有 90 华氏度[1]。

旁边有个男人在徘徊，衣着和丹尼相似。

"没错，没错。"我说道，"上帝啊，我简直不敢相信。'危险人物丹尼'，这些年你都在干什么？"

"我在联邦调查局（FBI）工作。"

他说得云淡风轻。我听后不由得大笑起来，我所认识的丹尼·瑞茨是一个拖沓鬼，从不按时完成家庭作业，他与我想象中 FBI 特工的样子相差了至少有三个街区那么远。

紧接着，他娴熟地从屁兜里掏出一个钱夹子，里面装着一枚金色徽章。我意识到他不是在说笑。

我问道："等等，你是认真的？"

"人总该有长进吧。"他微微耸耸肩，把徽章塞回口袋，"我现在是丹尼·瑞茨特工；这位是瑞克·吉尔马丁特工。"

---

[1] 约 32 摄氏度。

那个男人点头示意。他比丹尼高，身高超过六英尺，有一双蓝色的眼睛。他看起来沉默寡言、不易接近，仿佛我做了什么错事，但法律禁止他向我解释。这气质让他极为适合联邦政府类的工作。他的右手紧握着一个金属公文包。

"喝杯咖啡吗？"丹尼问道，"我们有些事想和你说。"

这一刻，我感到紧张。眼前的丹尼·瑞茨已经不再是我的老同学，也不是偶然碰到后想一起聊天儿的老友，而是美国政府首要执法机构的代表。

"什么事？"我用颤抖的声音问道。

"我们去喝杯咖啡吧。街头有家小饭馆。"

丹尼一直面带微笑，说话的口吻坦然而友好。

而他的搭档却一言不发。

我知道那家饭馆，因为那是镇上最廉价的地方。

去往饭馆的路上，丹尼跟我说了他高中毕业后的经历。他一毕业就参了军——我依稀记得这事。在军队里，他很快改掉了拖沓的陋习。后来得益于《军人安置法案》(*GI Bill*)，他到约翰杰刑事司法学院就读。进入高年级后，因为成绩名列前茅，很快就被联邦调查局招募，如今在名气极高的洗钱调查部门就职。

我三心二意地听着，心里七上八下，试图弄明白自己是不是违反了哪条联邦法。难道我不经意间洗了钱？但是究竟什么是洗钱？

丹尼喋喋不休，好像此时此刻，我们是同学重聚侃大山。不过我猜测这也许是联邦调查局的作风——引诱你，让你放松，然后收网。

我们到达小饭馆时，客人很少。剧院里的观众大都去了其他地方——那些纸质餐具垫上不会印着加油兑换券的地方——享受晚餐。女招待示意我们随便挑地方坐。丹尼选了一个角落的隔间，和其他顾客隔了好几张桌子。

坐定后，我问道："如果我没算错，你在联邦调查局已经工作三年了？"

"是啊，三年了，真是难以置信，不过也还算顺利。你这些年一直在演出？"

我脱口而出："我正想找个严格意义上的工作。"

丹尼又微笑道："正好，正好，我们想和你说的就是这事。"

我没想到竟然从一位联邦调查局特工的嘴里说出这样的话。

"我们有个演出的工作给你。"

"演出的工作？"我重复道，"所以我并没有犯罪？"

丹尼笑了。吉尔马丁没反应。

丹尼说道："是的，你没有。我们是想雇用你。"

"我不太明白。"

丹尼说道："首先，我们要保密。如果你选择做这份工作，我们会和你签一份保密协议。但是现在，口头协议就够了。可以吗？你能保证不向任何人提起我们的谈话吗？"

"哦，是的，当然。"

他挨得更近了。"好，很好。显而易见，我们不会为这事大张旗鼓地广而告之，不过，联邦调查局时常会雇用一些演员。我们的特工一旦暴露身份，就不能继续潜伏了。因此，我们有时需要……一些演技超过普通联邦调查局特工的人。"

"是什么角色？"我询问道，疑心这会不会是一个精心策划的恶作剧。

丹尼向后一坐，朝吉尔马丁点点头。吉尔马丁打开公文包，从里面取出一张照片。照片上是一个中年白人男子：棕色的头发微秃，蓄着精心修剪的山羊胡；脸很肥，但是面无血色；眼睛下面吊着黝黑的眼袋。我一眼就能看出这是一个悲情角色。

瑞克·吉尔马丁特工清清嗓子，第一次开口说话。

"他叫米歇尔·杜普瑞，联合南部银行的前执行官。"他有最常见的美国口音，语气平静漠然得如同一位电视新闻播音员，"这家银行是全美仅次于花旗银行的第五大银行。杜瑞普所在部门负责与拉丁美洲地区的国际交易。对于他的朋友、邻居甚至家人而言，他看起来平凡无奇；但是他实际上有双重身份——他同时还为新一代的科利马[1]贩毒集团效力。"

丹尼解释道："新科利马是墨西哥最新的一个毒瘤。我俩还在参加高年级毕业舞会的那个年代，这个集团就已经从锡那罗亚贩毒集团分裂出来了。他们第一次出名，是因为杀死了三十八名哲塔斯贩毒集团成员。在一个交通高峰时段，他们将分解后的尸体丢在一条墨西哥公路上，那条路就像美国 I-10 州际公路一样。你觉得这群家伙嚣张？那是因为你压根儿不知道什么是嚣张。

"从本质上说，新科利马在墨西哥的势力就如同 ISIS[2] 在中东一样。美国政府费了九牛二虎之力想要瓦解锡那罗亚集团，逮捕大毒枭艾尔·查博[3]，没想到却制造了一个权力真空期，让新科利马捡了个便宜趁势崛起。"

吉尔马丁接过话茬儿："新科利马的军事化程度远超之前的任何一个贩毒集团。他们在霸占地界、建立商品供应链、贿赂官员和招募成员上，更是无所不用其极。他们贩卖的头号毒品是冰毒，而且贩卖手段格外狡猾——首先是以欧洲和亚洲为核心市场，这样可以在不受美国政府干扰的情况下愈发壮大，然后转移到美国。据估计，美国有三分之一的冰毒是新科利马生产的。"

吉尔马丁继续说："但是这些毒品只是案件的一部分，金钱才是发动贩毒集团引擎的汽油。有了钱，他们才能买枪雇人、购买飞机以及各种用于扩大势力的东西。缉毒局总是喜欢在截获几千克毒品之后就召开记者会，宣称自己已经赢得了这场打击毒品战的胜利。"

"在联邦调查局，我们意识到政府永远无法切断毒品的流入，因为这个国家实在是太大了。不过，跟踪金钱的流向是一种更为有效的途径。

---

[1] Colima，墨西哥的一个州。

[2] 名为"伊斯兰国"的极端组织。

[3] 该贩毒集团头目，原名 Ismael Zambada García，El Chapo 为其绰号。

贩毒集团最大的一个流通问题就是他们的现金业务，因为涉及的金额较大，更容易被查获。贩毒集团希望在新型全球经济中，通过一键按钮的方式实现安全便捷的金钱流通。因此，他们需要像米歇尔·杜普瑞这样的人替他们做这件事。大约在四年的时间里，米歇尔·杜普瑞为贩毒集团洗白了 10 多亿美元。"

女招待端水过来放在我们面前时，吉尔马丁停下了讲述。我依丹尼的再三要求点了一个奶酪汉堡，两位特工点了黑咖啡。

女招待离开后，吉尔马丁继续说道："杜普瑞最终还是露出了马脚。我们抓到他时，发现他和一个境外账户有关联，里面存了几百万美元。我们猜测肯定还有其他账户，但找不出来。美国司法部给他定了洗钱、非法获取财物、网络欺诈等一系列罪名，他被判在西弗吉尼亚州的摩根敦联邦惩教所（FCI）蹲九年大牢，现在已经有六个月了。"

丹尼插话道："FCI 的全称是 Federal Correctional Institution。不过别被它的名字吓着，那里的安全级别最低，关押的犯人大多是白领和非暴力罪犯。那地方看起来就像是一个大学校园，没有栅栏也没有铁丝网。我们现在说的是一个俱乐部式的监狱，而不是那种充斥着暴力、为了生存必须伏低做小的地方。"

吉尔马丁接着说道："我们打算以杜普瑞为诱饵来钓大鱼。通过对他的监听，我们得知他秘密藏匿着一摞文件以防万一。他曾警告贩毒集团，如果他和他的家人遭遇不测，他就将文件公之于众。而凭那些文件足以起诉新科利马的所有头目，包括艾尔·维欧。"

丹尼说道："艾尔·维欧是新科利马的老板，他的名字直译过来是'通灵者'的意思，据说他能透视万物。不过还真是一个充满讽刺意味的名字，因为他只有一只眼睛是好的，另一只是不太正常的白色。所以，通灵者实际上就是个半瞎子！"

吉尔马丁说道："我们曾和杜普瑞谈判，想和他就那些文件做个交易，可是他拒绝告诉我们文件在哪儿。不论我们怎么施压，他都守口如瓶。这对贩毒集团有利，对我们可是糟透了！"

轮到丹尼说了："我们对他的住宅、办公室、社交俱乐部都进行了搜查，还派特工跟踪他，猜想他会不会有个隐秘仓库。除了这些，我们还严谨地分析了他的财政记录，想看看他是不是额外租了办公室或者是住房，但是一无所获。"

吉尔马丁接过话茬儿："在一次监听时，杜普瑞无意间提到了一个位置偏僻的小木屋，房屋所有权不是归他就是他的某个亲戚。但是我们找不到任何相关记录。我们推测他把文件藏在那个木屋里了，那是他的退路。所以，事情很简单，我们想让你扮成一名犯人，化名进入监狱，你需要和杜普瑞交朋友，赢得他的信任，然后让他告诉你那间木屋究竟在哪儿。"

我问道："可是我该怎么做呢？"

丹尼说道："'穷弹'，这就是挑战所在。要是我们觉得这活儿容易，也就不会请你出马了。显然，你不能让他发觉你对他、银行和贩毒集团有任何的了解，这会让他起疑心。你只不过是一个普通犯人，是在那里服刑的罪犯。如果他愿意就他之前的所作所为与你推心置腹，那将棒极了。不过，我们也没打算以其他罪名起诉杜普瑞，我们只想知道那些文件在哪儿。"

"如果他什么都不告诉我呢？"

吉尔马丁说道："我们认为他会的。我们和美国监狱管理局[1]的顾问沟通过，据他们所言，他们的最低安全戒备设施利于犯人之间培养一定的亲密关系，让他们很快就能结下友谊。基于此，我们的SAC[2]，也就是特别行动署署长，他已经批准展开一个为期六个月的行动，时间就从你进入摩根敦时算起。当然，一旦我们拿到文件，就会立马带你出来。但是如果六个月后你没有成功，行动也会结束。心理顾问们说，如果在这段时间里这事没成，之后也就不会成功了。"

六个月。我大约在三月份能出来。

女招待端着咖啡走过来了。她低着头，把账单放到身穿西服的两位

---

[1] Bureau of Prisons，简称 BOP。
[2] 全称为 Special Agent in Charge。

男士面前。

我问道："如果我找到文件，那个叫杜普瑞的家伙会有什么结果？"

吉尔马丁说："这就要看他愿不愿意合作了。如果他不愿意，我们也不能为他做什么。但是如果他愿意，他和他的家人就能得到WITSEC，简而言之就是联邦证人保护项目。我们之前已经向他提议过，但被他拒绝了，他不愿意相信我们，因为一旦我们掌握了文件，他就别无选择。"

我来回打量了这两位特工好一阵子。丹尼试着抿了口咖啡，吉尔马丁没有碰他的咖啡。

我说道："我不知道。我是演音乐剧的，我们说不了三句台词就开始唱歌，就连唱也是跟着乐谱唱；你们所说的更多的是即兴表演，我曾经上过即兴表演的课程，可是这……这种即兴太具挑战性了。"

丹尼说道："别小瞧自己。你聪明，招人喜欢。亲爱的，你来自哈肯萨克市，你是擅长擒拿的萨克人！[1] 你天生就擅长与人攀谈，还不会让对方察觉你是有备而来。我们这些联邦调查局的特工都是一个模子造出来的。你的谈吐、你的思维，你是一个会搞创意的家伙！他绝对不会怀疑你在为我们工作。此外，请恕我直言，你现在，大概……身高五点二英尺？"

我更正说："五点四英尺。"

"无所谓了。重点是，你的形象不会让人联想起联邦调查局特工。你极有可能三周内就能把他拿下。"

我心里涌现出无数问题，还没来得及问，丹尼又一次靠过来。

"另外，我们将至少给你10万美元。"

"真的？"

"不论成功与否，你进去的时候给你5万美元，出来时再给你5万

---

[1] 此处或许是一语双关。在英文中，sack作为名词指粗糙坚硬的袋子，作为动词指擒抱（尤用于美式足球）、洗劫、解雇等意。

美元。此外，如果我们按照你提供的信息起诉他，你还将得到 10 万美元的奖励。"

20 万美元。这个数字令人心驰神往。我每晚都能够安然入睡，照镜子时会觉得自己已然焕然一新——只需要工作六个月。我觉得阿肯色州那份工作的年薪肯定不到 3 万美元。

丹尼继续说道："自然，我们会白纸黑字地写下来。你到时候要和联邦调查局签署一份合同，承诺做我们的线人，并且意识到将有潜在风险等。现在你需要做的就是点头答应。"

点头答应。如果他所描绘的不是监狱，点头答应或许更容易些。

我说道："我必须先和我未婚妻商量。你刚才说我不能对任何人提起，可是……"

丹尼说："当然，当然。保密协议主要是指社交媒体和媒体采访。你当然可以和你的未婚妻说这件事。我好像曾在脸书上见过她，叫阿曼达，对吗？"

"是的。"

"正常来说，我们周末不对外办公。今晚和明天，你好好想想这事，周二过来一趟，我们署长等待你的答复。如果你不干，我们就另聘他人。但是我向你保证，你是我的第一选择。"

我说道："谢谢。"

"我知道我们和你说的事让你思虑重重。所以只要你一签协议，我们就会帮你编一个背景故事，然后和你沟通其他细节。"

丹尼拿出钱包，掏出 20 美元放在餐桌上，随后又把账单收到口袋里，接着拿出一张名片递给我。"这是我办公室的电话和我的手机号。如果你有任何问题，打我的手机号，打办公室号码只会被提示留下语音留言。"

我说道："好的。"

丹尼朝吉尔马丁点点头，吉尔马丁站了起来。丹尼跟在他身后走出了小隔间。

"见到你很高兴，托米。"

"我也是，丹尼。"

吉尔马丁象征性地点点头。丹尼敲了两下餐桌后离开了。

我用手指抚摸着名片上的浮雕字体。曾经是我的小个子联盟队队友的丹尼，如今摇身一变，已经是联邦调查局纽约分局的特工丹尼尔·瑞茨了。

女招待放下我的奶酪汉堡。这时，一辆雪佛兰凯普莱斯轿车在饭馆前呼啸而过。这款车型在技术层面上不太起眼儿，但这也只是对那些不懂经典制动规格的人而言。它有双排气管、加强悬架和强力引擎。

开车的人是丹尼。他已经脱下了西服外套，执勤手枪塞在一个皮套里，静静地挂在左肩处。

我呆望着汉堡顶端的芝麻粒，仿佛里面藏着所有生命谜团的答案。

10万美元。没准儿是20万。这就要看我演得多逼真了。

为了钱，我能做到的，对吗？

那天去剧院时，我曾对自己说——这次是最后一次了。

但是，或许摩根索剧院的这次表演，不是我的最后一幕。

第三章

隔着一段距离，赫莱拉看见三辆路虎揽胜越野车，构成一个歪歪扭扭的"V"字，车身是通体的黑色，防弹，车后扬起一阵阵灰尘，足有半英里[1]长，如同一条条翻滚的蟒蛇。

艾尔·维欧也许在其中一辆车上，但也不一定。谁都无法确定。

你对艾尔·维欧永远一无所知。

汽车靠近时，挡风玻璃在明亮的阳光下熠熠生辉。赫莱拉已经能够听见将军用亢奋激昂的西班牙语发号施令了。这位将军是贩毒集团的安

---

[1] 英美制长度单位。1英里等于5280英尺，合1.6093千米。

全主管，他的声音中隐藏着不安。

这类巡查从来不会事先通知，也从不遵循任何模式，至少赫莱拉对其规律全然不知。有时候一周巡查三次，有时候一整年一次都没有，有时候两天连续检查。

艾尔·维欧的第一条规定——难以预测。不管是对他的将军们，还是对他本人，这条规定都适用。住所、时常光顾的餐厅、睡的女人时时进行全面更换，因为要想偷袭一个行无规律的人是不可能的。

谨记第二条规定——不要饮酒、吸毒或者做任何破坏智商的事情。哪怕只是一时半刻也不行，因为这"一时半刻"就足以令人分心走神，然后丢了性命——也许是头顶上飞过的一架无人机，也许是枪支安全阀的开启声，也许是某人对你撒谎时细微的眼神变化。

第三条规定——无畏。艾尔·维欧的口头禅之一是西班牙语的"Atrevido"。胆小的都是些个性腼腆、没见识的家伙。管理贩毒集团需要行动果断，攻击敌人要猛而快，这样他们才会被吓得无法还击。

第四条规定，也是最重要的一条——永远不能让美国人抓到把柄。你可以贿赂或恐吓墨西哥的警察，以免被他们逮捕；可以贿赂或恐吓墨西哥的法官，以免被他们判刑；可以贿赂或恐吓墨西哥的监狱长，让他们释放你。但这招对美国人不好使。因此，引渡是所有可能的结局中最糟糕的。艾尔·维欧宁愿死也不想被引渡。

这四条规定一直都被严格执行。有人告诉赫莱拉，艾尔·维欧是从前辈的经验中总结出了这些规定，这些前辈有艾尔·帕特隆、艾尔·帕德瑞诺、艾尔·拉茨卡以及艾尔·查博。艾尔·维欧从他们如何崛起、更重要的是为何陨落中汲取教训。

赫莱拉曾听将军提过，艾尔·维欧需要多休息。毋庸置疑，艾尔·维欧已经成为墨西哥腰缠万贯、最令人闻风丧胆的大人物，他掌控着用诡计和残酷打造出来的王国，他理应休息，享受他的劳动果实。但据赫莱拉所知，艾尔·维欧从不停歇。这也是他的传奇的一部分。艾尔·维欧出生于一个贫困的种梨农家庭，是家里的第五个儿子。少年时，他跟着初代科利马贩毒集团学习交易，后来通过看外国电视节目，自学了三门语言。接着，他成了锡那罗亚贩毒集团的主管，而后决定自己单干，更上一层楼。

瞧瞧现在的艾尔·维欧——锡那罗亚一蹶不振，他却扶摇直上。他掌控着一支五千人的军队，几乎相当于美国整个缉毒局的人数。他已经打开了通往北美、欧洲和亚洲最富裕的市场的供应链。

尽管如此，美国人却对艾尔·维欧束手无策，甚至无法将其与一盎司[1]的甲基苯丙胺直接联系起来，虽然与他每年向美国境内运送的成吨成吨的毒品比起来，这简直不值一提。

艾尔·维欧只有一个软肋，就是那位银行家。

这些都是赫莱拉从将军那里听说的。将军喝醉时就会说这些。在美国，有位银行家替艾尔·维欧洗白了很多钱。艾尔·维欧还没来得及干掉他，他就被逮捕了。这位银行家明言他已经藏匿了一些文件，足以牵连至少十二个高级头目，包括艾尔·维欧——他肯定会被引渡。一旦这位银行家或者他的家人有个好歹，这些文件就会落入美国政府手里。这是件棘手的事。而这位将军作为安全主管，到现在都还没有找到解决办法。

这就可以解释，为什么当这些疾行的越野车进入视野时，赫莱拉从将军的言谈中听出了不安。

这位将军坐镇的工地名为"洛萨利奥二号"，实在没有必要再给它起一个更显聪明或更为刺激的名号了。这类工地有很多，因为艾尔·维欧很快就会要求拆卸设备，然后迁移到其他地区。

这里共有七栋建筑，外面围着一圈十二英尺高的铁丝网，既能防止工人外逃，也能阻止外人入侵。其中有五栋建筑是用稀薄的金属建成的仓库，两端各安装了通风机。它们彼此间有间隔，因为很不幸，在生产甲基苯丙胺的过程中，会出现爆炸的情况。但这真的是唯一的缺憾。可卡因和海洛因需要大片土地进行种植，美国人通过卫星就能发现，而甲

---

[1] 英美制质量或重量单位。1 盎司等于 1/16 磅，合 28.3495 克。

基苯丙胺易于藏匿。

第六栋建筑是将军和中尉们的营房，他们的任务是看守洛萨利奥二号，以免被墨西哥政府部门或者其他贩毒竞争集团攻击。

不过，最重要的建筑是第七栋，它被称为"掩体"，由双层加厚水泥墙建造而成。这里面存放着大堆武器弹药，足以抵御墨西哥一个营长达一个月的攻击。除此之外，它还作为"神经中枢"控制了众多极为敏感的安全行动。

其中就包括监视银行家。

当路虎揽胜越野车抵达时，将军站在掩体外。他命令几名中尉——包括赫莱拉——跟着他。

将军咆哮道："都给我站直！艾尔·维欧不喜欢你们垂头丧气的模样！"

赫莱拉站得笔直。

路虎车停了下来。

艾尔·维欧从第一辆车里出来。他身高五点七英尺，体格如同一名次重量级拳击手；他浓密的黑发往额后梳着，用发胶定了型；他的半张脸都被反光的墨镜遮住了。即便到了室内，他也不摘下墨镜，因此没人能够直视他的右眼。据说他的右眼是他在孩提时代因事故受伤的。他穿着黑色工装裤，上身是一件由透气性布料制成的灰色短袖，多用腰带上系着各种东西，包括一把匕首和一把枪。

将军一边说着话，一边小心翼翼向前几步："维欧，很高兴见到你。"

艾尔·维欧瞥了他一眼。将军定在了原地。没有握手礼。事实上，赫莱拉从未见过艾尔·维欧碰触过任何人。

艾尔·维欧问道："你有没有收到任何有关我们西弗吉利亚朋友的新消息？"

他们总是把那位银行家称为"我们的朋友"。

将军回答道："尚且没有，不过我们正在努力。"

"你上次也是这么对我说的。"

"快了，很快了。我有信心。我们制订了一项完美计划。"

"你上次也是这么对我说的。"

将军说："我正全力以赴。"他的声音在颤抖。

艾尔·维欧说："是吗？"他那提问的方式令人不敢回答。

将军恳请道："我只是需要更多的时间。事情就快解决了。"

艾尔·维欧听了这承诺，神情略有变化。他轻声说："靠近些。"

将军迈了几步。

艾尔·维欧继续说道："再近些。"

将军遵命，他现在全身都在战栗发抖。

"再近些。"

将军又向前一步。

站在将军身后的赫莱拉也跟着向前走，但是没有畏惧之情。他的骨子里有种东西，促使他希望能挨艾尔·维欧更近一些。

艾尔·维欧说道："这很好。"

将军说："美国人现在没我做得好。他们……"

将军的话还没说完，艾尔·维欧就以迅雷不及掩耳之势将匕首从鞘中拔出，径直插入他的眼睛——将军的右眼。

将军瘫倒在地，两手捂着受伤的脸，血液喷涌而出。他号啕大叫。艾尔·维欧饶有兴致地看着将军遭罪的模样，就像打量着一只后背倒地的昆虫使出浑身解数想要翻身的惨状。赫莱拉从艾尔·维欧的墨镜镜片里，看到了将军痛苦的微缩影子。

接着，艾尔·维欧转身面向队列里歪歪扭扭的中尉们。他问道："谁来了结这事？"

无人敢动，包括赫莱拉。他不确定艾尔·维欧指的是什么事。了结银行家，还是了结……

艾尔·维欧高声喊道："谁来了结这事？"

赫莱拉这时突然心领神会，他准备好了。

Atrevido，无畏。

赫莱拉挺直腰杆儿。艾尔·维欧不喜欢看到别人垂头丧气。

将军握着匕首手柄，正想把刀从右眼中拔出来。赫莱拉走过去，掏出武器，在将军耳后开了一枪。将军倒地。赫莱拉又连发了三枪，他感到既害怕又刺激。

艾尔·维欧走近尸体，把将军翻过来，用靴子踩住将军的脑袋。现在只能靠将军头颅自身的水平力才能把刀子弄出来。艾尔·维欧用裤子把匕首擦干净，插入刀鞘。

艾尔·维欧看着赫莱拉，说道："恭喜你，你升职了。"

第四章

在过去的二十分钟里，阿曼达·波特至少看了十次厨房墙上的时钟。这里是她的起居室和工作室，在这套破旧不堪、空气沉闷、没有空调的二层公寓中，这是唯一一间没有被用作卧室或洗手间的房间。

5：52。

如果是正常的下午场演出，托米这时候理应回来了。他显然还在和舞台告别。

天花板上的吊扇又转了一圈，虽说已经转了一整个下午，但却徒劳无功，炙热的空气依然如故。阿曼达叹了口气，打量着自己捣鼓出来的画作，她心里很清楚自己心不在焉。

要扔进垃圾桶吗？她扔掉的画作远比保留下来的多。近几个月来，她不停地把自己的画作拍照发给范布伦画廊的馆长赫德森·范布伦，他是行业里最具话语权的人之一。他压根儿不需要看她作品下方98%的区域，只是瞧一眼上面2%的部分……好了，谢谢参与。

初识阿曼达·波特的时候，人们总是习惯性地小看她，因为她带着南方人娇俏的鼻音，她只有五点二英尺高，长着一双蓝色的眼睛，略微带些红色的波浪金发，塌鼻，脸上有雀斑。不过她倒也招人喜欢。虽说现在已经二十七岁了，但因为长相的关系，有时买张彩票还被要求出示证件。

外貌特点掩盖了阿曼达在创作时的爆发力。人们看到她时不会联想到"争强好胜"这个词，但她恰好就是这么自我定义的。她是一个争强好胜的姑娘，凭借超越众人的努力和绝不妥协的精神，她从密西西比州无人知晓的小镇上一路奋斗，拿到库伯联盟学院的奖学金，现在即将成为艺术界冉冉升起的新星。她将自己对完美的追求注入艺术。不完美便成仁。

那么眼前的这幅作品呢……或许算得上完美？此刻，阿曼达没有心思去判定。她放下笔刷，用手背擦拭潮湿的眉头，又下意识地把一缕头发别到左耳后。

她想起了托米，想起了以后的日子。至少从去年开始，她就一直在琢磨，两人的感情自相识以来，从未面临过真正的考验。一切都太顺风顺水了，仿佛一张能够自我绘制的油画布。可是这有什么好呢？没有痛苦纠结过，算什么艺术？没有痛苦纠结过，又算哪门子人生？如果说，她从逃离密西西比州的普兰特斯维尔的过程中总结出了什么道理，那就是没有付出的收获不值得拥有。

阿曼达和托米结识于纽约的一次聚会。这类聚会相当诡异，会集了富豪、美女和平庸者，大家极不协调地挤在某位富豪位于纽约派克大街的顶层高级公寓里。

阿曼达之所以受邀是因为主人相中了她的一幅画作。她觉得自己与周遭格格不入，南方人的身份异常突出。她不敢开口说话，生怕自己的口音会让别人觉得她是外来变异物种，甚至不敢告诉任何人自己是在密西西比某个小镇上长大的，更不敢提自己曾经见过的最大、最繁华的地方是图珀洛 [1]——那是埃尔维斯·普雷斯利 [2] 的出生地，以他为主题的博

---

[1] Tupelo，密西西比州城市。

[2] 1935—1977 年，别名"猫王"，美国摇滚歌手和演员。

物馆被视为当地的最高文化代表。

托米，这个过气的百老汇明星，看到阿曼达躲在角落里——人多时她总是这样。作为最年轻、最贫穷、人脉最少的两位客人，因为相同的格格不入之感而心有灵犀。两人都是单亲妈妈抚养长大的，日子过得还算凑合，但休想在夏季去汉普顿斯度假。

阿曼达对托米一见钟情。没错，他个头儿有点儿矮，可他有迷人的微笑和紧实的翘臀。他身材好，机智有趣。而且，托米对她也感兴趣。此外……唉，谁能说得清人类相互吸引的那些事呢？阿曼达事后对一位朋友说，当她和托米在一起时，仿佛附近藏着一碗沙琪玛米饼——所有的事物都在噼里啪啦地崩裂跳跃。

阿曼达没有意识到，虽然托米一直在提问，但其实是自己在主导着谈话，尽管她鲜少这么做。其实她能说会道。当她觉得对方真的在听自己说话、能理解自己所说的内容，并且不单单只是为了和自己上床时，她喜欢跟人聊天儿，特别是关于艺术方面的话题。

在女主人的要求下，托米演唱了音乐剧《爱的观点》（*Aspects of Love*）里的那首《爱能改变一切》（*Love Changes Everything*）。他的声音充满温暖、生机和个性，他那真挚动人的歌声征服了在场的所有人。

很快，两人就开始讨论各自看似不同的艺术追求中所存在的共性。托米对阿曼达说："我们都是演员，只不过你是在画布上表演。"

他们一直聊到深夜两点，因为打不到出租车，托米步行送阿曼达回家。那一刻，阿曼达希望他能骗自己上床。她最大的顾虑是，这个相貌英俊又极具天赋的男人——身材棒、歌声好——恐怕是同性恋。朋友们曾取笑她，说像她这样成长于圣经地带[1]的人，压根儿分辨不出对方是异性恋还是同性恋。她辩解道，那是因为密西西比普兰特斯维尔地区禁止同性恋。该不会自己和这位男士调情一整晚，最后他对自己的兄弟更

---

[1] Bible belt，泛指基督教福音派在社会文化中占主导地位的美国保守地区，主要是在南部。

感兴趣?

阿曼达决定在抵达自己的住所之前探个究竟。结果两人在一张公园长椅上亲热了两个小时。

托米不是同性恋。他后来的激情和耐力,也充分证实了这一点。

两人很快就变得密不可分了。托米可以连续数小时看阿曼达画画,还坚称:"这比百老汇任何一场演出都精彩。"而阿曼达呢,不论托米在哪支表演队伍里,她都是其中一员。

两人也有各自的朋友,但很快就疏远了。托米的朋友们因为演出而散落各地。阿曼达的朋友主要有两类——一种是像她这样拿奖学金的同学,多数又回到了密西西比州、密苏里州或者缅因州教艺术,并在当地售卖自己的画作;另一种,那些富裕的同学,他们有钱留在纽约,但阿曼达对他们从未产生过亲近之感。

因此,就剩下他俩了。对双方而言都挺好。

三个月后,托米求婚了,那时他正要跟随一家巡演公司外出表演。阿曼达觉得为时过早,给出了各种理性论据。托米借用了她最喜欢的电影《当哈利遇到莎莉》(*When Harry Met Sally*)中的一句台词便反驳了她的所有论证:"当你遇到一个想要与之共度余生的人,你会希望自己的余生即刻开始。"

她同意了。

他说第二天就去市政厅。

她拒绝了。

她说,等等,再等等,等到时机成熟,等到她在艺术圈有一席之地,等到他们迈过这道坎。那个时候,他们将迎来璀璨的未来,那个时候,意味着大学毕业后的漫长青春期终结,从而进入稳定、冷静和理性的成年时代。

如今两年过去了。托米不时提议让阿曼达定个日子,而阿曼达总是拒绝。她的搪塞之词变成了:"亲爱的,如果只有死亡能将我们分开,我们着什么急呢?"她不敢告诉他,自己对两人的未来疑虑重重。她想知道，当情侣的新鲜劲消退，当真正的关系开始，两人会变成什么样子。这实在难以辨别，因为和托米在一起，总会有新鲜事，譬如一次新演出、一个新角色、一座新城市。这就像在过一个没有期限的蜜月。两人甚至从未发生过激烈的争执，这听起来很荒唐。即便当阿曼达因为创作受挫而郁郁寡欢，或者当她无缘无故火冒三丈的时候，托米也总是为她着想，对她百般呵护。他坚称自己从未见过比她更好照顾的人。

一切都好，如同一场梦。阿曼达自然也想过，也许……可能……未来会一直如此。但她不确定托米会不会和自己的父亲一样——她对父亲几乎一无所知，因为父亲逃走了，留下一个烂摊子。

别犯错。否则事情将会变成烂摊子。

6：15，楼下的门开了。接着她听到楼梯发出轻微的嘎吱声，有人正在上楼。

如果是在平常，托米刚刚结束一场精彩的表演，兴奋尚未消退，他会三步并作两步跨越台阶，风风火火穿过房门，迫切地想要和阿曼达分享胜利，或者看看她最新创作的画作是否有新进展，或者如果没其他事就诱她上床。

如果托米情绪低落，就不会一次上两级台阶，而是一级一级地往上走。他曾对阿曼达说，自己会爱上她，原因之一是，阿曼达和他曾经交往过的女孩儿不同，在阿曼达面前，他无法用演技隐藏自己的感情。他总是对她说："你能读懂我，就像你能读懂一本书。"阿曼达时常想，这并非难事。

一定是在最后一次演出中发生事故了。他说错了台词，或者观众反响平平。她很快就会知道了。

阿曼达快速拿起笔刷，压在画作上，假装托米不在的这段时间里，自己一直在绘画。她仍在冒汗。吊扇没准儿把室内空气搅得更热了。

托米静悄悄地进屋，轻轻关上身后的门。

他说："嗨。"

她问："嗨，演出怎么样？"她已经发觉他眼里的不安。

他说："挺好。"又接着说道，"有件事我必须告诉你。"

"巧了，我也有件事必须告诉你。"

他问："要不你先说？我要说的是件大事。"

她在一个装有黑色液体的杯子里搅动笔刷，然后又用一块破布将它擦得半干，然后说："不，你先说。"

他们坐在塑料椅子上，紧挨着一张圆形塑料折叠桌，这是他们为这套公寓配置的唯一一套家具。托米告诉阿曼达，自己和两位联邦调查局特工进行了一次离奇的谈话，其中一位是自己儿时的朋友。如果不事先略微做些准备，托米是无法讲好一个故事的。但阿曼达还是觉得，托米费了九牛二虎之力，想向她呈现一个没有添油加醋的版本。

托米说话时，阿曼达一言不发，直到托米把故事说完。他的结语是："所以，你怎么想？"

阿曼达双手折叠放在胸前。他们总是漂泊不定，他们的下一站在哪里主要取决于托米接下来的临时演出地点。他也许会回家后向阿曼达宣布，辛辛那提有一家地区剧院，或者有一家剧团正在巡演《歌剧魅影》（*Phantom of Opera*），等等。阿曼达从未反对。只要两人在一起，只要她不用回到普兰特斯维尔，就没什么大不了的。她在哪儿都能画画。

然而这次不同。

她说："我没理解错的话，他们是要把你派去监狱？"

"没错。"

"一座正儿八经的监狱，有牢笼、光头仔和绰号布巴的狐朋狗友。"

"它是安全级别最低的监狱，有着轻量级的狐朋狗友。"

"但它终究是座监狱。"

"是的，但只在那里待六个月。"

她低头看着桌子的硬塑料板，努力集中思绪。

她抬头问道："但是具体做些什么呢？你敲敲监狱的门说'嗨，你介意我在这儿借宿吗？'六个月之后再说'噢，伙计们，后会有期'？"

"他们是联邦调查局。我相信他们能在幕后操纵。"

"他们觉得那个家伙会对你推心置腹？你，一个他压根儿不认识的小不点儿？"

"唉，很显然，我需要想些法子接近他，以取得他的信任。我相信联邦调查局会告诉我有关他的细节。我不知道。或许我会对他说我正试图越狱，然后问他有没有地方可以让我暂时藏匿，没准儿他就会告诉我他的小木屋在哪儿。"

"如果这招没成，六个月之后他们会放你出来，不论成败？"

"对。"

"他们愿意为此支付 10 万美元？"

"是的，我想是的。这个叫杜普瑞的家伙大有来头。你知道政府为禁毒花了多少钱吗？ 10 万、20 万美元不过是小数目。"

"如果发生了意外状况呢？要是有人殴打你，要是我或者你妈妈遭遇不测呢？"

托米说："我不知道。我猜他们会来找我吧。但是如果在六个月期满之前放弃，我就失去了第二笔 5 万美元。"

"换言之，你可以拿上第一笔 5 万美元，在监狱里待一天，然后就立刻回家。"

"我可以那么做。但是我更想带着另外的 15 万美元离开那个是非之地。"

这一点毋庸置疑。阿曼达的妈妈靠帮人打扫房屋为生，托米的妈妈在一个学校里当秘书。她们辛苦一辈子，银行账户上也未出现过这么多钱。

"那个叫丹尼的家伙，你真的了解他吗？"

这是在贫困中长大的人的另一天性——对当权者与生俱来的怀疑。

托米说："我们的交情能追溯到很久以前，大概能到幼儿园？我们那时叫他'危险人物丹尼'，因为他会用圆形爆竹炸火柴盒牌玩具汽车模型，或者穿迷彩裤，这些行为让他看起来特别彪悍。但是你知道吗？他其实是个好孩子。"

"你愿意用自己的性命去相信他吗？"

托米向后仰，仿佛自己刚被一颗柠檬击中，"你这话说得有点儿太戏剧化了。这和我的性命扯不上关系。"

这话让阿曼达更激动了："不，这关系到你和我两人的性命。这……这牵扯全家人的性命。"

托米呆住了。阿曼达以前从未将他们称为一家人。

托米说："好吧，我足够了解他。我想是的，我信任他。"

阿曼达缓慢而悠长地叹了口气："你真想这么做？"

"相信我。不是我想这么做，我能想到很多其他的事情可做，而不是在未来的六个月里，每次弯腰下去捡肥皂还提心吊胆，害怕遭遇不测。但是如果把这事设想成一次去南非博茨瓦纳的表演工作，或想象成其他什么事情，某个你不能和我一起去的地方，一个特别特别赚钱的表演工作……"

阿曼达说："我和你在一起不是为了变富裕，我和你在一起是因为我想和你在一起。"

"我明白。但是，这……这只会是一次短期的不便，能使我们将来长期高枕无忧，不说其他的，它至少能给我们一些喘息的空间。你可以继续画画……"

她说道："而你也可以继续演出。"

糟了，阿曼达心想。话一出口，她就看到托米脸上毫不掩饰的渴望神色。这无疑是在告诉一个斋戒许久的人——隔壁有免费的无限量自助餐在等着他。

阿曼达说："你千万别说你没有这么想过。"

很显然，托米是这么想的。

阿曼达能读懂托米，就像读懂一本书。如今，她已经看到了这本书的所有章节。他们可以在泽西岛靠近托米母亲的地方租一间不贵的公寓。托米可以继续参加试镜，可以找经纪人，而不是自己打电话；可以找那些记得他曾出演《切罗基族紫色番茄》或其他成功剧目的人——他们认为他可以再创辉煌。如果账户里有 10 万美元或者更多，托米就能离自己最宏伟的梦想更近一步——休息一两年，自己创作一部音乐剧，一部让矮个子饰演主角的音乐剧。

托米说："我们走一步看一步吧。你觉得这活儿我该不该接？我必须周二答复他们，当然我也可以回复说'谢谢，还是另请高明吧'。"

阿曼达说："那就损失 10 万美元。"

"是的，现在两边的理都被你占了。"

"亲爱的，我不是要占两边理。我只是……去监狱里待六个月，去做这么一件希望渺茫的事……听起来太疯狂了，但是把这笔钱拱手让人，又觉得有点儿傻。"她闭嘴了。

两人相互瞧着对方好一会儿。情侣间常常这样彼此打量，盯着对方好几秒钟，然后一锤定音或者悬而未决。但不论什么结果，都是双方共同的决定。

这次比以往耗时更长。

最后，托米打破了沉默。"要不过了今晚，等明早醒来再说吧？如果我们都觉得这事值得做，那我就给丹尼打电话，告诉他我们至少要先看看合同。看看也无妨，只要我没签字，就不会有事。"

阿曼达大大松了口气，说："好，我觉得行。"

托米说："好。你刚才说有事要告诉我？"

"是的，我怀孕了。"

第五章

时间凝固了。

我呆若木鸡地看着她。

这几个字眼，言简意赅，可我一时半会儿没听懂。

我怀孕了。

怀、孕。

这······等于是······等等······我知道了······

然后······

砰!

如同引爆了一枚快乐的手榴弹。

我双手捂着脸，尖声高喊："你怀孕了？"

我从椅子上一跃而起。椅子在我身后倒下。我在厨房中间上蹿下跳，欢呼道："我们要有孩子了！噢，我的上帝，我们要有孩子了！"

这消息令人难以置信，必须立刻广而告之，必须马上和谁分享一下。

屋外有个路人恰好慢慢走过。

我跑到敞开的窗户边，大喊道："嗨，我的妻子怀孕了！"

他朝我竖起大拇指，真心实意地说："伙计，干得漂亮！"

接着，我在公寓里来回奔跑，不由得哼唱起约翰·菲利浦·苏萨[1]的《星条旗永不落》(*Stars and Stripes Forever*)，全然不顾这首曲子没有歌词。我唱的是其铜管乐部分。我用力拍手保证节拍。合奏部分，我把阿曼达从椅子上拽起来，领着她摇摆起舞。我们的舞蹈融合了华尔兹和方块舞。托米·詹普是个多面手。她开怀大笑，我也许太疯癫了，但是我恨不得拉着她再多转几个圈。

但是，我突然停下了。

她不服用避孕药。不久前的某个夜晚，她的避孕环脱落了一次，但是······

我问："等等，你确定吗？"

阿曼达从来不是多费唇舌的人，她把我拉进我们那阁拥挤的洗手间。她在家的时候，已经在那里做过三次怀孕检测了。

---

[1] 1854—1932 年，美国作曲家和军乐指挥家，《星条旗永不落》是其代表作之一。

因为刚才疯狂的庆祝，我现在仍旧感到头晕目眩，但是此刻，我仔细打量着即将让我们的生命发生翻天覆的改变的证据——三根钢笔大小的塑料测试棒并排摆放在水槽边，其中一根有个"+"号，另一根显示一条加粗的粉色线条，而第三根最是清楚，上面简单地写着"是"。

是。

是。

我感到自己对阿曼达的爱成倍速猛增，甚至感受到了自己对孩子的爱——尽管我还未见过这个生命，她现在还只是我未婚妻子宫里的一小团细胞，可这个生命却突然成了我对人生所有的期待。什么剧院，什么假扮他人，都见鬼去吧！

当爸爸，当这个尚未出生的孩子的爸爸，才是生命中至关重要的角色。

我的心怦怦直跳，响声不断扩散，以迎接我们家的新成员。"我们家"！我们不再是一般的情侣了，我们已经迈向了无限广袤的空间，如爱一般宏伟的空间。

就当我要重新指挥乐队并开始演奏苏萨先生令人振奋的军队进行曲时，阿曼达突然说道："我们也可以不要孩子。"

我一头雾水地看着她。她是如此脆弱，如此局促不安。我始终没能让阿曼达相信，她本人和我眼里的她一样美丽聪慧，她很快就能成为取得艺术成就的年轻艺术家。她的骨子里，还残留着那个出生于密西西比州的穷姑娘的影子，还有母亲只能依靠为他人打扫房屋为生的画面，这些似乎一直压着她。她坚信自己今天的收获，明天就极有可能被夺走。

"我们可以不要孩子？你这话什么意思？咱们不是一直都想要孩子吗？"

"是的，但是现在时间不对。"

我轻轻地握着她的肩膀，非常动情地——远比我这二十年在舞台上演出还要动情——告诉她："时间永远不会对。我们当年相遇的时间不对，我向你求婚的时间不对，你答应我的求婚、让我成为世上最幸福的男人的时间也不对。可是你知道什么是对的吗？你我在一起是对的。你知道什么是更对的吗？我们将一个孩子带来这世上，也许是个小姑娘，长得和你一模一样；我们爱她，拥抱她，教会她我们毕生所学；她会茁壮成长，成为一个无与伦比的女人；我们将一起守护她，一起变老。这将是我们毕生最美好、最神奇和最令人敬畏的事情。"

我盯着她清澈湛蓝的眼睛，那双时至今日依旧让我痴迷的眼睛，把她拉近一些，继续说道："我知道这件事不是轻而易举的。你总说唾手可得的东西都不值钱。但是，你会成为一位无与伦比的母亲，我也将竭尽所能成为最好的父亲。你会继续画画，我也将履行自己的责任。有朝一日，我们回望这一刻，回望这个破败小镇上的这间破败小公寓，我们会感叹那个脱落的避孕环成就了我们这辈子最美好的事情。"

鸦雀无声。房间里的一切声音、动作，包括我们的呼吸，似乎都凝固静止了。

接着，三件事情接踵发生。

一、她哭了。

二、我哭了。

三、我们做爱了。这一次远比之前的每一次都更情深意浓，都更饱含深意，仿佛是为了改写我们怀上孩子的时间。这不是一次意外冲动的事故，而是两个情投意合的爱人情到浓时的举动。我们心中所想，唯有迎接新生命。

事后，我躺着，看着仲夏午后的日影，缓缓爬过狭窄卧室里那满是划痕的木地板。我对自己的处境有了全新的认识，所有存在主义式的问题都消失了。诸如"我为什么在这里？""万物到底有什么意义？"这些长吁短叹的问题总是困扰着各类人群，包括演员，因为他们太闲了。而我，一个刚刚得知未婚妻怀孕的男人，思想中完全没有超验主义[1]的

---

[1] *Transcendentalism*，超验主义是诞生于美国十九世纪三十年代的一股重要思潮，其代表人物有爱默生（Emerson，1803—1882年）等。其核心观点认为人能够超越经验、科学和理性而直接掌握真理，主张透过直觉了解世界。

立足之地。

我的想法和重心都更加具体、明确。我已经不再是自己生命里最重要的了，甚至连第二位都排不上。孩子重于一切，此外，孩子的母亲才是最重要的人；养活她们，满足她们的需求，这是我之所以活在这个炙热、拥挤的星球上的原因。

阿曼达卑微地坚持着我们不一定要富裕的想法。这话有些道理。我曾经和戏剧圈里一些有钱但愚蠢的人打过交道，我知道坐拥四套房并不意味着素质提升，而且洗手间多了，指不定哪天还要叫管道工来疏通。但是事实是，除了基本的温饱，孩子还需要参加钢琴课。我绝不能委屈我的女儿，让她重蹈她爸爸的覆辙——她的爸爸去音乐剧剧团时，除了勉强会弹一首单线曲子，其余的一概不懂。如果银行账户里有10万或者20万美元，上钢琴课完全不是问题。

我转身看着阿曼达，她蜷缩在我身旁，松散的金发落在我的胸上，她用手指抚摩着我的肱二头肌。

我深吸一口气，对她说："我想，我必须为联邦调查局做这件事。"

她的手指没有停，只是说："我明白。"

第六章

次日清晨，我们——丹尼、瑞克·吉尔马丁和我——又回到了那家小餐馆。

换了个女招待，但纸垫没变。

两位特工依旧穿着西装。这种政府风格的西装，看上去像是从永远都在搞促销的地方买来的打折货。我们闲扯了几句，点了早餐。我实在是坐立不安，所以立即进入正题。

我问道："这活儿具体该怎么做？"

丹尼看了看吉尔马丁，吉尔马丁俯身拿公文包，从里面掏出大概六张装订好的法律文书大小的纸。他将它们依次摆在桌面上。

协　议

托马斯·亨利·詹普[1]（以下称为"线人"），地址：_____

联邦调查局 FBI（以下称为"雇用者"），办公地址：华盛顿宾夕法尼亚大街 NW-935 号……

我，一个四处巡演的演员，需要在空白处填上信息。

我拿起协议快速浏览，只在涉及钱的部分放慢速度。上面写着进监狱时"5 万美元"，出监狱时"5 万美元"。"经与美国国内税务局协商，检察总长指示"，具体什么意思不甚明白，总之该收入免税。此外，如果我提供的信息有助于新诉讼，将额外获得"10 万美元"。

我抬起头。阿曼达和我已经商量好，只要协议有不明确的地方，我就立马走人。现在出现了第一个让我犹豫的点。

我说："必须是你们能提出新诉讼，我才能拿到奖金？"

丹尼说："是的。"

"如果我告诉你们木屋的位置，你们拿到了文件，但是因为一些无法预测的原因，你们无法提起诉讼，那该怎么办？这好像不太公平？"

丹尼说："我们会提起诉讼。我们有句行话，'你甚至能起诉一个火腿三明治'。如果能找到那些文件，我们就能提起很多诉讼，多到超出你的想象。此外我想说，模棱两可的措辞对你更有利。例如，你没能找出木屋或文件的地址，但是杜普瑞却对你说了其他我们能利用的信息，即使他所做的只是把罪名推给他的秘书——但是，相信我，这绝非我们此次行动的目的，你依旧能拿到那 10 万美元。"

"好的，那么为什么不用'逮捕'一词呢？我不想因为某个起诉人的失误而损失了奖金。"

---

[1] 前文的托米（Tommy）为托马斯（Thomas）的昵称。

他耐心解释道："我还是那句话，这对你不利。我们很少逮捕某人。有时候是他们自首，有时候是我们起诉他们，但是我们从来不会逮捕他们，所以没有逮捕这一说法。相信我，现在的措辞对你有利。"

相信我。

我回想起阿曼达问我：你愿意用自己的性命去相信他吗？

我重新看那份协议，一段一段地往下看。最后一页印有联邦调查局的公章以及一个签名：联邦调查局，杰夫·埃耶斯。

我问："谁是杰夫·埃耶斯？"

丹尼说："他是副主管。"

"为什么我不是和你们俩中的某一位签协议？"

吉尔马丁说："因为我们的级别不够高。这个金额的机密线人协议必须有副主管或更高级别的人罩着。你可能这辈子都不会见到杰夫·埃耶斯。"

丹尼安慰我："别担心，你没什么损失。"

吉尔马丁又从他的公文包里掏东西。

"我们还有这两份。"他一边说着，一边拿出两份文件，比协议正文要薄。

第一份是《保密协议》，措辞极为讲究，大概意思是说，如果我向人透露了为联邦调查局工作的事情，我将得不到任何报酬，并且还必须为自己的粗心大意所导致的危险承担责任。

第二份是《免罪协议》。

"这是干什么用的？"我问道。

丹尼说："这或许是我们需要签署的最重要协议。它是你的'自由出狱卡'。"

"我不明白。我没犯任何罪，为什么还需要被免罪？"

丹尼说："准确说来，未来有一小段日子，恐怕不是这么回事。"他特意提高音量强调了"准确说来"。

我意识到自己的双眼紧眯，嘴巴有些地方开始干涸。

吉尔马丁解释道："我们必须制造一个你真的犯了罪的假象，这对行

034

动——实际上，也是对你——至关重要。如果有人起了疑心，你的出现必须看起来是合乎情理的。和你关押在一起的犯人，包括杜普瑞在内，他们会找各自的律师，而这些律师可以通过万律、律商联讯[1]等渠道查询各类案件。我们必须留下文件，让这事看起来像是实际发生过。"

"你将会因某起联邦犯罪案而被判有罪，例如抢劫银行，因为这种罪显然是联邦调查局说了算。接着，你会被联邦法官判刑，所有的罪犯走的流程都一样。与我们合作的检察官知道整个事件，但是其他人不会知道。在这六个月里，严格意义上来说，你是一名被判刑的犯人。你需要这份文件来证明，我们承认你虽然被判了刑，但实际上并未犯罪；六个月之后，我们以它为凭据把你带出来。"

这就回答了阿曼达关于我是怎么进出监狱的问题。如我所料，联邦调查局在幕后操纵着所有"线索"，只是远比我设想的要复杂沉重，更像是"重绳"。

甚至可以说是"铁链"。

我问："这么说，在摩根敦联邦惩教所，没人知道我其实并不是一个诈骗犯？"

丹尼说："就连守卫也不知道。我们在过去曾遇到过一些问题，监狱工作人员将消息透露给其他同事，接着一传十，十传百，你能设想到接下来的后果……我猜你一定听说过'告密者不得善终'这句话。在一个安全级别最低的监狱里，告密者的下场也许不会那么惨，毕竟那里的人个个都安分守己。但是相信我，即便在那里，你也不希望任何人知道你和我们是一伙的。我们在监狱管理局有一位联络人，他与我们合作，不过这人在华盛顿。用我们的话说，所有在行动地点的人都是被蒙在鼓里的。因此我们要给你一个免费热线号码。一旦你因紧急情况必须离开监狱，你知道我们在你身后帮助你。"

吉尔马丁补充说："从联邦调查局的角度出发，如果你在为我们工作，

---

[1] 万律（Westlaw）、律商联讯（LexisNexis）均为在线法律数据库。

那么你就是我们的一员，我们会像对待其他特工一样对你，一视同仁，不会让自己人自生自灭。"

我点点头。阿曼达说得没错，我是真的将生命交给了丹尼·瑞茨。我看着眼前这位身穿联邦调查局西服、口袋里装着联邦调查局徽章的特工，他早已从"危险人物丹尼"的时代蜕变、成长了。

我想，我们都成长了不少。

我问："和我说说时间安排吧。如果我同意，我们什么时候开始？"我想起阿曼达怀孕的事情，我不遗憾错过她孕期的大部分时间，但我绝不想错过最后的重大时刻。

吉尔马丁说："立刻开始。你一签完文件我们就会带你去西弗吉尼亚见与我们合作的检察官。由他带你去一家地方法院，你会在那里被判有罪。我们将要求尽快执行刑罚，但是受制于联邦法官的日程安排，我们在那里也没有绝对控制权。此外，法官需要缓刑办公室提交一份判决前报告，大概耗时数周。合计算来，需要一到两个月。"

"我被法官判刑之后多久才能开始计算服刑时间？"

丹尼回答："马上。你和美国检察官办公室将达成的部分协议里就包括在摩根敦联邦惩教所服刑，这类请求在申诉中并不少见。摩根敦就在附近，而且我们已经与监狱局多次确认过那里有空床位。你被判刑那一天就将前往摩根敦。"

换言之，最多当阿曼达怀孕三个月时，就会开始计时。如此算来，即便她略微早产，估计我也已经出狱了……

我问："如果我想找个律师来替我把关？"

吉尔马丁说："我鼓励你这样做。但是你要自己承担费用。我推测，如果你找律师，估计要支付 1000 美元、2000 美元。"

我没有这笔钱，至少现在没有。

"你们什么时候给我钱？"

吉尔马丁说："你签署完这些文件，我们就向上级提交申请。今天是节假日，我们拿不到钱，但是他们的处理时间一般为二十四小时，也许你周三就能拿到了。"

换言之，这就是所谓的"第二十二条军规"[1]。除非我先签署协议，否则我没有钱聘请律师。

我大概是要自己做决定了。在剧院工作这么些年，我已经签署过无数份协议。这次的协议估计也没有太大的不同。

我问："好的，你们介意我在这里仔细读一读协议吗？"

丹尼说："只要你不介意我们在你身边吃东西，我快饿死了。"

我一边吃着薄煎饼一边阅读文件，大家都沉默不语。此刻我不再是粗略浏览，因为我意识到文件内容相对言简意赅。我可以随时退出，但是我将因此损失尚未支付给我的钱；如果出现紧急情况，我可以联系分派给我的特工，联邦调查局另设有全天候免费求助热线；六个月之后，经双方同意可以将合同延期，直至完成任务。

连篇累牍都是想说明，如果我受伤或者牺牲都不是他们的过错，不论是我本人还是我的后代或被授权人均不能起诉他们。

我读完文件正文，正准备开始阅读免罪内容的时候，吉尔马丁说了声"抱歉"，然后去房间角落的洗手间。

等吉尔马丁听不到我们说话时，丹尼倾身说："嗨。"

我抬起头。

他低声说："要求提高金额。"

我低声问："可以吗？"

我从来没想过自己可以提这个要求。这或许就是为什么我成了一名演员，而不是商界大亨。

"当然可以。资产查封的基金对我的上司而言，就像是大富翁的游戏币一样，来得容易，去得也容易；但是对你而言，它是实实在在的钱，对吗？"

---

[1]《第二十二条军规》（Catch-22），美国作家约瑟夫·海勒（Joseph Heller，1923—1999年）的长篇小说。该作品以美国空军相互矛盾的军规为切入点，描绘了军队乃至整个世界的失序和荒诞。

我说："是的，当然。"

他用极快的语速低声说道："几个月前在休斯敦有一次行动，一个演员拿了15万美元，外加因诉讼而得的15万奖金，那次行动的目标远不及我们这次的级别高。一会儿瑞克·吉尔马丁回来之后，你就告诉他要双倍报酬，他肯定会拒绝你，因为没有上级的许可他不能提高薪酬。你只管守住阵地。最糟糕的结果顶多就是我们的上司说不行。"

我说："好。"接着补充道，"谢谢。"

"我只是友情提醒你，穷弹。你也替我想想，略微等一会儿再和他提要求，如果他刚从洗手间回来你就提这事，他会猜到是我给你出的主意。"

"明白。"

我继续阅读文件。吉尔马丁回来时我还在阅读，仿佛一切如故。直到我读完免罪和保密的协议内容，我逐渐开始进入角色。

我不再是那个好说话的演员托米了，而是狡猾精明的谈判家詹普先生。我把文件整理好后叠成一摞，整齐摆放在我面前。

接着，我目光炯炯地盯着吉尔马丁。

我说："诚然，看起来都不错，只有一样。"

"什么？"

我说："钱。我是为了你们才进的监狱，而你们开出的金额与我即将面临的风险不对等。我希望进去的时候拿10万美元，六个月之后再拿10万，如果你们成功提起诉讼，我将额外获得20万美元。"

我偷偷瞧了丹尼一眼，他一直面无表情。我又盯着吉尔马丁，这是我结识他以来他首次面露不悦之色。

他说："你想报酬加倍，真是狮子大开口。"

丹尼假意迎合地说："托米，你要的太多了。"

我说："我不这么认为。你们让我签的协议里，联邦调查局不愿对我的死亡甚至被肢解承担任何责任，我自然会要求获得合理报酬。"

吉尔马丁双手抱胸，皱着眉看着我。

他说："我……我没有权限批准这一要求。"

我说："那你为什么不和可以批准的人说说呢？"

吉尔马丁一脸为难地说："我不想在假日打扰我们的特别行动署署长。要我直接告诉他如果他同意，你就与我们合作？"

我说："还是看你和他电话沟通得怎么样再决定吧。"

吉尔马丁的苦瓜脸现在彻底皱成了一团，他说："好吧，我给他打电话，稍等。"

他走出隔间去户外。他刚从我们的视野里消失，丹尼就冲我挤了一下眼睛。我们看见吉尔马丁在雪佛兰凯普莱斯轿车旁踱步，从说话的姿势来看，他非常激动。

那通电话持续了大约两三分钟。快结束时，吉尔马丁似乎听得多说得少。他回到餐馆，比之前更冷静了。

吉尔马丁说："我们署长说他不能加倍，因为一旦事情传出去，会影响到我们其他的行动。但是他可以让半步，进出监狱时分别给你 7.5 万美元，诉讼奖金 15 万。他最多只能给这么多，而且这个条件今天正午之后就将失效；他说要么你与我们合作，要么我们另找他人。现在就是最后决定的时刻。你打算怎么做？合作吗？"

我看向窗外，山脚下，我有孕在身的未婚妻此刻正要将我们少得可怜的生活用品放进收纳盒。

正午。

这听起来像是意大利人拍摄的美国西部片里才会用的措辞。言外之意是我没有时间找律师，不过我反正也没真打算这么做。我只需要在这里做个决定。

如果我拒绝，我不知道接下来我们该怎么办，我或许能指望在阿肯色州混混日子，阿曼达或许能卖出一两幅画，我俩勉强糊口；如果我答应，我需要牺牲六个月，但是能让我的家人在未来数年里都衣食无忧。

我说："好，我加入你们。"

第七章

娜塔莉·杜普瑞没有多少时间去思考怎么报复。她是两个孩子的母亲，需要按时做饭，按时接送，自然也少不了对孩子们必要的照顾和关爱，包括辅导家庭作业，提醒他们练习萨克斯管，以及全心全意地履行其他各种作为父母必须履行的职责。如今丈夫关在监狱里，她只能一个人照顾孩子。

她的父母呢？她爱他们，但是他们的情况于她而言，只是雪上加霜。她的父亲患有痴呆和癌症，两种病痛不慌不忙地折磨着他，不知道哪一个会先夺去他的生命。她的母亲因眼睛黄斑变性，最近造成了两起小车祸，驾照被吊销，而且又成了一个问题。

这个必须同时照顾小孩和年迈父母的人生阶段，娜塔莉曾听人用"三明治夹层年"来形容，但这种描述依然无法真实地表达出她活在夹缝中的压迫感。她是这个家唯一的支柱。家里杂乱无序，到处都是堆积的尘埃和肮脏的衣物，还有漏水的水龙头，就像间歇性爆发的火山，使得家里愈发混乱衰败。

她在一家名为"繁西"的高级时装店做兼职售货员。店里的衣服定价高得离谱，但恰恰就是因为这一点，光顾这家店的女顾客愿意花钱购买。有些女顾客非常矫情地表示，重新雇用一位管家是人生中最大的烦恼。每当面对这类人，娜塔莉就难以掩饰自己的愤懑，但她又不得不立马重新投入工作，因为繁西是唯一一家接受灵活工作时间的雇主，并且不介意她因为生孩子而在个人简历上留下了十四年的空白期。

娜塔莉阅读过一些关于监狱的文章，说监狱惩罚的不仅仅是罪犯本人，还包括他们的家庭——不单单是一个小家庭。如今，她不仅失去了丈夫在财政、情感和体力上的支撑，还反过来成了丈夫的顶梁柱。所以说真的，她实在没有时间去琢磨怎么复仇这件事。

但此时此刻，她回到了巴克海特区。他们以前就住在亚特兰大这片高端时尚的富人区，后来因为支付米歇尔·杜普瑞的律师费破产了，一家人只好搬离这里。她把车停在那些自己再也住不起的豪宅外面。

这是一座新古典主义风格的大宅院，有白色圆柱和可以停放三辆车的车库，最醒目的应该是看守前门的两头石狮子。

娜塔莉讨厌这些石狮子。

如同她憎恨住在这里的那个男人——萨德·莱纳。

今天是劳动节[1]，她不确定莱纳是否在家。他也许去泰比岛了，有钱人都在那里购置了第二套房，他没准儿去那儿鬼混了。

娜塔莉戴着一副深色墨镜，驾驶着一辆二手起亚车，像往常一样小心谨慎。以前她住在这片区域时结识的人都认不出她。她连头发颜色都换了，现在的她无力承担每两周去沙龙染一次发的费用，她都是上药店买瓶染剂，自己把头发染成金色。

但还是很奇怪，整件事都透着奇怪。一个住在郊区的家庭主妇在别人住所前流连徘徊，还有可能被人逮到，这很奇怪；她曾幻想与住在里面的男人当面对质，这很奇怪；她觉得伤害萨德·莱纳，能让自己已成定局的拮据生活变好一些，这也很奇怪。

仔细想想，那个男人几乎夺走了她的一切，包括她的丈夫。对娜塔莉而言，丈夫不仅是孩子的父亲，也是自己最好的朋友和爱人，如今她每晚孤枕难眠。那个男人还夺走了她所有的钱，使得她现在的日子过得捉襟见肘。她每天都惶恐不安，总是在担心要是汽车气缸垫爆了，那可就大难临头了。他潇洒地练瑜伽、参加沙龙、做志工，而她却要在繁西卖东西，站得脚底生疼。他夺走了她在社区的尊严和地位，使得曾经的朋友们对她退避三舍——在他们眼里，她是一只可怜虫，是一个曾浸染在放射性物质中的人，会殃及池鱼。

---

[1] 劳动节是美国全国性节日，为 9 月的第一个星期一，放假一天，以示对劳工的尊重。

仔细想想，那个男人，他的所作所为并没有遭到丝毫的报应。他仍然住在奢华的房子里，日子过得很舒坦。门前立着的愚蠢石狮子，成天摆出一副不可一世的模样。而她和她的家人却活在耻辱、恶名和贫困之中。

娜塔莉·杜普瑞根本不必细想。

萨德·莱纳就是这么对她的。

因此，她总是不由自主地回到这里，把车停在他家门前，想象着有朝一日大仇得报，而他也落得了应有的下场。

第八章

两位联邦调查局特工帮忙搬箱子，不到一个小时，我和阿曼达就把公寓清空了。所有行李都被塞进了我的福特探险者汽车。其实，就算只有我俩，也不会花太长时间，毕竟这种事我们早就熟门熟路。什么东西适合塞在哪里，我们一清二楚，包括把室内植物捆在汽车后座上。

搬完之后，我们仿佛感觉一个时代落幕了。不久之后，一辆越野车就装不下我们的东西了——最多也就能装我们两人的，一家子的肯定装不下，尽管目前我所知道的婴儿物品，一个餐巾架就能装下，但我隐约觉着，还会有大宗配件。

这是我们在老公寓里的最后一幕，它意味着正式拉开下一篇章的第一幕。

瑞克·吉尔马丁交给我三份需要签署的文件，包括更新后的合同，上面的相应金额已经调整为 7.5 万美元和 15 万美元。阿曼达读完后，我便在厨房的灶台上完成了所有的签署手续。

之后，我们驱车向南。阿曼达又是害怕又是高兴，她努力控制着自己与生俱来的悲观主义，由着我的乐天精神暂时飞扬。

这是我们的新征程。

丹尼和瑞克跟在我们后面，一同驶入纽约州高速公路。他们让我决定车速，但也警告我不要太快，除非事出紧急，因为他们不能擅用联邦调查局的徽章逃避超速罚单。

我的母亲知道我们下午抵达。我给她打电话，告诉她我们已经在路上了，而且我们和朋友一起，她要举止得当。我可不希望她对丹尼和瑞克进行宗教法庭式"审讯"，虽说和历史上西班牙宗教法庭的审问比起来，她芭芭·詹普的"审讯"时间还不到一半，但也足以让人感到双倍的痛不欲生。

我们的计划是，在泽西市住一晚，把大部分行李放在母亲的地下室，次日清晨动身前往西弗吉尼亚。

我已经签署了协议，所以路上的一切开支——汽油、餐饮、住宿等——都由丹尼和瑞克用现金支付，他们打算从资产查封基金里报销。我们只需记得索要发票，别让联邦调查局的会计们堵心。

我们给车加好油，买了三明治。一想到自己的烤牛肉是用买卖毒品的钱购买的，我就觉着有些诡异，但总比因为联邦调查局没能禁毒，这钱被用于购买其他东西要好吧。

途中，阿曼达打了几通电话，找了个产科医生，然后又确认了我的演员工会保险，以确定即便我失业了，她作为我的未婚家庭伴侣的地位不会改变。

我们商量后一致认为，现在把怀孕的消息告诉别人为时尚早，包括——尤其是——我的母亲。她众多绰号中有一个是"BBC"，如果你想了解哈肯萨克市的最新八卦，就去找她这个"芭芭国家广播公司"。事情越大，她传播得越广。

下午，我们穿过泽西州边境进入80号州际高速公路，朝哈肯萨克市驶去。路上几乎没车，所有人都去烧烤了，用泽西人的话说——"去海滨"。

快到家时，我们放慢车速。我家位于一个狭小拥挤的住宅区，就在4号公路南边。

我的母亲全名是芭芭拉，大家一般叫她芭芭，但在学校的时候叫她詹普女士。搬到这里时，我刚学会走路。至于小时候有没有在其他地方住过，与其他什么人一起住过，我毫无印象。我的父亲没有娶母亲，在我还不到一岁的时候，他就抛弃了我们，至于原因，母亲从未说起。我感受不到父亲的缺席。你不会想念你不知晓的人或事。

在我还没出生的时候，母亲试图做一名单口喜剧演员。她白天在餐馆当服务员，晚上就抽身去当临时演员。以我现在所了解的状况，这行当很残酷，尤其对女性而言。我现在也只能想象，在她所处的二十世纪八九十年代，性别歧视引导着社会的主流思想，很少有女性能够一展宏图。等到她怀上我，很多俱乐部坚决不聘用大着肚子的女人，更别说是未婚先孕的女人。其中一位经理对她说——我想要顾客因为你发笑，而不是为你难过。

在我出生之后，这事也到了尽头。她从未明确地说过她是为了我才放弃单口脱口秀的。我在步入少年时期后，才终于明白了她所做的一切。那个时候，我一头扎进自己的演艺事业，这才恍然大悟，原来我的母亲除了养育自己的儿子之外，曾经，乃至现在，都是一个充满动力、心怀渴望的人。因为我的到来，她成为一名成功女喜剧演员的努力付诸东流，但是她对舞台的热爱并未消退。我在四五岁的时候，就展现出表演的天赋。她是第一个鼓励我的人，她把我签给了当地一家儿童剧团，竭尽所能地培养我。她自己的喜剧经历让她成了整条街上最厉害的舞台妈妈，不惧惮与那些想忽悠我们的导演对着干。

母亲将她的渴望深埋心底，很少提及自己曾经的梦。不过如今回想起来，曾有那么一刻让人意识到，她其实一直念念不忘。我十六岁那年，恰好也是我在百老汇的事业达到巅峰之际，我刚出演了《切罗基族紫色番茄》，记者兼评论员本·布朗特利在《泰晤士报》（*Times*）上发表文章，对我赞不绝口，我们都觉得这剧要火。首演结束那晚，我们举办了一次庆功会，妈妈一反常态喝了很多酒。她由着性子坦言自己曾渴望能在百老汇举办一场女性单口脱口秀，渴望看到42号大街的宣传栏上写着"芭芭·詹普主演"。

她泪眼婆娑地说："我没实现愿望，但如今我儿子实现了。"

之所以说放弃演艺事业会让我心如刀割，是因为我觉得这样一来，自己和母亲的梦都碎了。

我倒也不是要把母亲刻画成一个充满悲剧色彩，对过往耿耿于怀的人。过去的二十五年里，她一直在哈肯萨克市高中当秘书。听起来或许有些奇怪，可她偏偏以她自己的独特方式，因这份职业而颇有名气。比起当一名郁郁不得志的喜剧演员，她做校园秘书的经历更具传奇色彩。哈肯萨克市无人不知这位詹普女士，她的个头儿不足五英尺，而她的形象要比身材高大。

母亲的职责是打理办公室，可她的态度俨然是在指挥一场歌舞秀表演。哈肯萨克市高中的"芭芭·詹普秀"可以说是全美剧院最经久不衰的表演之一，无人——学生、家长乃至校长——可以抵挡。谁要是让她不好过，她就会把对方当作在卡洛琳喜剧俱乐部阻碍演出的挑衅者。

她是急性子，这也是尽人皆知的事。正因如此，当我们的车驶入狭窄的小路时，她早已在家门前等着了。这栋两居室的平房是战争结束后建造的，她总是将房子打扫得很整洁。

我不想说自己被她的容貌吓了一跳。我以为会永远年轻的母亲已经开始衰老，或许是这个事实让我感到惊讶。再过几周，她就五十三岁了。她黑棕色的头发有些发白，这些白发还极不安分，异常醒目；鱼尾纹已经从她温柔的棕色眼角越爬越远；脖子上的皮肤也变得松弛。

当我们从车里走出来时，她扑上去给阿曼达一个大大的拥抱，喊道："我的宝贝们！"

我和阿曼达刚开始交往时，母亲明显不喜欢她。好像阿曼达要在我家草坪上焚烧十字架似的——我母亲是半个犹太人。我想，泽西州的姑娘无法理解密西西比州的人。我早前一度怀疑，我要是与阿曼达分手，然后与哈肯萨克市的某位姑娘约会，母亲一定会兴高采烈，毕竟这类姑娘在母亲比较容易理解的范畴之内。

后来母亲慢慢对阿曼达热情起来，如今，她经常把脸贴在阿曼达的头发或衣服附近与之窃窃私语。母亲套起近乎来会特别热情。

拥抱了阿曼达之后，她一把将我拽过去，用她细小的胳膊努力将我抱紧。不论多大年纪，母亲的拥抱总会让人感到温暖。

她一边戳我的肩膀，一边说："我的上帝啊！托米，这肩膀的长宽比就像是二寸比四寸。你真走运，还好我现在身上没有别针，不然会扎到你，我敢发誓，这些肌肉会全部露出来。"

我说："你好，妈妈。"

那辆雪佛兰凯普莱斯轿车停在路边。丹尼已经下车了，在路边徘徊。

母亲将我撇下。她喊道："丹尼·瑞茨！我听说你进入联邦调查局了？他们知道你以前企图从我办公室的罐子里偷糖果的事吗？难道调查你背景的时候，这事没被翻出来？要是有人问起，我一定会给你抖出来。"

丹尼说："你好，詹普女士，很高兴见到你。"他双手插在口袋里，肩膀略微下垂。

只有我的母亲可以让一名联邦调查局的特工，立刻变成一名因忘记携带校园卡而局促不安的高中二年级学生。

母亲说："瞧瞧你，这西装穿得……就像刚从哪家企鹅工厂出来的。别多想，留下来吃晚饭，柜子里还有一些沙丁鱼。"

接着，她看到了吉尔马丁。她立马断定此人缺乏幽默感，因此伸出右手，铿锵有力地说："你好，我是芭芭·詹普。"

"我是瑞克·吉尔马丁。"

"很高兴认识你。"

"我也是。"

母亲问丹尼："你们要留下来吃晚饭吗？你们要是不喜欢沙丁鱼，我还有土豆沙拉和汉堡。我想邀请你俩留下来吃饭。"

我屏住呼吸。我们这会儿刚走下马路，母亲很努力地憋着不向瑞克和丹尼发起"一千零一问"。但我担心在吃晚饭的整个过程中，她是不是还能憋得住。好在丹尼的回答打消了我们所有人的顾虑。

"谢谢你的好意，詹普夫人。帮托米和阿曼达把东西整理好，我们就要离开了。"

"你确定？"

"是的，夫人。"

吉尔马丁已经走到我们那辆福特汽车的后备箱，他对母亲是竭尽所能地敬而远之。

母亲在地下室给我们腾出一个角落堆放行李。放好后，两位特工就离开了。丹尼说明天早晨9点会再过来，然后我们一同前往西弗吉尼亚。

过了一会儿，我走到了围有栅栏的后院。这个院子和房子差不多长，大概有二十英尺宽。后院有一个室外平台，是用从卡马特商店购买的金属和塑料搭建而成的，已经有二十五年了。母亲已经撑开了遮阳伞。阿曼达在室内洗澡，颠簸了一路，全身都是尘土。因此，院子里只有我们母子俩。

母亲对我旁敲侧击，迫不及待地想要一探究竟。我来回拨弄着木炭，没想到母亲竟然把木炭放在室外存放园艺物品的小棚子里，这里的防水性能差，然而却为我躲避她找到了借口。

很快母亲就不耐烦了，但不是因为木炭。

"托米，别管火了，和我说说话。我是你妈妈。坐下。"

我坐了下来。从常识上来说，芭芭·詹普所到之处，保密协议形同虚设。其实这件事不用瞒着她。因此，在让她发誓保密之后，我便一五一十地把自己和联邦调查局协商的事情告诉了她。她完全没想着要控制一下情绪，而是单刀直入地问："你为什么要这么做？"

"妈妈，这是一大笔钱。"

"我明白，可是我不喜欢这个工作，听起来像是《失魂记》（*Damn Yankees*）里的情节。你就是里面的乔·哈蒂，你这是在与魔鬼做交易呢！"

"不是魔鬼，是丹尼·瑞茨。"

"你明白我的意思。从什么时候开始，我们家的人做事是为了钱？"

"从我二十七岁、今年开始，我现在必须成熟，必须面对现实了。我做演员也没什么出路，这件事能帮我转型，面对未知的下一步。"

"你现在做得很好。自从你的经纪人马特洛维茨先生去世之后，你一直发展得不太顺利，仅此而已。你要是放弃就浪费了你的天赋。"

"马特洛维茨先生去世之前，我就已经发展得很不顺了。他活着的时候只是掩盖了这一点。妈妈，我们以前聊过这件事。"

"我知道，我知道，但是我想……你会恢复理智的。我之前觉得等夏天的淡季过去，你会重新投入演艺事业，也许其他什么事情会让情况缓和一些……我不知道，我只是觉着你不应该放弃，仅此而已。上帝啊，你曾经离托尼奖只有一步之遥。"

"妈妈，我当时也只不过是被提名而已。"

"话虽如此，可本该是你得奖的。演音乐剧《舞出我天地》（*Billy Elliot*）的那个家伙远不如你。"

"即便我得奖了也就那么回事。你知道现在有多少托尼奖获得者失业了吗？"

她噘起嘴说道："我知道，但是如果……如果你再坚持一年呢？就一年。就当给自己一个礼物，或是给我的礼物。你可以住在这里，坐公交车去市里参加试镜。你愿意为你的母亲这么做吗？"

"不，妈妈。我很感激你说这番话。可是一切都结束了。联邦调查局会给我一大笔钱，我要接这个活儿。"

她身子后倾，观察着我——她的儿子。她的儿子也不像以前那般年轻了。

"是阿曼达出的主意？你俩出什么事了？"

我说："没有。"

"你是觉得如果你能赚那么大一笔钱，她就会答应和你结婚，是这样吗？"

我本想说"不"，可我不愿对母亲撒谎，所以回答："嗯，没错，我是有过这个念头。"

接着，她像是能读懂我心思似的，轻描淡写地说出了真相："她怀孕了。"

我的脸恐怕向下掉了一英尺。母亲也不再需要进一步确认了。

她双手紧紧捂着嘴，说道："噢，我的老天啊！噢，托米，亲爱的。"

我依然一言不发。

母亲继续说道："我就知道，我刚才一瞧见她就明白了。她的屁股变大了。"

我说："妈妈，别胡说。这压根儿不可能。她才发现怀孕。"

"这不打紧。她那是头三个月的屁股。大家都这样，就连你瘦如竹竿的妈妈也是如此。想当年我也一度是个瘦骨嶙峋的小姑娘，没多久我就成了大屁股的金·卡戴珊。"

女士们、先生们，芭芭·詹普表演秀开场啦！

我说："你不能告诉任何人。"

"好的。"

"我说真的。我可不允许你像广播站一样搞得尽人皆知。"

她极尽夸张地叹了一口气说："好的，好的。你明白吗，这恰恰就是你不应该接这监狱的活儿的原因。阿曼达还年轻，未婚先孕，心里肯定忐忑不安。相信我，我就是这么过来的。她需要的是你，托米，而不是一堆钞票。"

"她有我呢，我六个月之后就回来了。"

她握住我的手："托米，请你仔细想想，即便不是为了你和阿曼达，就算是为我想想？监狱很危险。被关在里面的人，绝不是因为做了大善事而被嘉奖。你是我的孝顺、温柔、有爱心的好儿子。你肌肉再多也没用，你不应该去那种地方。"

我说："妈妈，我不会有事的。"

眼泪在她眼中打滚，她情绪一上来，我着实束手无策。

我只好抽出我的手，站起身来，说："现在火好像烧得够旺了，我去准备汉堡。"

第九章

阿曼达刚洗完澡，她擦干身子，用毛巾裹住头。

她端详着镜子里的自己，想确认身体内部的变化，是否会引起身体表面的变化。皮肤还有光泽吗？胸开始鼓胀了吗？臀开始变宽了吗？她此时的心情，就像盼着青春期赶紧结束时的心情。她想起了九岁那年，自己第一次焦虑地探寻身体的变化，但其实什么变化也没有。

她轻轻拍拍仍然平坦的肚子，然后走出浴室，进了卧室。这是托米小时候的卧室，后来，他的母亲把这个隔间变成了纪念独生儿子的博物馆。这里有装裱精美的演出节目单，一行一行地挂在墙上，还有托米少年时期的照片，其中一张是托米十岁那年在某地方剧院出演《雾都孤儿》的照片，还有他出演《悲惨世界》时站在堡垒上的剧照，以及他在《魔法坏女巫》舞台群演左侧的照片，还有一张是托米和著名演员迈克尔·克劳福德在某次义演中的合影。

这间屋子是纪念儿子成就的神庙，也是见证母爱的殿堂。

阿曼达穿衣服的时候，透过百叶窗看见门栏边上的母子俩——他们似乎正在进行一场激烈的交谈。

阿曼达喜欢芭芭，但会保持一点儿距离。芭芭有点儿……有时候，她太激动了，总是情绪高昂，非常戏剧化，而且喋喋不休。芭芭的习惯是不分场合地想到什么就说什么，这与在美国南方长大的阿曼达的习性迥然不同。在南方，礼貌远比诚实重要。况且，这位母亲的名字"芭芭"原意是"锋利的倒钩"，她的姓氏"詹普"作动词时，意思是"跳跃"。人如其名，阿曼达还能有什么别的期待呢？

阿曼达刚离开床边，托米放在床上的手机就响了，铃声是音乐剧《彼平正传》里的曲子《天空一角》。来电号码的区号是 501，来自密西西比州北部地区的姑娘一看就知道，这是阿肯色州的区号。

她没多想，接通电话。

"您好？"

电话那头的男士介绍自己名字时语速太快，阿曼达没听清，但她听到了句子的结尾部分："……阿肯色州剧院。"

"噢，您好。"

"您是阿曼达吗？"

"我是。"

"托米一直对您赞不绝口。他说您是一位难得的艺术家。"

她说："这要看是什么日子了。"

"托米在旁边吗？"

阿曼达又朝外面看看，托米似乎还在和芭芭严正交涉。

"实际上，他此时有点儿忙。"

"哦，好吧。我打电话来是想给他提供一个工作。我知道他一直在演出，昨天才结束，所以我就没打扰他。但是现在演出结束了，我也不想等太久。他的求职信写得棒极了，我把信交给了董事会，他们说'我们必须聘请他'。我们希望他能加入我们。"

阿曼达紧紧地握着电话。这简直是来自命运之神的电话，似乎是告诉他们，别去蹚联邦调查局的浑水，别去想什么一夜暴富，也别去想纽约的美术馆；搬去小石城（阿肯色州首府），那里也有美术馆，然后与那些同样无法在纽约立足的艺术家为伍。

哇！

阿曼达的脑子里突然跳出的最后那些想法，完全违背了她以往的善良和公平的观念。

但是，她又不能否认，她脑子里几乎同时又涌现出其他想法：不管阿肯色州话剧院支付他多少薪水，都肯定不会是 30 万美元。

算了，忘了这事吧！毕竟钱不代表一切。

可是她的母亲还在靠打扫房屋为生，十年也赚不到 30 万美元。

只需六个月。

之后托米就可以继续表演。不论他嘴上怎么说，表演才是他真正的渴望。其实她也如此。她爱上的不是副总监，而是一个在舞台上——不是在舞台边上——燃烧激情的男人。

阿曼达害怕托米因为被剥夺了舞台上的巨大喜悦而改变；她害怕如果怀孕是导致他舍弃梦想的直接因素，他会憎恨这个孩子；她更害怕他会憎恨她，因为就是她把孩子生下来的。然后他们会分手，而她将独自在密西西比州勇敢而孤苦地抚养孩子，就像她的母亲年轻时一样。

她的大脑驱使她停止这些消极的想法，她应该意识到，这是他们最后的机会，可以潇潇洒洒地远离联邦调查局那令人头晕目眩的"高速公路"。

这真是太令人兴奋了！

请稍等，我去看看他是否方便。她深知自己本应该这么回答对方。但是她给出的回答却是："哦，太抱歉了，他今天早些时候接下另外一份工作了。"

这也是事实。

"噢，好吧！真遗憾，真的！请向他转达我的祝贺。这……这是个好消息。"

"我会的。谢谢您的来电。"

阿曼达穿好衣服，走到室外平台。

托米翻转着汉堡回避他的母亲。他抬起头，挤出一个微笑，说道："嗨，刚才是我的电话响吗？"

"是的，电信公司的推销。"

第十章

我那位性情乖张的母亲对我的态度真是冰火两重天。前一天晚上，她还对我冷冰冰的，次日清晨我们要离开时，冰山已经消融。

单身母亲和她的儿子——别试图去理解我们这个群体。

我们继续向南驶去，穿越宾夕法尼亚州连绵不绝的群山，途经马里兰州进入 81 号州际高速公路，最后抵达西弗吉尼亚州绿意盎然的狭长地带。

我跟着丹尼和瑞克抵达第 13 号出口，那里有很多连锁餐厅和旅馆，供高速公路上舟车劳顿的游客歇脚。一路上，我们都没有选择那些条件较差的住处，最后是在高速公路边最好的假日酒店落脚。

我下车伸展四肢。

丹尼热忱地对我说："欢迎来到西弗吉尼亚州马丁斯堡。这是你未来一两个月的家。"

我重新认真地打量起这家酒店。挺新，植被生机勃勃，我绝对住过比这差的酒店。

吉尔马丁进酒店办完手续，随即递给我一把钥匙。

丹尼说："你先休息一下，稍后我们去找你，可以吗？在公诉人到来之前，我们必须说说战略。"

我重复道："公诉人……"

"没错，就是与我们合作的那位，还记得吗？"

哦，是的。

大约是看出我面露困惑的神色，丹尼接着说："别担心，他会小心谨慎。这也是为什么我们在酒店碰面，而不是去他的办公室：我们最不愿看到的，就是让你未来的狱友瞧见你和副检察官有私交。"

我点点头，仿佛是在表示自己听懂了也同意这项决定。我尽可能多地拿起行李，坐电梯上了二楼。

我们打开行李，阿曼达在洗手间，嚷嚷着要打个盹儿。不知道为什么，她昨晚没睡好。

大约半小时后传来一阵敲门声。吉尔马丁仍旧带着那个无处不在的公文包，丹尼胳膊下夹着一个亚麻质地的文件夹，他将文件夹递给我，然后说："这些供你大致了解一下米歇尔·杜普瑞。目前我们所掌握的关于他的信息都在里面，在这之前，我们让实习生们对内容进行了精选，烦冗的部分已经删掉了。"

吉尔马丁补充道："如果你觉得哪里不清楚，可以直接问我们，我们尽力而为。"

我走到靠墙的那张小桌旁坐下。文件夹是用封条封好的，这是在告诉我，文件内容属于高度机密。如果我不是被批准的收件人，可能会因此而被判十年刑期，罚款50万美元。打开之前，我抬头问："我是得到批准的收件人，对吗？"

丹尼说："那是张愚蠢的封条！我敢发誓，局里的人都用它做厕纸。"

我将这话视为可以继续的许可。

打开文件夹，里面是一摞8英寸×10英寸的彩色照片，都是米歇尔·杜普瑞。先是一张小班班模样的囚犯照片，接下来还有——米歇尔·杜普瑞身穿黑色西服，从一辆灰色雷克萨斯轿车出来；米歇尔·杜普瑞在一栋四四方方的豪宅的草坪上除草；米歇尔·杜普瑞与两个孩子及一位成年人行走在停车场，我猜那是他的妻子，她身材娇小，一头明亮的金发，衣着讲究，那双腿一看就知道练过普拉提。还有其他各种照片，都是在被拍对象一无所知的情况下，采用变焦镜头远距离拍摄的。

镜头下的这个男人与我预想的迥然不同——我以为米歇尔·杜普瑞天生一副凶神恶煞、叱咤风云的模样，但他看起来很普通。或者更确切地说，他看起来很不起眼儿：一个中等身高、胖墩体格、留着山羊胡、有点儿秃头的白种男人。在杂货店面包区过道里，你能碰见上千个这种类型的人。我实在难以将此人想象成一个偏离正轨的反社会者，一个为凶残的贩毒集团投标，无视因此对人类造成巨大损害的人。他给我的感觉是——这人真是胆大包天。

或许我需要问问自己：我敢不敢接近他？

吉尔马丁说："你瞧，我们的监视工作干得不错。"

我点点头，继续往下看。

米歇尔·杜普瑞出生在亚特兰大市郊区，母亲是家庭主妇，父亲是

IBM 的执行官。他就读于佐治亚理工学院，获得了国际关系和西班牙语双学位。他在可口可乐南美分部工作数年，后来重回大学，获得了埃默里大学的 MBA 学位，主修金融与会计。之后，他进入联合南部银行。21 世纪初期，该银行借着市场繁荣但监管松懈的背景飞速崛起，而他也顺着东风频繁升职。米歇尔·杜普瑞的语言技能、教育背景和专业知识让他自然而然地进入了银行的拉丁美洲分部。我完全无法理解他那些岗位头衔的内涵，也不懂这些人——这些躲在都市高楼大厦彩色玻璃后面工作的男男女女——整天究竟在干些什么。也许有一天他本人会解释给我听。

我接着读完关于他犯罪的内容，理解起来并不比银行那部分容易。联邦司法的术语真是晦涩难懂，即便你觉得自己读懂了某条时间线——起诉、传讯、判刑，但是非专业人士想要将其糅合成一个整体则无比困难。

简而言之，他进了监狱。

这也恰好是我即将面对的命运。

我说："好吧，我稍后再仔细阅读一下。"

吉尔马丁说："不，不行。你没有经过安全调查所，不能拿走这些文件。只有在我们在场的情况下，你才能阅读这些材料。"

丹尼说："而且你不能对这些材料太过熟悉。我觉得你事先了解一下他的背景有好处，毕竟我们希望你提前为你的角色做准备。但是你对这些信息本应该是一无所知，记住了吗？当你和他见面的时候，他对你来说只不过是监狱里的一个普通的陌生人。"

"对，自然是如此。"

"现在，你想了解一下你的新身份吗？"

我说："当然。"

丹尼朝吉尔马丁点点头，吉尔马丁去取他的金属公文包。我们房间里有两张双人床，他之前把包放在其中一张床上，阿曼达坐在另一张床上，像个性格内向的人一样密切地观察着四周。

吉尔马丁抽出一个信封，然后又从信封里拿出出生证明、护照和驾照，他把这些证件递给我："这些是让你获得一个新身份所需的全部证件。如果你觉得它们是伪造的，那就大错特错了，它们全是真正的证件。"

"明白。"我一边回答，一边端详驾照。联邦调查局用了一张我的脸部照片，通过数码技术改变了背景，现在看起来像是一张在车管所拍摄的照片。"彼得·兰费斯特·古德理希。兰费斯特，这名字什么意思？"

吉尔马丁说："这是一个姓氏。根据我们的经验，一个好用的假人名应当包含两个普通的名字以及一个罕见的姓氏，这样你就有话题可聊。有个现成的话题总是件好事。"

丹尼说："大家一般叫你皮特、皮特·古德理希。好人有好名。你曾是人见人爱的高中历史老师，有一位美丽的妻子，叫凯丽，还有三个可爱的孩子——露易莎、古斯和爱丽丝。"

吉尔马丁说："我们从位于匡提科[1]的档案分局那里得到了大量建议。他们认为你必须有一个类似杜普瑞的白领背景，而且你必须要有几个孩子。摩根敦联邦惩教所心理学家的报告指出，对杜普瑞而言，与孩子们分隔两地是他在监狱服刑期间所面临的最大难题。你可以利用这一点与他套近乎。"

我问："如果我的妻子和孩子从不去监狱探视我，会让人疑心吗？"

两位特工难以确定地相互看看。他们之前没考虑到这一点。

丹尼先开口说道："那么，阿曼达或许可以假扮凯丽……"

我立刻否决："绝对不行。你们雇用的是我，不是她。别把她拉下水。"

我知道在这个问题上阿曼达站在我这边。整个房间陷入令人不安的沉默。

接着，我脱口而出："我在监狱的时候，凯丽和孩子们不得不搬去和

---

[1] 西弗吉尼亚州的一个县城，此处所指应为美国联邦调查局在此设立的学院，即联邦调查局学院（FBI Academy）。

她的父母居住，他们住在加利福尼亚。他们至少要等到一年之后才能探监。"

丹尼露出一副恶作剧的微笑，自他告别"危险人物丹尼"的时代之后，我再没见过他的这种笑容。丹尼对他的搭档说道："瞧见了吗？我就跟你说，我哥们儿厉害着呢！"

吉尔马丁点点头，继续介绍说："你在驾照上能看到，你住在西弗吉尼亚的谢泼兹敦，距离这里不远。那是一个美丽的县城，属于西弗吉尼亚的富裕地区，也是旅游胜地……"

我说："明白，事实上，我曾经在那里的戏剧节上演出过，就在谢泼德大学。"

"好极了。我们猜测杜普瑞应该从没去过那里，所以你可以适当发挥，编纂你的故事。但我们还是建议你未来几周再去那里一趟，重新参观并熟悉一下曾经工作过的学校，想象一下你曾在那里的生活。"

"西弗吉尼亚，所以我应该带一点儿南方口音。"我已经开始尝试用南方口音说话。我倒也没拿出去参加音乐剧《波吉与贝丝》试镜的那种架势，只是带了一点儿山区的快节奏。

丹尼接着说道："之前和你说过，你犯的罪必须由联邦政府管。我们的设想是你背负抵押贷款无力偿还，紧接着你的妻子又在工作时受伤，因为身体残疾而被开除。你只是西弗吉尼亚州的一名教师，收入不高，难以维系日常开支。因为入不敷出，你找了第二份工作、第三份工作，但是收入还是不够。后来银行决定收回抵押品赎回权。你在困境中越陷越深。你曾经恳求银行再给你一次机会，希望他们能通融一下，但是银行态度非常强硬。这就是你的处境。你因为即将失去来之不易的住房而气急败坏、备感羞耻、无比绝望。所以某一天，你失去理智，决定让银行瞧瞧到底是谁厉害。你告诉他们自己身上有枪，他们必须交出金库里的所有东西。你打算借此解决自己的财务问题，同时报复银行。"

我说："我就是怒火中烧，把一切不顺都归咎于银行。"

吉尔马丁接过话茬儿："这将是你和杜普瑞的另一个交集点。档案编纂人员告诉我们，杜普瑞对他曾任职过的银行或许有抵触、憎恨心理，因为银行曾经拒绝把一次重要的升职机会给他。那次升职不顺或许就是他开始洗钱的导火索。他想通过洗钱来获得本该因升职而提高的收入，另外，他想报复银行，与皮特·古德理希如出一辙。"

我问："我是怎么被逮捕的？"

丹尼说："因为你是一个外行。你事先不知道联邦调查局为各家银行在钞票里安装了跟踪装置。你刚坐下来数钱，十几个特工就突然将你的藏匿地点包围了。"

我点点头，我的想象力已经开始补充我新身份的空白处。

我是皮特·古德理希，一个品格高尚的丈夫，一个殚精竭虑的父亲。露易莎是我亲爱的宝贝女儿，古斯这个小男孩儿更亲近妈妈，虽说爱丽丝还只是个婴儿，可是各种迹象表明她是一个不折不扣的小淘气。

在学校，我对学生们倾尽所有，可惜该死的州级考试正在毁灭教育。我的第二份工作是家教，第三份工作是在高速公路旁的"苹果蜜蜂"餐饮店当服务生。这么说，我晚上大约 12 : 30 在餐饮店收工，大约凌晨 1 点筋疲力尽地爬上床。我内心情绪起伏太大，辗转反侧到两点。接着，早上 6 : 30，闹钟将我惊醒，我冲进洗手间淋浴，确保自己在学校不至于闻起来像馊臭的百威啤酒。

但是，尽管我累得体力不支，该死的银行还是不依不饶。就在我三十三年人生中最为绝望和黑暗的时刻，我将长筒丝袜套在头上走进了银行大厅，就像我的美国历史课中有一个单元就是讲关于杰西·詹姆斯[1]这个江洋大盗的。

还有很多可以补充的内容，非常多。但是，没错，我可以和这个角色融为一体。

正当我沉浸于皮特·古德理希的世界时，突然传来三下刺耳的敲门声。

---

[1] 1847—1882 年，一位颇具传奇色彩的美国强盗。

吉尔马丁说："肯定是德拉耶。"他透过猫眼检查了一下，开门将一位上了年纪的男人迎进来。

来人一头鹤发，全部向前梳着，以便尽可能地遮住前额部分；他戴着无框眼镜，棉质卡其裤上没有一丝褶皱；他穿着一件蓝色运动夹克，系着一条自90年代起就不再流行的领带。也许他早就没心思去取悦任何人了。

我起身向他问好。阿曼达也是。

吉尔马丁说："这位是皮特·古德理希，这位是西弗吉尼亚州北区的副检察官大卫·德拉耶。这位是皮特的妻子，凯丽。"

德拉耶面无表情地与我握手，接着又同样面无表情地与阿曼达问好，只是多加了一句礼节性的"女士"。我感觉他不想来这里。

"您好，我是皮特·古德理希。"我借这次打招呼练习说这个名字，而且带上些许南方口音，"很高兴认识您。"

德拉耶点点头。阿曼达重新坐在床上。我依旧站着。

丹尼说："我们希望两位能借此机会相互认识一下。"他说话的口吻仿佛是在替我们保媒拉纤，"您要不给皮特解释一下整件事的过程，好让他略微宽心？"

德拉耶说："当然可以。我的办公室已经替你安排好了。明天1点去见地方法官。你大概需要在11点左右抵达法院。你到了前门金属探测器的位置时，告诉保安你是来自首的，他们会通知执法官，执法官会带你下楼采集指纹。接着，他们会带你去见地方法官。法官会问你是否明白自己在做什么，你这么做是出于自愿还是被人胁迫，你只需回答'是'。你在现场会有一名律师，他是地方辩护律师，对你……咳咳，对你的处境一无所知。他会被告知你愿意接受裁决，他大可一事不做，只管在合理范围内提出裁决建议，这事自然会有人接手。"

德拉耶看了两位特工一眼，仿佛是要确认自己没说错。两位特工都没说话。

我询问道："会不会有什么证据之类的东西？"

德拉耶说："不会。明天只是提讯，就形式而言，你需要回应的是对你的指控。结束后，地方法官将决定你是否需要缴纳保释金。鉴于你是自首，我的团队提出无保释金释放的请求后，你会安然无恙的。最后，你会在交付保证金后获得保释。你将经历的所有过程，其实都是按流程走的。这些事我们天天做。那些主动认罪的人，其实帮我们节省了时间，没有人会让小事变大。这么说你能理解吗？"

我和德拉耶一样看着吉尔马丁和丹尼，就好像他们会告诉我我是否该有疑虑。但他们看着我，一言不发。

最后，我耸耸肩："好的，听起来非常直接。"

德拉耶说："很好，那么今天到此为止。你们有需要再联系我。"说完他就要起身出门。

丹尼说："事实上还有一件事。有个东西我想让两位看看。"他转身对阿曼达说，"这东西属于高级机密，请恕我不得不请你回避几分钟，古德理希夫人。"

"好。"阿曼达一边说，一边从床上起身。

等阿曼达离开房间，丹尼这才说："我想提醒各位整件事的性质，至少对我而言是如此。如果两位不介意，请坐下吧。"他朝阿曼达离开的那张双人床点了点头。

我和德拉耶在床尾坐下。

"可能有人以为洗钱是一种没有受害者的犯罪，因为这个过程里没有流血和伤亡。"丹尼一边说，一边在那个似乎不见底的金属公文包里翻找东西，"在今天这个时代，洗钱仿佛就是一个穿着西装、系着领带的家伙，坐在办公室里随便在电脑键盘上敲几下那么简单。这有什么大不了呢，对吗？"他拿出一个信封，从里面抽出一些材料，"但是实际上，金钱恰好就是问题的症结所在，是贩毒集团迈出第一步的目的——赚大钱。只有将这些钱洗白，他们才能用它去购买想要的东西。因此米歇尔·杜普瑞的任务是整个犯罪过程中最核心的一环。如果没有米歇尔·杜普瑞这样的人替他们洗钱，贩毒集团也不会费尽心思去贩毒、杀人、害人。"

他又递给我一张 8 英寸 ×10 英寸的彩色照片。照片上的人看起来像是一位官员，他身材魁梧、面带微笑地站在美国国旗前。他头顶上有一撮红色的头发，大大的脸上有些雀斑，看起来就像一个擅长双手倒立喝啤酒的大学兄弟联谊会成员。

丹尼说："他叫科瑞斯·兰哲迪格，是一个好男人。他和妻子孕育了两个儿子。他已经去世了，将自己献给了正义事业，极具献身精神。皮特，我说这些是为你好。大卫也认识他，我说科瑞斯·兰哲迪格是世上最优秀的人，大卫也同意，对吗？"

我看看德拉耶。他的脸色忽然变得凝重，垂下脑袋，看着地板。

丹尼说："但是后来，科瑞斯……显而易见，他对正义的追求让他成了新科利马集团的眼中钉。他们容不下任何威胁，所以就对他下了毒手。"

丹尼将另一张照片放在我和德拉耶中间。

这是一张脸部特写，它已经被砍得面目全非。我仔细看了好一阵，才意识到这和刚才那张照片上的是同一张脸。眼眶是空的；脑袋两边有血淋淋的窟窿，那是原来耳朵的位置；嘴巴惊恐地张着，牙齿全被拔掉了，留下的伤口一个一个被口香糖填满了；红色头发处有一个凸起的地方，我猜想那是因为一大块头皮被揭了起来，然后又给放了回去。

剥皮。

除了遭受各种酷刑，死后部分躯体还被人剥了皮。

我扭头避开这张照片，但是太迟了，它已经深深印在我脑海里了。

德拉耶摇摇晃晃站起身，步履不稳地走进洗手间。接着，我听到他对着马桶大声呕吐的声音。我感觉自己也快要吐了。

丹尼低声道："这就是所谓无受害者犯罪里受害者的模样。为什么我能撑下来？就是因为这个。为什么我们需要你成功？也是因为这个。为什么我们要摧毁贩毒集团？还是因为这个。"他的目光变成了火焰。当他说出这番话时，他的头轻微地上下晃动。

我感到无比震惊，我曾经的小联盟队友，那个小丑一样的同学如今已经变身成了一个一丝不苟、目标坚定的年轻人。

丹尼说："科瑞斯的葬礼又是另一番景象。因为不想让人看见，他的棺椁是密闭的。他的妻子和孩子备受打击，绝望无助。你永远忘不了那一幕。"

对丹尼·瑞茨而言，联邦调查局的任务绝不只是一份工作，而且是一个召唤。

现在我终于明白这个任务里的生死利害。这不是电影。新科利马那帮人也不是身穿白色亚麻西装，在风景如画的海边庄园吸着雪茄、喝着桑格利亚汽酒，性情鲁莽的墨西哥人，他们是残酷冷血、没有人性的杀手。他们肆意践踏别人的生命，他们虐待将死之人，只是为了让生者感到恐惧。他们目无法律和政府，没有丝毫普通人对和平生活的渴望。而我即将懵懵懂懂地进入他们的世界，严格来说，就算没有进入他们的枪口范围，至少也是临近了。

我可以将这件事设想为一个自己梦寐以求的表演工作，我可以一如既往地对这个角色倾尽心力，我也可以告诉自己一切只是一场戏。

但未来可能发生的结局不是戏，是我能想到的最真实、最恐怖的事。

第十一章

我没有对阿曼达提起照片的事，她怀有身孕，已经承受了太多的压力。反正我需要学着编故事，所以，我为丹尼让我们看洗钱机密文件的事编了一个故事。但是为什么要对我——我又不是会计——说洗钱的事呢？这压根儿让人琢磨不透。她相信了我的谎言，没有多问。接着，我俩度过了一个安静的夜晚，看电影，叫客房服务。丹尼说不管什么费用都可以计算在房费里，用资产查封基金报销即可。

一整个晚上，科瑞斯·兰哲迪格那张被人摧残的脸不停地浮现在我脑海里，要不是这样，我会觉得自己是在度假。我产生了各种令人毛骨悚然的胡思乱想。他们依照了什么顺序？是先挖掉耳朵，还是先拔掉牙齿？他们是不是最后才把他的双眼挖出来，好让他眼睁睁见证自己的不幸？还是说，他们不分顺序地切割他，直至他血尽人亡？

趁着阿曼达去洗手间的空当儿，我在谷歌上搜索"科瑞斯·兰哲迪格"。关于这位被谋杀的副检察长，马丁斯堡市的报纸上刊登了两则报道。

这么说来他是检察官，与德拉耶一样，难怪德拉耶看到那张照片就吐了。

报道对科瑞斯·兰哲迪格的遗体情况只字未提，媒体并未透露相关细节。马丁斯堡市的警察局承认未能找出凶手。报道的内容主要是，兰哲迪格是一位备受爱戴的校董事会成员，也是一位尽职尽责的父亲，整个社区为他的去世而哀悼。文章并未提及他的死亡是否与他的职业有关联。几天后，媒体报道了他的葬礼，内容大同小异，毕竟没有多少新料可曝光。对于公众而言，整件事看起来或许是一桩无法破解的，甚至是偶然的杀人案件。

我难以入睡。我原本是一个不论何时何地都能快速入睡的人，但我内心的波动起伏直至清晨还未平息，这极不寻常。说实话，干我这一行最大的好处之一就是可以睡到中午。然而直到早上 6 点 23 分，我依然在听假日酒店里空调的嗡嗡声，恨不得去拔掉电源。我是演员，不是国际犯罪团伙的制裁者。我为什么要让自己变成一名战士，去参与一场与我毫无瓜葛的战争？如果贩毒集团知道了我的目的以及是谁派我来的，他们会怎么对付我呢？

如果这一刻，我在阿肯色州的朋友给我打个电话，我极有可能投入他欢迎的怀抱，然后去丹尼的房间，无比愧疚地告诉他——我退出。

就这样又辗转反侧了大约一个小时，我终于坐了起来，没有惊醒阿曼达，独自下楼去假日酒店的健身房。我把自己焦灼紧张的能量用来进行自由重量锻炼，训练肩膀、手臂和胸部，半个小时之后，这些部位都在颤抖。接着，我在跑步机上跑步，调成上斜，想象自己是在跑着登山，又是半个小时。我的肺开始灼烧，汗如雨下。

我回去的时候，阿曼达已经起床穿好衣服了。她穿着一条紧身裤，套一件我的衣领带扣的衬衫，虽说衣着简单，可是在她身上却美极了。如今距离我们第一次约会已经两年多了，可是她有时候还是能美得令我窒息，比任何跑步机的效果都好。

"早上好。"她的口吻与其说是问好，倒不如说是对我大汗淋漓的赞赏。

"我去健身了。我们昨天除了开车就是吃，弄得我不太舒服。"我说道。

"哦。"

"不如等我洗了澡，我们去吃早餐？"我提议道。

"亲爱的，我刚吐了两次。要不还是你自己去吃早餐吧？"她拍拍自己的肚子，露出又甜蜜又苦涩的微笑。

"呕吐……孕妇晨吐？"

她说："我想是的。"

我不禁傻愣愣地咧嘴笑了，爱人呕吐，我做出这样的反应想来是不太妥当的。但是这事也有令人动容的地方，因为这是一条鲜活的生命正孕育在她肚子里的表征。我轻轻吻了她的额头，怕自己的汗把她弄湿。

"我想出去散散步，或许新鲜空气对我有好处。"

我说："好主意。"

我订好了早餐，然后去淋浴。我在花洒下站了好一会儿，为我们生命出现的转折感到惊叹不已。她怀孕了，我要当爸爸了。这对我来说还是那么地不可思议。但也提醒着我为什么要去经历这一遭。

这就好像健身可以排除我脑子里的有毒想法，现在我可以更加理性地思考潜在的风险。科瑞斯·兰哲迪格作为检察官，在明面上让自己成了贩毒集团的宿敌。他的整个职业生涯，他的全部生命，都是在与新科利马集团进行正面斗争。

我呢，基本是侧面打击。即便我成功了，新科利马集团也永远不会知道托马斯·亨利·詹普曾经加快了他们的毁灭，他们或许都不会知道彼得·兰费斯特·古德理希。我猜米歇尔·杜普瑞也绝不会主动告诉他所在贩毒集团的老板，是他无意间将文件所在地透露给了联邦调查局的线人。他甚至都不会察觉到自己向我透露了消息，我又将消息转告给了联邦政府。这就要看我的手腕了。

我对自己的处境感到乐观一些，这才关上花洒。穿好衣服之后，我给丹尼回复了一条短信，他正要和瑞克过来。

不久，我就听见敲门声。他们这次来的第一个步骤是毫无仪式感地递给我一个装满现金的公文包，共计 7.5 万美元，全是一摞一摞崭新干净的百元钞票。这笔钱显然是另一名特工当天早上从纽约送来的。单是一摞就已经超过我一次性见过的额度了，更别说这么多摞。

我还没来得及呆看个够，丹尼就开始了下一个步骤——免费求助热线。合同里提到过。他从口袋里抽出一张字条交给我："如果你要打电话，首先一定是拨打我的手机。你要是还没记住这一点，此刻务必牢记。不论白天晚上，你可以随时给我打电话，我会帮你解决一切事情。但是，如果因为某些缘由，我没有接电话或者你联系不上我，就必须记住这两个电话号码。"

我低头看那张字条。

免费热线旁还写着一串数字：211-663。

他继续说道："你要做的就是拨打那个电话，然后报出这串数字。有人会接你的电话，然后派遣一名特工处理你的事情。"

我询问："我现在可以试试吗？"

丹尼说："当然可以。"

我拿起酒店电话拨打号码。响了一声之后，一个女性的声音说道："请问有什么可以帮您的吗？"

她没有说"联邦调查局，请问有什么可以帮您的吗？"，理应如此。谁知道究竟是何方神圣在听电话。

我说:"211-663。"

"请稍等。"

电话那头安静了下来,但是不到十秒钟,我就听见一个语气极为诚恳的男性声音:"您好,古德理希先生,我们今天能为您做些什么?"

我说:"噢,没事,一切正常,我只是想试试这个号码。"

"很好,先生。随时给我们打电话,我们一直都在。"

"我会的。"

我挂上电话。

丹尼又微笑着说:"所以承认吧,这酷极了,对吗?"

我让步道:"反正绝不是最无聊的事。"

他说:"根据我的经验,肯定会有比被世界最强大的政府拒之门外更糟糕的事情。关于通信,还有一件事。"

"请说。"

"你进去之后,监狱工作人员就会监听你的电话。到时候也许有些事情你不想让他们知道。如果出现这种情况,你就委托我帮你的妻子、母亲或其他什么人买彩票。你报出的数字 1 到 26 将对应 26 个英文字母,27 到 30 这些数字用来间隔单词。另外,你还要随意报出大于 30 的数字,这样能误导那些也许正在监听的人,我们会忽略这些数字,只关注有关联的数字。明白吗?"

"明白。"

"这不是严格意义上的 256 字节加密,但也够用了。你下个月等待判刑的时间里有一段空闲的时间,你就利用这段时间好好记住哪个数字对应哪个字母。我已经练习过了,所以可以快速理解你报给我的数字。"

房间前端传来一阵钥匙扭动门锁的噪声,接着门开了。阿曼达散步回来了,她进房间时,丹尼和瑞克不再开口。

她说:"抱歉,我打扰你们了吗?"

瑞克说:"其实……"他拍拍自己的左手手腕。

丹尼看看床头闹钟,说:"我知道,10 点 47 了,你该出发了。"

"好的。我们走吧。"我一边说一边遗憾地看着房间里才吃了一半的早餐。

丹尼说："不是我们，是你。"

我说："难道你们不和我一起去吗？"我感到一丝紧张。过去两天一直被他俩如牧羊人对羊群一般地引领着，我已经习惯一路同行的安逸了。

"抱歉，我不知道你有没有发现，我们看起来太像联邦调查局的特工了。"他故意朝瑞克做个拇指向下的手势，"尤其是这位一板一眼的白人。要是在法庭里，某个将与你关在一处的罪犯碰巧看到你从我们的雪佛兰凯普莱斯汽车里走出来，或是看见你和我们一起穿过走廊，接着一个月后，你就出现在摩根敦联邦惩教所，那这个游戏还没开始就已经结束了。"

瑞克一如既往用他更为官方的口吻强化了这段话："从这里出去之后，你就必须维持自己皮特·古德理希的身份，这至关重要。你有罪，你悔悟了。你不能想着获得优待，因为你不会得到任何优待。切记，除非你决定放弃行动，否则就必须忘记我们，忘记所有联邦调查局的特工。你怎么会认识联邦调查局的特工呢？你不过是一位打劫了银行的历史老师。"

"明白了。"我说道。我转身看了看阿曼达，她现在坐在我旁边。"好了，我想我该出发了，几个小时之后我就回来了。"

她握住我的手，露出紧张而疑虑重重的微笑："好，在那里小心点儿。"

丹尼说："不必担心。他要做的就是饰演一个听话的小家伙，承认自己是一个罪犯。"

W. 克雷格·布洛德沃特美国联邦法庭大楼位于马丁斯堡市中心，是一栋坚固的四层楼长方形建筑。一楼地面是光滑的水泥地，楼上是脏黄色的瓷砖，看起来像是 20 世纪 60 年代的洗手间。大楼内部的正前方是美国国徽——那只大名鼎鼎的雄鹰攫着一把箭——已经褪色，看起来很是凄凉。

我实在无法鼓起勇气径直走进去，所以在周边徘徊。其实周边也没什么可逛的，大楼隔壁是地方报纸《马丁斯堡日报》的一个办公室，旁边是一所美容学校，街对面开了一家牙买加风味的餐馆。徘徊了好一阵，我终于穿过那两扇玻璃门，走到三个法庭保安面前，他们都穿着蓝色夹克和灰色裤子。

我说："你们好，我来自首。"

其中一人问："你叫什么？"

"皮特·古德理希。"我平静地说。在来法院的短暂路途中，我已经把这个姓名和口音彩排过了。

他将一台对讲机拿至嘴边说了几句话，很快我就被警卫监管了。接下来的一个小时里，我被人领着从这个工作人员处换到那个工作人员处，录指纹、拍照，等等，说了无数遍"先生"——任何一名演员都没说过这么多次。在一系列程序中，有一件事丹尼·瑞茨只字未提——我被人脱光了搜身。

我毫无怨言地默默接受了整个过程，因为这是最适合皮特·古德理希的反应。他是一个被生活击垮的男人，已经准备好接受所有羞辱。

检查完后，我换上一套褪了色的橘黄色连体衣，可是对我来说太长了。他们把我带到等候区，这是一间单人牢房，里面除了一个可以坐的狭窄架子，别无他物。大约一个小时后，一名警卫回来了，他将我的手脚铐上，又把手腕捆在我腰部的一个圆环上，然后把我带回一楼。进入法庭之前，他松开了我的手腕，但是我的脚踝还是被铐着的。

皮特·古德理希顺从地接受了这一切。

托米·詹普却觉着这太荒谬、太过分了。

我拖着沉重的步伐小步走进法庭时，大卫·德拉耶已经在原告席上等着了。

被告席上坐着一个身穿西服的男人，他的年纪应该与我相仿。警卫把我带到他旁边时，他面无表情地抬头看了我一眼，与我握手之后示意我就坐。

听众席没有人。德拉耶曾说过，这是法庭审判再普通不过的一天。没人会在意另一个即将被判重罪的人究竟是什么来头。

法官是一个满面油光的男人，几近全秃，留着棕灰色相间的胡子。

他问："你的姓名是彼得·兰费斯特·古德理希吗？"

"是的，法官大人。"

"你多大？"

"三十三岁。"

"最高学历是什么？"

"学士学位，法官大人。"

"你是否曾接受过精神疾病或戒毒治疗？"

他的语速很快，我好一会儿才明白过来，所以在我回答"没有，法官大人"之前，安静了一阵子。

"你今天的状态是否能保证你理解并回答我的提问？"

"能，法官大人。"

"你是否已经收到了你的起诉书副本？"

我说："是的，法官大人。"即便我并没收到。

"你被指控抢劫银行，这违反了美国第 18-2113A 条法律。你明白对你的指控吗？"

"是的，法官大人。"

"你是否需要再读一遍起诉书？"

"不需要，法官大人。"

"我看到现场你有一位辩护律师。你之前是否已经与他就你的案子讨论过了？"

我朝他看看，回答说："是的。"

"你打算承认有罪，还是无罪？"

我一度以为在提出这个问题之前——这个唯一重要的问题——会有很多其他的问题。在我没有回答这个问题时，我都不算加入行动，回答之后就没有回头路了。

　　我思索了大约超过五秒钟。15 万美元，也许还有更多。这钱能够帮助我的未婚妻渡过难关，足够我和她安身立命，足够给孩子提供丰衣足食的生活，也足以让我开始新的人生。

　　只不过需要我生命中的六个月而已。

　　这笔交易很划算。

　　现在是签字画押的时候了。

　　我深吸一口气，挺起胸，回答："有罪。"

第二幕

如今到了相信我的直觉，闭上双眼，起身跳跃的时刻了。

——《魔法坏女巫》

第十二章

三百分钟。

美国监狱管理局批准，关押在摩根敦联邦惩教所的所有犯人，包括米歇尔·杜普瑞在内，每个月的通话时间是这么多。他们保住了自己的特殊待遇。

对杜普瑞而言，这三百分钟意味着可以跟上妻儿的生活。大家都在绝望中希冀，他也希望等他关够九年，出狱的时候与家人依然有些许情感上的关联。

每天十分钟。杜普瑞保证每天通话十分钟，并告诉自己持之以恒。监狱管理局将这些通话称为"TRULINCS"，这是"信托基金犯人有限通信系统"的字母简称，重点词是"有限"二字。杜普瑞在表上设置了定时，以便把握时间。孩子们也深知自己每天只有这么多时间，因此做足了准备，仿佛是要去做报告。

十四岁的查理可以完美地在时间限制内完成。凡是不好的事情，他说"还可以"，其余的事他说"我不知道"。杜普瑞曾担心儿子有事瞒着他，或者因为父亲被关进监狱而憎恨他，后来他意识到，现代社会绝大多数的十四岁男孩儿，对电子游戏之外的事情鲜少置喙。

十一岁的克莱尔话多一些，不过是在这位尚未迈入易怒易爆青春期的孩子心情好的时候。她常说起自己现在和以前的朋友们，以及那些有望重修旧好的前任朋友。为了记住究竟哪个朋友是现在的，哪个是以前的，哪个是介于新旧之间的，杜普瑞还特意记了笔记。中学女孩儿间的矛盾大概连国会都无法调解。

如果查理和克莱尔占用了整个十分钟，那么杜普瑞和妻子娜塔莉就只能将不得不说的话推迟到第二天。孩子优先，成人只能退而求其次。前三天，孩子们占据了所有的时间。而今天，查理嘟囔了几件关于乐队练习的小事，克莱尔只被一个朋友背叛过，因此给父母让出了足足两分钟。

杜普瑞知道自己是幸运的，因为娜塔莉对他不离不弃。自己蹲大牢，家庭重担全落在娜塔莉身上，可她依然坚守着自己的丈夫。很多狱友就没这么幸运了，有的囚犯刚被关进来时还没有离婚，但很快就离了。

孩子们一离开电话，杜普瑞就说："我想你，亲爱的。"他不愿让家人知道与他们分隔两地让他多么煎熬。

娜塔莉温柔地说："我们没时间说这些。他们又在监视我了。"

杜普瑞如受重击："谁？"

"我不清楚。他们看起来不像墨西哥人……他们只是坐在街对面的一辆轿车里，一男一女，试图藏在里面。我看见他们拿着一个圆盘天线一样的东西，我们昨天晚上一开始通话，他们就将那东西对准我们。"

这是杜普瑞一家财政危机导致的恶果之一。以前他们住在巴克海特区的高档公园里，豪宅离马路很远。但是，律师费耗尽了他们的积蓄，他们不得不把豪宅变卖成现金，搬到一栋三室的不对称双坡顶房子里，墙面是灰色的，里面有一大一小两个洗手间，没有空调，而且就快要被拆了。

这栋房子唯一的吸引力是能让孩子们继续在原校就读，所以杜普瑞夫妇才买了下来，即便这意味着他们要挤在一个极小的房子里，而且这房子位于街道顶端，毫无隐私可言，极容易被人窃听或者以其他方式进行监视。

杜普瑞说："这样说来也许不是贩毒集团。如果是那样的监听设备，应该是联邦调查局或美国缉毒局。他们没获得批准就对电话进行监听，因此……"监狱管理局此刻或许正在监听他的推理，他毫不在乎。如果他没猜错，他此刻说的都是政府已经知道的事情。

他问："他们现在就在外面吗？"

"我没有看见他们，不过……"

这说明不了任何问题。那些人有可能藏在某处，在人满为患的社区里，到处都是藏身之所。

娜塔莉轻柔地说："我希望他们离开，他们在外面待着太瘆人了。他们监听、监视我们。你确定我们不能……我之前在 YouTube 网站上看过一段关于保护目击者的视频。我打赌他们或许会把我们安排在某个有暖气的地方，某个……"

"我们之前说过这事了，可是要考虑孩子们和他们的上学问题。"

"相较于去哪所学校，孩子们更在意他们的父亲。"

"所以我们更不能申请目击者保护了。一旦我上交了那些文件，我这条命就玩完了。"

"话是这么说，可是或许……"

"他们会找到我们，毋庸置疑。这是我们活下去的唯一指望。"

她叹气："我只是不知道自己还能和外面这些人对抗多久。如果他们是贩毒集团的人，故意来找我麻烦的呢？"

"他们不敢。他们知道我手里握着什么。"

"单凭那些我并不能感到安心。"

"我明白。对不起，我真的束手无策。"

事情显而易见，但他的话却说得轻飘飘了些。

"我必须挂电话了，十分钟到了。我爱你。"

还没来得及听到妻子回答，杜普瑞就忙不迭地把电话挂了。

第十三章

或许是因为看了太多老电影，我本以为去监狱时，自己会被关在一辆老旧的、狭小如校车、车窗安装着铁栅栏的车子里，而且身旁坐着满是疤痕的汉子，他们看我的眼神仿佛我是一条新捕的鱼，即将成为他们的盘中餐。而现实比我想象的更舒适，也更无趣。一辆白色越野车，车身印着一个黄色的美国法警标志，车上只有我一个犯人。如果我能忽略身上有三处戴着镣铐的事实，这段穿越西弗吉尼亚州初秋山脉的旅途，其实是相当令人心旷神怡的。

这一天是 10 月 9 日。从认罪到判刑的这三十五天，风平浪静。因为缴纳了个人保证金，我仍享有人身自由。

瑞茨和吉尔马丁已经回纽约的办事处了，他们大概每周来一次，取发票，替我们支付在假日酒店的账单，另外……确保我没有退缩。他们已经教会我设置物资账户和 TRULINCS 账户——这在监狱里会用到，还能帮助我生存下去，并且能和外界保持联络。他们还让我做好应对牢狱生活的思想准备，重点是——他们用尽各种途径传达这个重点——绝不能相信任何人。吉尔马丁数次告诉我："切记，狱友对你说的任何话，都有可能只是谎言。"

除此之外，我和阿曼达过着自己的小日子。我为一部音乐剧谱了首曲子，这是一首关于个人愿望的歌曲，说的是一位失业的演员渴望获得人生中独一无二的角色。曲调不好编，歌词更容易一些。毕竟关于"渴望"这个话题，我太有经验了。

我还花了很长时间上网，竭尽所能想对监狱有个了解，想对摩根敦联邦惩教所有更深刻的认识。

阿曼达以更加紧迫的心情画画。经过数月的电子邮件沟通，赫德森·范布伦已经提议见面商议。阿曼达刻意保持低调，只将这视为自己非正式学徒生涯里进展顺利的一个环节。她对事情习惯不抱太大的希望，但如果范布伦不想给她开办个人展，又怎么会提议见面呢？

渐渐地，我们养成了早上和中午工作，下午4点收工的习惯。我们疯狂做爱，不用担心怀孕问题的做爱真是大快人心。有时我们也去散散步，然后看看电影。

一切都无比美好，我们也格外恩爱。现在的阿曼达，除了早晨，下午和晚上也会呕吐。如果我们的孩子出生时带着一股撒盐饼干和"给他力"饮料的味道，我一点儿也不会感到奇怪，因为最近这些日子，阿曼达只吃得下这些东西。

有那么一两次——好吧，有那么二点五次——我再度提起结婚的事。我提议在我搬去"大房子"之前先去地方法院，让我们的关系正式化。阿曼达每次都仓促地转移话题。她说希望我俩先"安顿下来"，仿佛我想"安顿下来"的决心还不够大似的。

在我们分开的这段时间里，阿曼达打算和我的母亲一同住在哈肯萨克市，因为那里距离纽约艺术圈更近。我不知道两人将如何互动。她们现在相处融洽，是吗？但我还是得表现出这是一个绝妙的主意的样子。我主要是希望我的母亲能无声无息地击垮那些对我的未婚妻想入非非的男人。

在这三十五天的幸福生活中，美中不足的是，我的缓刑监督官过来准备刑前报告。他希望无所不知——我的意思是他的询问可以说"事无巨细"。他想知道关于皮特·古德理希的所有事情，这迫使我不得不编造出各式各样的细节——大学毕业后，我在维和部队结识了哪些人，或者我是否曾担任过JV足球队教练……

阿曼达饰演皮特的妻子凯丽，接受过一次简短的电话访问。我们告诉缓刑监督官，因为丧失了赎回抵押品的权利，我们的房子已经没了，所以她以及三个孩子，都和凯丽的父母一起住在加利福尼亚。

在电话中，吉尔马丁饰演了雇用我的高中校长；丹尼·瑞茨则假扮历史系主任兼我的前邻居戴夫·科拉；我的母亲依然是我的母亲，她因为儿子即将进监狱而心烦意乱，好在这种情绪不必伪装。

我做了一件极具西弗吉尼亚州风格的事——在刑前报告调查问卷的"亲戚"一栏中，我将阿曼达的名字写了进去。我从摩根敦联邦惩教所的手册中获悉，没有出现在刑前报告中的人，是不能写入访客名单的。倒不是说我计划让她来探监，但是知道她可以来，就令我安心。

以防万一。

调查结束后，根据刑前报告，我是一个良民，只是犯了大错，因此报告建议判十年刑期。虽说我不必真的待这么久，可是这个数字还是让我大吃一惊，听起来仿佛是终身监禁。

大卫·德拉耶一番好心将服刑期降为八年，可还是让人大跌眼镜。我反复告诉自己六个月之后我就可以出狱，不然我会感到头晕目眩。德拉耶要求减刑的同时，还要求让我在摩根敦联邦惩教所——靠近我所谓在谢泼兹敦的"家"——服刑。法官慷慨地批准了这两个要求，所以最后我被关在这辆白色汽车里，朝南驶去。

汽车行驶了两个小时，大约中午的时候，我们在黑泽尔顿的联邦惩教所停车接另外一个犯人。我再次朝最坏的方向想象：一个脸上刻着文身的光头仔，一个手臂比我脖子还粗的黑帮大佬，一个穿着紧身衣，嘴角口水不断，被医护人员灌了各种药物，只有这样才能保持清醒的精神病人。

不过相反，我结识的第一个真正的犯人是一个身材魁梧的中年白种男人，他有一头焦黄色的头发。他爬进车坐在我旁边，友好地微笑着对我点点头。

他说："你好，我是罗伯·马斯瑞。"

经过一个月的排练，我已经可以轻松地使用皮特·古德理希的声音。"我是皮特·古德理希。"

他问："第一天？"

我仍然穿着自己的平民衣服，一看就是新人，所以我回答："对的。"

皮特·古德理希是那种说"对的"而非"是的"的家伙。

他问："哪阵风把你吹进了监狱管理局？"

"我想，这档子事，我们不能互通有无。网站上提醒了各种事情，'服自己的刑，别低头'。"

他说："噢，你说这个，没错。虽说如此，可是你会发现过了一阵，人在里面就会特别孤独。我的理论是蹲大牢让人糟心，可是如果我有朋友，就能少糟些心。我想你现在就能找到一个。"

我让步道："对的。"

"我叫罗伯·马斯瑞，是弗吉尼亚州夏洛茨维尔的一名律师，至少在我根据一位客服向我透露的独家消息购买股票之前，我曾是一名律师。一名诉讼官想借我的事在职业上迈进，我就不得不服刑十一年。我说这话可不是出于愤恨。"他闪过一丝微笑。

按照吉尔马丁的说法，我的狱友说的任何话都有可能只是谎言，但这个人的故事听起来足以让人信服。

他问："你犯了什么事？"

这种简单的问题。

我回答："我本来是西弗吉尼亚谢泼德敦的一名老师。有一天我感到绝望就抢劫了一家银行。判了我八年。"

他说："很好。你这是要去摩根敦？"

"对的。"

"你真走运。"

"为什么说走运？"

"与其他绝大多数地方相比，摩根敦简直是度假胜地，尤其是与那个地方比较。"他一边说，一边朝着黑泽尔顿的方向倒竖大拇指。

随着车开始走下山路，那个地方变得越来越小。

"那里的安全等级为中级，或许听起来和最低安全等级相差无几，可是在那里，人类的进化史仿佛倒退了一万年。最险恶的事层出不穷：

黑帮、性侵，还有瞧你一眼就要揍你的恶棍。惠特·巴尔格就是在这四堵墙里遭人殴打致死的，其他的恐怖故事我就不和你说了。只是，相信我吧，未来八年不论你做什么，都别让自己被送进这个监狱。"

我问："但是你为什么会被关在那里呢？内部交易不是暴力犯罪，我猜你应该也没有前科。难道你不该被关在安全级别最低的地方吗？"

"没错，想要进摩根敦，前提是刑期在十年以下。事实上，他们原本让我在黑泽尔顿服刑两年。按照他们一贯的说辞，摩根敦没有床位，但那里实则能容纳 1300 人，目前仅关押了大约 900 人。算算这数。"他摇摇头，"不过，你很快就会明白，这是监狱管理局的作风。他们表面上制定了各种规章制度，一切循章办事。可实际上，上级制定了各种过时的法规条令，他们如今贯彻的政策，每项都至少与三项其他政策背道而驰。他们唯一的一致性就是永远不一致。"

马斯瑞对我即将进入的世界给出了各种尖锐的批评。我们的车开回到高速路，继续前往摩根敦的旅程。直到我们出高速公路时，他才安静下来。汽车拐了几个弯，穿过一道较短的铁丝网，车速放缓。就这道网，估计连一只略微发了狠的腊肠狗都拦不住。

铁丝网的后面就是摩根敦联邦惩教所，我曾在网上看过它的一些图片，因此一眼就认出来了。它坐落在一个小盆地里，四周群山环绕，沿着铺好的路有一个垒球场和几栋低矮的建筑，中间有大片绿地，一些树木零零星星点缀在绵延起伏的山坡上，一条小溪将山谷一分为二。

汽车拐弯进入惩教所，铁丝网变成了砍好的木头桩子，这种安全设施，只有身处亚伯拉罕·林肯总统年代的人才能想出来。惩教所的南边背靠本地最高的山脉，除了树以外，再无别的障碍物。这里既没有警卫塔，也没有狙击手炮台，或是其他防御性强的设施。地面上零星竖立着几座高高的灯柱，即便是这些灯，也没有像我设想的那样发出刺眼的探照灯光。

总而言之，这个地方令人闻风丧胆的程度，与地方社区学院相差无几。我回想起自己阅读过的材料，摩根敦联邦惩教所最早为罗伯特·F.肯尼迪青年中心，建造于罗伯特·肯尼迪担任司法部长时期，遇刺事件发生之后才以其名字命名。这地方保留着最初的儿童友好型的氛围。

我们穿过一个有人把守的小型安全亭。

马斯瑞说："我们到了。欢迎来到'纸杯蛋糕营地'。"

最后一次介绍情况时，瑞克·吉尔马丁告诉我，摩根敦联邦惩教所的组织模式是所谓的"单元管理体系"，即囚犯被分配至不同的住房单元。虽然工作和可能要参加的培训不是依照单元来分配的，但其他各项事宜是按照这个体系来规定的——和同单元的囚犯一起吃饭、睡觉、休闲。

简单说，这里就像霍格沃茨魔法学校。

我的第一项工作是，确保监狱的行政和迎新接待官把我分到米歇尔·杜普瑞的单元，这像极了魔法学校里的分院帽。这件事FBI无法干涉。丹尼和瑞克提醒过我无数次——进了大门，他们就无能为力了。

瑞克告诉过我，FBI从监狱管理局处获悉，杜普瑞住在兰多夫单元。这是五个住宿庭院里唯一建设了轮椅坡道的，这一点将成为我的突破口——当皮特·古德理希下车时，他会做出一副长期轻微跛脚的样子。

从拍照到采集指纹，到脱衣搜身，以及领新衣服，一路我都是跛行。新衣服包括卡其色上衣、卡其色裤子、黑色皮带、钢制的黑色靴子，这一整套装束看起来极为彪悍，前提是你是色盲。

我的裤子——毋庸置疑——太大了。监狱工作者给了我几枚安全别针，用来扣住裤子，还承诺过一阵会给我找几条合身的裤子。我没有抱怨。在他们发放行为手册时，我继续保持一瘸一拐的样子。手册上列了几条少得可怜的"允许之事"，以及数不胜数的"严禁之事"。

他们多次提醒我不能穿越周边马路，那是惩教所的边缘。监狱工作者的话是对罗伯·马斯瑞言论的强化——如果试图逃离摩根敦联邦惩教所，刑期会增加五年，这还是轻的；更严重的是，一旦被抓住，你就休想再待在这个"纸杯蛋糕营地"，而是会被送到黑泽尔顿，或者更糟糕的地方。

我将此谨记于心。

我又一瘸一拐地走到健康服务处接受医疗检查。我努力让自己的表演不要太过，但似乎没有人为我的跛脚感到吃惊。我小心翼翼地爬上检查台，任凭一位细致入微的护士对我进行检查。她有条不紊地查看了我所有的器官，又粗略地看了一遍我的全身，对我的跛脚不做任何评论。

最后她开口说："你看起来非常健康。有什么问题是需要我们留意的吗？"

我说："没有，女士。"皮特·古德理希是那种用"女士"称呼对方的家伙，"我健康极了。"

我保持了好一阵完美的病人式微笑，接着让脸上布满阴云。"唯一的问题是我的膝盖不太争气，不过也不是什么大事。"

她问："你的膝盖？"

我解释说："多年前踢足球时落下的病根儿。保险不能报销外科手术，所以一直拖着。人生的那些事之一，你懂的。"

她低头翻阅手上文件夹里的数页文件，接着头也不抬地说道："你的刑前报告里完全没提到你的膝盖问题。"

"因为绝大多数时候问题不大，就是突如其来会出状况。"我说话的时候揉搓着膝盖，而且透过牙缝来呼吸，"来的时候被关在车里，那辆车真是太窄了。"

护士不太买账，说："如果你是为了让我给你多开一些止痛药，或者是为了拿到药效更强的……"

"不是的，女士。我压根儿没有这么想，我试过这些药，弄得整个人昏昏欲睡，站不直腿。"我一边说，一边敲打着自己的头骨，"绝大多数时候，这不是什么事，尤其是天气暖和的时候；但是一旦降温，问题就来了，偶尔会出现状况，唉，就像我刚才说的，突如其来。因此我不太喜欢冬天。"

要是换成托米，他肯定会说"冬天是真正的贱人"，但皮特不会，

080

这种话太侮辱女性了。

"我明白了。"她措辞谨慎，还在思量我到底在盘算什么。

我说："说真的，我不想吃药。"我用真诚的眼神稳住她，并补充道，"真正让我费力的是上下楼梯。这里的四楼已经没有房间了，对吗？"

"是的，没有。"她低头看文件，"他们已经把你安排在其中一个庭院里，全部是一楼，不过都要走几步台阶。"

我故意做出一副沮丧的模样，揉搓着膝盖，说："噢，那有没有……我不确定……诸如轮椅坡道之类的地方？能用轮椅就不会有问题了。"

她说："我们有一个庭院安装了残疾人设施，我可以建议他们把你安排在那里。那个庭院名叫兰多夫。"

成了。

我的脸抽动了一下，再次揉揉膝盖，说："好吧，如果你觉得那里最好。"

第十四章

多年来，她一直以学生的身份住在纽约市。一旦进入曼哈顿，她就觉得自己是一只乡下来的老鼠。

这个大都会与密西西比州的普兰特斯维尔迥然不同。这个城市有着永不入眠的喧嚣和高耸入云的建筑，对重要文化过度自信，但真正的原因在于人。在 Better Buy 商场停车场闲晃的家伙会对纽约客们极尽嘲讽之能事，而在阿曼达·波特看来，这些人之所以能够被精挑细选出来，立足于国家文化中心曼哈顿，或是因为他们的高贵出身，或是因为他们受到的精英教育，或是因为他们卓尔不凡的天赋。

总之，他们是天之骄子。

她不是。

至少现在不是。

因此，她一直期待着能去范布伦画廊。

该画廊位于麦迪逊大道，就在 78 号大街的前方，毗邻纽约大都会艺术博物馆和古根海姆博物馆。这里汇集的资本是她在整个孩提时代见所未见的。事实上，该画廊的馆长赫德森·范布伦是继承了先辈遗产，据说可以追溯到创建纽约市的荷兰人。他的名字是以"探险者"而非哈德孙河命名的。他刚出生时，哈德孙河污染极为严重，据说多看几眼都能要人命。他相当讨厌那些来自公园坡[1]、梅普尔伍德[2]、蒙特克莱[3]的喜欢用大桥或河流的名字给孩子命名的父母——他们让他的名字显得如此俗不可耐。

得益于财富、人脉和影响力，赫德森·范布伦向来是纽约艺术圈的造星者。如果他宣称某位艺术家将成为明日之星，这位艺术家绝对会一夜成名。只要他拿起电话，这位艺术家的作品就会出现在《纽约客》杂志的封面上，或是在现代艺术博物馆展出，或是其他任何他想看到的地方。当然，这也就意味着，这位艺术家的作品将在他的画廊出售。所有人都知道他不缺钱，他反而靠卖画赚了一大笔钱。

范布伦给阿曼达发了电子邮件，提议 10 月 9 日是会面的好日子。仿佛是命中注定，那一天恰好也是托米判刑的日子。这一天是新的开始。

经过一番与托米的挥泪告别，阿曼达驱车从西弗吉尼亚出发，然后在哈肯萨克市转巴士。她本来想在车上读读杂志，但因为太过紧张，手心冒汗，把杂志都弄潮了。她穿着一条连衣裙，松开最上面的两粒扣子，穿着黑色的尼龙袜子，以及永远不用担心会绊倒的平底鞋。她用一只朴素的发夹，将脸颊旁的卷发全部扣住，别到脑后。托米一直都很喜欢她的这身打扮。

4 点整，正好是约定的见面时间。阿曼达穿过画廊的玻璃正门，接待员向她问好。这位接待员梳着精致时尚的发型，让阿曼达瞬间觉得自

---

[1] Park Slope，纽约州布鲁克林市的一个富人区。

[2] Maplewood，新泽西州的一个县城。

[3] Montclair，新泽西州的一个县城。

己是个乡巴佬。接待员给行政秘书打电话，这位秘书的打扮同样无可挑剔，单是一双鞋，其价格就超过了阿曼达全身装束的费用。秘书带着阿曼达登上漆过的钢质旋转楼梯，再穿过一扇精美的门，走过几间办公室。

从这里往下看，可以俯瞰画廊的开放空间，站在这里，人的感觉发生了变化。户外是玻璃和钢铁，室内是红木和裸露的砖块。很快，阿曼达被领着穿过另一扇门——仍旧是木头的，而非玻璃——进入赫德森·范布伦的"核心密室"。

赫德森·范布伦个头儿很高，穿着一件定制的完美的亚麻西装，就算到了现在这个时间点，他的衣服依然平整无皱。阿曼达从一些文章中了解到，他年近六十，但是沙褐色的头发以及未见衰老的肤色让他看起来很年轻。阿曼达与他握手时——她的手黏糊糊的，而他的手则轻柔温暖——她心想他恐怕隔几天就会修剪一下指甲。

"认识你很高兴。"他面带微笑，男中音的声线低沉而平稳，"之前欣赏你的作品让我感到非常愉悦，现在我期待着进一步了解你。"

阿曼达说："谢谢您与我见面。"

他问："噢，上帝啊，这口音从哪儿来的？"

她说："密西西比。"

"棒极了。密西西比。几年前，我在比洛克度过了一个周末，那真是一座美丽的城市。"

她说："是的。"

他对秘书说："玛丽安，替我接听所有打进来的电话。"

"好的，先生。"接着秘书走了出去。

"进来。"范布伦挥手说道。

办公室宽敞得令人不安。阿曼达习惯了学生生活中的曼哈顿——三个女人挤在一个单元里，每一寸空间都要最大限度地派上用场。范布伦的办公室比阿曼达之前住过的任何一间公寓都大。在曼哈顿这样的地方，空间大小象征着权力强弱。透过办公室巨大的落地窗，可以看到中央公园的树叶已经开始变色。室内新摘来的花，以及插花的花瓶，都经过精心挑选，搭配得很完美。

阿曼达很快就认出了墙上挂着的绝大多数画作，创作这些作品的艺术家们曾是阿曼达的目标，大概是在阿曼达这个年纪，他们就被赫德森·范布伦发掘出来了。现在她来到了这里，也许即将成为他们中的一员。

范布伦指着一张沙发，示意阿曼达坐下。休息区装修得极有品位。阿曼达坐在沙发的末端，紧临窗户，她面前摆着一张咖啡桌，上面放着一个装着冰镇香槟的桶。范布伦用细长的杯子给两人各倒了一杯酒，未等阿曼达想好怎么婉拒，他就已经把晶莹剔透的水晶杯塞到阿曼达手里了。在普兰特斯维尔，即便是在婚礼上，都不会出现香槟。

"我觉得我们应该庆祝一下。"

阿曼达不知道要庆祝什么。莫非他的意思是他将采纳她的作品？范布伦用自己的杯子碰碰阿曼达的杯子，接着把杯子放到唇边。

阿曼达担心孩子，犹豫不决。很多网站都写着偶尔饮点儿酒没有大碍，难道不是吗？可是……接着她又想到赫德森·范布伦对自己攒钱送孩子上大学有多么重要。她抿了一口。

他说："嗯，你喜欢这香槟吗？"

"喜欢。"其实她几乎都没有尝到味道。

"好极了，喝完它，好东西还有很多呢！"

他坐在沙发的另一头，轻松地跷着腿，开始点评她的画作。他不吝溢美之词，高度赞赏作品的结构和主题——与众不同，令人眼前一亮，直击人心。他的不少客户，"尤其是上西区[1]那些奢华的自由主义人士"，很快就要为获得她的作品而开始竞拍大战了。

他自信地说："起步价是五位数。"

阿曼达倍感震惊，只顾得上点头。依照行规，五五分账。目前的计划是整个画廊会用一个月的时间，只展出阿曼达一个人的作品。这话是

---

[1] Upper West Side 为纽约市著名的富人区。

真的。而之后的两个月，则会连同其他艺术家的作品联合展出，不过前提是第一个月的展览结束后，她还有未售出的作品可以展览。按照范布伦的预想，至少有二十四位客户极有可能买光她的作品。

阿曼达感到房间在旋转，部分原因是她听了这些赞美之词，但绝大部分原因是香槟。整个早上，她都在呕吐，每次产生想吐的感觉，都要让汽车驶离高速公路，停在一边清空肚子。抿了几口香槟以后，她再也不想多喝了，可是只要她的酒杯里稍微少了一些，范布伦就往里面倒酒。她感受到了南方人难以摆脱的礼貌。每次给她加酒时，范布伦就会朝她挪近一些。他说："你看起来比刚进屋那会儿还要紧张，对吗？"说这话的时候，他离得更近了。

她承认说："是的。"

他说："不要紧张，不要紧张。我知道我名声赫赫，你别去想这事。你和我，我俩将会成为这次合作的搭档，我们也将成为朋友。这一行是非常个人化的。对你来说，搞创作是个人化的；对我来说，销售是个人化的，因为我不单单是在售卖艺术，更是在销售我自己。所以，我们必须共同努力。这事容不得任何紧张或犹豫。你明白我说的话吗？"

"是的，是的，当然。"

"听着，放松自己。"

阿曼达还没来得及做出回应，范布伦便一把抓住她的肩膀，转过她的身子，让她面向窗户，然后开始按摩她的脖子。

"你太紧张了。我们——你和我，会很舒服的。对你，对你的职业，这都是美好的开始。"

范布伦一边说，一边开始按摩阿曼达肩膀下的肌肉。

这一切对阿曼达而言太不真实了。一次业务会晤怎么演变成了后背按摩？

接着，范布伦的双手环绕住她，解开她衣服的第三颗纽扣。

她问："您在干什么？"

他回答："我只是想让你的脖子舒服一些。"他重新开始为她按摩。

她被吓得身体僵硬，不知所措。

他说："你真的非常美，你知道吗？我认识的很多女人，她们完全不了解自己的资本。你自信的行为让你更具诱惑力。"

她感到脸上火辣辣的。他又将手围过来，解开她的第四颗纽扣，接着用手抚摩她肩膀上裸露的肌肤。

"在艺术市场上，你就是所谓的'总套餐'。你有天赋、有容貌、有个性，还有那独特的口音！阿曼达·波特小姐，你注定要干一番大事业，你唯一要做的就是启动它。"

终于，一个浅显的想法透过酒精冒了出来——等等，启动什么？

她必须叫停这一切，立即叫停。

这事大错特错。

"抱歉，我已经结婚了。"阿曼达撒了个谎，转身面朝他，以免他继续揉搓自己的后背。

范布伦平静地说："我也结婚了。我和妻子是开放式关系。"

他的妻子知道这一点吗？

阿曼达的胸罩裸露在外，她精神恍惚地低头看着上面浅粉色的蕾丝。"但是我……我对这些事……不太感兴趣。"

"哦，没关系，没关系，你放松就好了。"

范布伦的手继续游离，开始按摩她的大腿，从膝盖旁边一路向上，还撩起她的连衣裙。她简直不敢相信那是自己的腿。他的脸泛着红光，眼睛死死盯着她的档部，呼吸突然变得急促。靠得这么近，他看起来不像刚才那样年轻，更像是一个龌龊的老头儿。

难道范布伦算计的一直都是这个？和艺术作品没有半点儿关联？

阿曼达感觉自己遭到了践踏，倍感屈辱。她这只农村来的"小老鼠"一路坎坷，可不是为了给毒蛇当盘中餐的。

"不，停下。"

阿曼达站起来，逃出范布伦的魔爪。她急忙将裙边放下，把扣子扣上，不只是被范布伦解开的两颗，还有之前没扣上的所有纽扣。

范布伦依然平静地问："嗨，怎么了？"

"我刚才说了，我对这事不感兴趣。"

范布伦略微坐直了身子："你知道我能为你和你的职业提供哪些帮助，对吗？"

"知道。"

"那就坐下，别着急，我们可以慢慢来。"

阿曼达坚决地说："不，我们不可以。"

范布伦从沙发上站起来。阿曼达一度以为他会来袭击自己，比如推到墙角。他的个头儿比她大多了，她不是他的对手。她做好了尖叫、踢裆部、抓他、挠他的准备，她要让他瞧瞧密西西比人是怎么打架的。

但他直接从她身边走过，打开办公室的门，大声说道："阿曼达，很高兴与你见面。你的作品很优秀，但还需要时间完善。等你准备好了，希望我重新看看的时候，告诉我一声。"

第十五章

不知道为什么，他们让我在健康服务处等了好一阵子。这给了我时间再三分析那位护士的话。她将建议把我安排在兰多夫——换句话说，究竟能不能顺利住进去，还是个未知数。终于来了一位矫正官，他让我拿好自己的铺盖和新衣服，陪我一同出去了。

"我们去哪儿？"我为自己替皮特·古德理希这个角色设计的南方口音感到高兴。

"去你的居住单元。"他的回答并没有解答我最想知道的事。

我一瘸一拐地向前走着。我们穿过一个小小的人工池塘，这里是整个营地的中心地带。池塘约有四十英尺长、二十英尺宽，四周围着长凳，湖水呈现出一种诡异的绿色，绝对不会有人由此联想到瓦尔登湖。

我问："这湖有名字吗？"

"大家叫它'湖'。"他的口吻中没有丝毫讽刺的意味。

左侧显然是一间小礼拜堂。走过礼拜堂之后，他把我带进营地里最大的一栋建筑，他说这是教育楼，里面有教室，提供普通教学和职业教学，有图书馆，还有两间健身房，其中一间配备了有氧器材，另一间则是开放空间，两头都有投篮架。接着我们又回到户外，朝着大山的方向走去。这座山位于惩教所的最南端，我几个月前仔细研究了谷歌地图好几个小时，这里叫"多尔希旋钮花园"。

我指着那座山问道："那这座山呢？你们叫它什么山？"

他无比真诚地回答："'山'。"

我们走上左边的一条小径。这时我看见——也终于松了口气——我们正朝着一栋低矮的配有轮椅通道的棕黑色砖建筑走去。

你好，兰多夫。

我握紧拳头以表胜利。这只是成功的一小步。

完成了第一个目标，我开始朝着第二个目标迈进。

找到杜普瑞。

只要吉尔马丁在监狱管理局获取的信息正确，这应该不难。主啊，但愿如此。

我当然不会去问狱警杜普瑞在哪儿。当我跛着脚往前走时，格外留意他会不会出现。兰多夫除了多配备了轮椅通道外，和其他四个庭院似乎没什么区别。它的外观被设计成"t"字形，且没有小尾巴那部分。我们进入的是"t"的腋窝部分。

内墙是刷了白色油漆的混凝土砖块；地板是光滑的白色瓷砖，上面有少许黑色小斑点，我猜这是为了看起来像大理石；天花板是软木吊顶，内嵌荧光灯。这和那些在1945至1985年间政府投资建设的大多数建筑物大同小异。谁能想到监狱和学校这么相似？

狱警领着我们穿过走廊，朝着"t"的左翼走去。我已经能猜到顶端和右翼的设计如出一辙。它们都是庭院的居住区。

走廊尽头是一个公共区，中间摆放着三张空的双层床。摩根敦没有满员，这些床派不上用场。这里有十二扇门，有些门后面站着人，此刻正在打量我这个新来的家伙，但大多数房间里的囚犯——显然包括杜普瑞在内——都不在。

我们走到左边第二间房，这个房间长宽各九英尺，既不舒服也不美观。墙壁与走廊的一样，都是没经过装修的，煤褐色的。在边角处有一扇细长的窗户，勉强可以看到这栋建筑的入口处。

狱警说："这是你的房间。"

紧挨着左边的墙摆放着一张金属桌，桌子还焊接着一把圆形椅。我面前有两个被固定在墙上的灰色金属储物柜，柜子大约有三英尺高。右边的储物柜是空的。在左边柜子的上面放置着一些私人物品：一把刷子、一些除臭剂、一把牙刷，外加一支牙膏，此外还有一个装着照片的相框。照片上是一位皮肤黝黑、面带微笑的妇女，以及一个可爱的女孩儿，八九岁，黑色的头发编成一根根非常紧实的小辫子。

靠右的墙边摆放着一张金属双人床。上铺只放置了一张三英寸[1]高的床垫，上面的弹簧东倒西歪；下铺就像是西点军校的学员的床位：一条白色床单紧实地裹在床垫上，另一条白色床单相对松垮些，但床单的前部折叠得棱角分明，盖在白色毯子上，而毯子的末端又被牢固紧实地压在床垫下面。

狱警说："你可以把鞋和外套放在床的下面，其余的所有私人物品必须放在储物柜里，我建议你向物资管理员要一把锁。我们会定时检查，你必须确保柜子里没有任何违禁物品。不要遮盖窗户，每天早晨必须保证房间整洁。如果没有通过检查，你就会被记一分，记满三分就会被迁至 SHU。"

他说这个字眼时听起来像是"书"。我当然知道这词的意思。SHU，全称为 Special Housing Unit，"特别住宿单元"，也就是关禁闭，这东西早已名声在外。每天在一个牢房里独自待上 23 个小时。对于一个外向

---

[1] 英美制长度单位。1 英寸等于 1 英尺的 1/12。

的人来说，没有比这更残酷的惩罚了。

"晚餐5点开始。叫到你所在单元的时候你就出发。晚餐之后直到8点半是自由时间，之后你必须回到单元。每天最后一次站立点名是9点，10点熄灯。第二天早上，你的单元总监会告诉你当天的工作安排。还有什么问题吗？"

"没有，先生。"

"很好。"接着，他用相当多此一举的口吻补充道，"欢迎来到摩根敦。"

两周后的一天，我将参加一次为期一天的正式迎新活动。如果不考虑所谓的迎新，我那时已经是一名普通囚犯了，与这里的其他人一样被剥夺了自由。但他们的生活主要就是数日子、数月份、数年岁，而我肩负重任。

放好东西，我从房间里探出脑袋。我曾读到过，监狱刻板而严酷，也让自己做好应对挑战的思想准备，然而此刻，我真真切切地第一次独自面对这种生活。

我蹒跚地走到公共区，重新穿过走廊，朝主要入口走去。左侧是洗手间，没有门，我走了进去。洗手间铺着黄色瓷砖地板，有两个挂着镜子的水槽。淋浴间挂着帘布。我出于好奇拉开帘布，本以为会被里面四处蔓延的霉菌吓一跳，但除了积年累月形成的香皂垢，里面还算干净。还有一个惊喜是只有一个喷嘴，所以不用担心多人共浴，也不用担心共浴潜藏的危险，这打破了关于监狱的另一个传说。

绝大多数声音是从入口后面传来的，也就是从"t"字形建筑的主体部分。我想找到杜普瑞。我走出洗手间，穿过一个警卫亭和一间行政办公室，来到一间电视房。墙壁上挂着六台平面电视，没有任何一台发出声音，大家通过耳机来听电视内容。每台电视下面贴有标签，上面写着频道——107.5是新闻频道，104.5是音乐与娱乐频道，98.1是运动频道，等等。

我进去的时候，有些人朝我看过来，但很快又把头扭了回去。我之前读到过，新人没什么好稀罕的。这里关押着九百个犯人，多数是非暴力犯罪，需要服刑的时间也相对较短——十八个月或者两年之类的，来来去去非常频繁。

我最左边的地方是一个貌似厨房的房间，实际上里面只有一个不锈钢水槽，外加旁边的一台造冰器。房间的中央是一台给 MP3 播放器充电的机器，犯人可以购买 MP3 播放器。充电机器的后面摆放了四张桌子，每张桌子配了四把椅子，全都固定在地板上。

杜普瑞不在这里。我快速穿过电视房，以免挡住别人看电视。最后是一个小房间，有人在里面打扑克，他们围坐的桌子与厨房里的一模一样。他们对我也毫不在意。杜普瑞也不在这里。

我只能找到这里了。我掉头回了自己的房间，恰好看到一个男人在左边的储物柜里翻找东西。

一个巨人。

身高至少有六点七英尺，体重至少有三百磅[1]。这个房间八十一平方英尺，我敢说他占了八十二平方英尺的空间。

他没朝我看。他光着膀子，文身像家谱树似的，爬满了他的后背。文身是黑色的，他的皮肤也几乎是黑色的，所以看不清上面的姓名等细节。

房间里没有剩余空间留给我了，我只好站在过道里，毕竟一进屋就意味着侵犯他的私人领地。

他留意到我了，朝我转过身。我不自觉地盯着他的肚脐，我们之间的身高差距实在是太大了。他的肚子有一部分堆叠在腰带上，但是他的手臂、脖子和胸非常紧实，肌肉远多过脂肪。

演艺圈的人不会有这种粗壮的体格。毫不夸张地说，他是我有生以来近距离接触过的最大型的人类。显而易见，他是我的室友。我不知道这是纯属巧合，还是负责接收的官员故意把监狱里最高和最矮的犯人安

---

[1] 英美制质量或重量单位。1 磅等于 16 盎司，合 0.4536 千克。

排在同一个房间。

"需要我帮你吗？"他说话的语调缓慢而难以理解，因为他的南方口音比皮特·古德理希还重，甚至比阿曼达喝醉酒胡言乱语时的口音还要重，所以他的话听起来是："希呀沃办李吗？"

我说："噢，你好，我刚被安排进这个房间，我叫托……"我赶紧闭上嘴。他的巨型体格让我彻底分神，我差点儿忘了自己的新身份。在他反应过来之前——我猜他一时没回过神——我纠正道："我是皮特·古德理希。"

他说："我是弗兰克·萨克。"

他伸出手，那手足有汽车毂盖那么大。我和他握手时，分明感到他的手也和毂盖一样重。他似乎没想过紧握我的手，只是轻微握了握。

我问："你从哪儿来？"

他说："南卡罗来纳州。"

下一步应该是他问我从哪儿来，我也做好准备回答"西弗吉尼亚州**谢泼德敦**"。

不料他径直说道："先生，你介意睡上铺吗？他们特意为我调了下铺。"他用手一指。

我看见床尾的横梁上调了约两英尺，这才能让他的脚和小腿伸至床外，有地方可放。

真是见了鬼了！

我说："好的，当然，没问题。"我肯定不愿让一个三百多磅的人睡在我上面。虽说双层床是金属的，可是它们看起来也不牢靠。

他说："如果你有需要的话，我早上可以帮你整理床铺，以免被记一分。"

"那太好了，谢谢。"

我终于仰望到了他的脸。一如他的体形，他的脸也很大，鼻子恐怕是我的鼻子的两倍那么宽。我猜他剃了光头，但我看不了那么高。他的眼睛是咖啡色的，相较于他身体的其他部位，他的眼睛不算特别大。想来在他的世界里，他总是俯视一切，不过他的神情中并没有阴晦的成分。

他点点头："好。"

他转身从储物柜里拿出一件超大号衬衫，小心翼翼地穿上。他深知自己手臂的长度，所以特别留神，以免打到我。虽说他长得五大三粗，但为人倒是特别礼貌得体。

我试图与他好好交流一下，于是走过他身边坐在桌子上，指着他储物柜上的那张照片问："那是你的女儿吗？"

"是的，先生。"

"她很可爱。"

他说："谢谢你，先生。"

我问："她多大了？"

他没有回答，或许是因为太过专注于扣衬衫纽扣，所以没有听见我说话。穿好衣服后，他点点头说："晚餐见，先生。"接着他出了门。

虽然不能说他不友好，但终究比不上罗伯·马斯瑞健谈。我和他也不会立刻相互倾诉各自的人生故事。

弗兰克·萨克的秘密藏得更深。

我在兰多夫等待晚餐时也没闲着。我第一次成功地使用走廊里的电话给阿曼达打了电话，但是无人接听。我决定不给她留任何语音留言，因为电话时长太宝贵了，不能浪费。

接着我给丹尼打了电话，因为我承诺过要向他通报一声。他想知道我已经顺利抵达了，这样他才能向他的署长汇报。

仅仅几个小时后，我就感受到了坐牢带来的孤独感，虽说还没有切实地感受到与世隔绝，但如果此刻能和认识自己的人聊聊天儿，那一定会令人身心愉悦。我浪费了好几分钟，喋喋不休地告诉他自己是怎么来的、马斯瑞是谁，以及那位体形可以遮天蔽日的室友。

他说："好，好，好极了。你这么受人待见，我真是高兴。不过别只顾着呼朋唤友，如果听到重要的'狩猎木屋'的事，记得给我打电话，好吗？"

我告诉他别担心，我不会忘记。接着我们挂了电话。

我回到房间，忙着将自己少得可怜的东西放进储物柜里，同时透过狭窄的窗户留意着杜普瑞。收拾好床后，我实在不知道该做什么，就躺在床上休息。

我看着天花板，这里没有吊顶，只有用裸露的钢制梁支撑的木板。布鲁克林的嬉皮士们没准儿非常乐意为这种天花板掏钱。百无聊赖，我不禁想，在摩根敦长达半个世纪的历史上，到底有多少囚犯像我这样盯着天花板度过了不知多少小时。接着我又想起阿曼达，不知她和范布伦画廊的老板谈得怎么样。我回想起和她告别时的场景——那天早上的吻别、前一晚的做爱。我闭上双眼，脑海中浮现出她的裸体和她高潮时脸上忘我的神情。

未来的六个月，她将不在我的生活里。

脑海中的胡思乱想被一个细弱清脆的声音打断了，声音好像是从公共室传来的——"兰达湖，前完斯堂。"

一群人立刻行动起来，伴随着床弹簧发出的一阵嘎吱声，以及铁头鞋拖曳的声音。我坐起来，觉得那句话应该是"兰多夫，前往食堂"。我把脚伸出床外，一跃跳到地上。前面已经排起了长龙，他们都是三三两两结伴。有些人仍旧穿着卡其裤，有些人已经换上了从管理员那里买来的健身衣服——白色短袖、灰色短裤，或者是一整套或半套灰色运动衫。

要想通过后背找出杜普瑞无比困难。站在我前方的人中，我唯一能辨认出来的就是我的新室友，主要是他太高大了，想忽视都难。

接着我听到有人喊："嗨，皮特·古德理希。"

有个人从我后面走来，是马斯瑞。

"嗨，"我仿佛是在向一位老朋友问好，"你也在兰多夫？"

"好像是这样。截至目前你过得怎么样？"

我说："哦，比丽思－卡尔顿酒店[1]好一点儿。唯一的问题是我找不

---

[1] 美国著名的奢华酒店，建立于 1927 年，在世界多地均有分支。

到酒吧。"

他立刻露出狡猾的微笑，用嘴角不屑地说："那可能是因为你没有仔细找。"

"是吗？"

"古德理希，你想尝尝监狱里的自家酿造吗？"

我感到一脸茫然。

他飞速瞅了一眼四周，把声音压得更低："我忘了，你刚来。"

"你也是刚来。"

"没错，我是刚来摩根敦，但是对于监狱生活，我早已不陌生。关在监狱里并不意味着不能享受生活的乐趣。你懂，对吗？如果你想喝几杯，那再容易不过了。这里没准儿有二十四个人能与你同流合污。如果你不介意有腐臭味的橙汁，那就更好办了。你想吸大麻？也没问题。另外还有十二个人能帮你搞到大麻。要想找到可乐、海洛因或冰毒有点儿困难，但也不是不可能。你只需要足够耐心，知道该向谁要。"

我说："哦。"

"我还在找后面提到的那些东西。等我找到了，就会告诉你。不会等太久了。"

我说："谢谢，但是我不是……我对毒品不感兴趣。"我忽然察觉到自己应该让皮特·古德理希上身，于是补充道，"我当老师的时候，在健康课上曾和别人联合教授过毒瘾单元。我不知道那课程对学生有什么影响，反正我自己吓了一跳。"

他笑了，然后说："我明白了。你想听听免费的建议吗？找点儿东西让自己上瘾，这能让你在这里的日子过得快一点儿。"

"什么意思？"

马斯瑞说："我也不吸毒。可是你知道让我上瘾的东西是什么吗？焦糖巧克力豆。"

"糖果？"

"没错，糖果。我知道这听起来特傻。我还在外面的时候，我办公室所在街道的那头有一家便利店，有时候下午上班需要提提神，我就偷偷溜出去买一袋巧克力豆。进了监狱后，我就对它上瘾了。它不在物资供应单上，从理论上说是违禁物品。但是越是你得不到的东西，吃起来就越是可口。"

"我以为他们会定期检查违禁品。"

我们离食堂越来越近。

马斯瑞说："没错，所以要确保别被发现。其实狱警也不傻，他们心里很清楚。他们也会上心，不过只有当他们觉得正在被人监督的情况下。其余时间，他们也就睁一只眼闭一只眼，最好是风平浪静地熬到下班，重中之重是做出遵纪守法的表象。你要是拿到了像焦糖巧克力豆之类让你上瘾的东西，绝对不要放在自己的储物柜里，如果他们在储物柜里发现了它们，就不得不惩治你。你必须找一个藏匿点，明白了？"

我忽然想起房间里没有吊顶。这可不是为了取悦嬉皮士，而是为了防止我们把东西藏在上面。但是摩根敦联邦惩教所占地广，肯定还有其他的藏匿地点。

我说："好的，明白了。"

"这里几乎每个人都有自己的秘密物件。等你找到了，它能分散你的注意力，你就不用总是惦记着还要在这里待多少时日。这是监狱生存第101号法则。"他眨眨眼。

我们已经进入食堂。我跟在人群后面，很快就排到用不锈钢材料建造的取餐区，并领到了我的晚餐——猪肉排骨、土豆泥、青豆和一小盒牛奶。所有食物都是温热的，经过食品药品监督管理局审批，已经煮到失去一半味道的程度。

我在罗伯旁边坐下。这是一排很长的座位，许多张长方形的桌子首尾相连。似乎没有人在乎与谁同坐，也没有人搞种族分裂。白人、黑人和棕色皮肤的人混在一起。雅利安兄弟会[1] 没在"纸杯蛋糕营地"惹事。

---

[1] Aryan Brotherhood，该黑帮团体主要由监狱里的白人囚犯组成。

大家都低头吃饭，几乎没人交谈。我心里想着这或许就是这里的习俗，也就入乡随俗了。但是当我用一把塑料刀费劲地切割那块僵硬的猪排时，我瞥见坐在隔壁桌的一个人。

一个表情卑微的人。

稀少的棕色头发。

山羊胡。

毋庸置疑。

他就是米歇尔·杜普瑞。

我终于找到了目标人物。或者用马斯瑞的话说，找到了我的秘密物件。大概是太过沉溺于这次接踵而来的胜利，我一直盯着杜普瑞。他仿佛察觉到有人在看他，抬起头和我对视。

第十六章

赫莱拉亲眼见证了失败的代价，因此，当上新科利马贩毒集团的安全总管后，他采用了更激进的管理模式，尤其是在突袭检查到来之前。

洛萨利奥二号的运行一达到令自己满意的标准，他就朝北前往新科利马集团从锡那罗亚集团手中抢夺来的隧道。其中一条隧道已经挖至里奥格兰德河[1]下面的岩床，宽到能够容纳一辆卡车通行了。隧道的中部还设计了一个滑稽的"过境点"，那里摆放着一幅巨大的美国总统照片，照片上总统的脸已经面目全非。

隧道的出口靠近美国得克萨斯州的埃尔帕索市，那里有一个库房伪装成的完全合法的产品分销中心，它隶属于一家位于美国特拉华州的企业。这些企业都是合法机构，但同时也是新科利马集团的前哨。而美国执法机关对此一无所知。

---

[1] Rio Grande River，美国与墨西哥的边界河。

赫莱拉从埃尔帕索市搭乘飞机前往匹兹堡市，然后用一张署名为赫克托·雅辛多的驾照和万事达信用卡租了一辆车。除了中美洲的眼睛和棕色的皮肤，赫莱拉与这个叫赫克托的人长得并不像。但是在诸如匹兹堡市这样的地方已经足够了。

接着他驱车前往西弗吉尼亚州的监狱，那里关押着一位银行家。

赫莱拉知道契约的规则：银行家掌握着文件，如果银行家或者他的家人有个三长两短，这些文件就会被公之于众。因此银行家必须毫发无损。

这是一个僵局。

但是艾尔·维欧不能忍受僵局。赫莱拉坚信自己能够找到办法打破僵局。

新科利马集团在美国有承包商，他们一直在监视这位银行家和他的家人——监听他们的谈话，跟踪他的妻子，以免她偷偷溜去藏匿文件的地方，或是做出其他事情。这些承包商会定时向赫莱拉汇报情况。但是，赫莱拉一直认为他们不像他一样心急火燎地想了结此事。

据承包商们所言，这座监狱背靠着一个名为"多尔希旋钮"的城市花园。令人难以置信的是花园与监狱之间竟然没有藩篱相隔。美国人一门心思想要在美国南部的边界建造边境墙，但是却懒得把自家监狱围起来。

赫莱拉把车停在野餐区附近，然后特意从森林里走，爬上山，直达多尔希旋钮花园。那里有一个山脊，能够一览无遗地俯视下面的监狱。他调整望远镜，很快就瞧见一群穿着卡其色制服的人在修剪整齐的草地上缓慢行走。

他拿出电话，给一个承包商打过去。

他用西班牙语说道："我已经到了。"赫莱拉的英文很好。然而，除非面对的是只会说英语的美国人，否则贩毒集团都用西班牙语开展业务。

承包商也用西班牙语询问道："到哪儿？"

他说："我在西弗吉尼亚州拜访我们的朋友。"

赫莱拉能够听到电话那头的人急促地吸了一口气。承包商大概万万没想到会有这么一出。

无法预测，赫莱拉心想。这是艾尔·维欧的智慧所在。

"什么？"承包商吐了口唾沫，显然是因惊吓所致，"为什么？"

"因为我的老板是一个没有耐心的人。"

他们在电话中从不直言艾尔·维欧的名字。

承包商说："我明白。我们在外边也是不遗余力，我们还在监狱里面安插了人，一切都安排得很妥当。"

"那个人叫什么名字？"

"一个能把差事办妥的人。"

"我想和他聊聊。"

承包商说："你疯了吗？要是他因为和你联系暴露被抓，就会被送到安全等级更高的监狱，那他对我们可就一无是处了。我们是绝对不会让你俩搭上线的。你把所有事情都搞砸了又有什么好处？"

我要想办法活下去呀，赫莱拉心想。

相反，他说："我必须要能够向上面汇报，我本人已经亲自核查过这件事。"

"你现在就能这样汇报，但是你必须止步于此。我们的眼线费了九牛二虎之力才接近了我们的朋友。如果让他察觉到有人在替我们当差，这事就彻底黄了。你会让我们这几个月的所有努力付诸东流。你觉得你那位没有耐心的老板看到这种局面会高兴吗？"

承包商说得没错，赫莱拉心知肚明。可是他也不想自己大费周章跑这么一趟，结果下次与艾尔·维欧见面时却无话可说。

赫莱拉说："告诉我你的人叫什么名字。现阶段我汇报这个信息也就够了。"

"你发誓你不会去联系他？"

"我发誓。"

承包商说："好吧。你说你这会儿就在那儿？"

"是的。"

"哪儿？"

"山上。"

"换言之，你可以看到我们朋友的住所？"

"没错。"

承包商说："如果是这样，那就很容易找出我们的人，你不会看错，就找那个最高、最黑的家伙。"

第十七章

第二天早晨，弗兰克·萨克履行了承诺，教我如何更好地收拾监狱的床铺。

他是一位非常耐心的老师，他的声音低沉，总叫我"先生"。我是一个尽心尽力的学生，倒不是因为我本人天生是这样，而是因为我所扮演的皮特·古德理希，作为一名教师，他理应好学。看着弗兰克这样的大块头——他的双手能把岩石揉碎——细致入微地讲解如何将毛毯铺平，真是令人忍俊不禁。

早晨的时候，我原本想竭尽所能地挨着杜普瑞坐，或者至少坐在靠近他的位子，但是没有达到目的，因为我无法表现得若无其事，那样做可能有刻意为之的嫌疑。另外，因为昨晚盯着他看被逮个正着，所以这次我不想太明显。必须让杜普瑞觉得，这个新来的不过是一名普通因犯。

所以我和马斯瑞混在一起，他是我新结交的好朋友。我耐心地想着法子，今后该怎么接近杜普瑞。

用完餐后，我去见我们单元的主管。他叫慕恩先生，他的脸总是红通通的，一副随时要心脏病发作的模样。他已经留意到我是历史老师，所以向我诉说自己多么渴望再现第二次世界大战。他把自己假想为一名海军下士，将在瓜达尔卡纳尔岛[1]取得人生最灿烂的丰功伟绩，还在某次战役中因为骁勇善战而荣获银质奖章……显然，幕恩先生对战争有一定程度的了解，但是他的社交智商只有十一分。

肯定是因为我对他的假想生活没有给予高度热情的回应，所以他才安排我去洗衣房工作。但结果证明，这不是一件坏事。我去报到的时候就有人向我解释，与摩根敦其他绝大多数工作一样，这个工作完全是有名无实。七个人就可以完成的工作任务，他们安排了五十个人。我们只需要把衣服放进机器，再从机器中拿出来，然后叠好。我们更多时候只是游手好闲。

有人发明了一种名叫"投纸"的游戏，就是将揉成一团的纸朝桌子隔板的后面扔过去，根据落地位置算分。这种竞技比赛非常令人亢奋。大家正在进行"沃德利杯"锦标赛，该比赛采取七战四胜、比洞赛赛制。当然，还有人下注。参赛者和观众都用他们所说的"罐头"下赌注。

赌注数量很少，一般也就是一两个罐头。其中一场比赛有五个罐头，所以异常紧张、激烈。比赛结束之后，我悄悄走近一位观众，他年纪较长，戴着一副小小的眼镜，看起来颇有些书生气。

我问："我是新来的。那些罐头是怎么回事？"

他说："鲭鱼。"

"有什么特别的吗？"

"他们用鲭鱼包打赌。"

"我不太明白。"

由于下一场比赛已经开始了，所以他的注意力又回到比赛上了。

他说："这些东西在这里相当于货币。因为他们禁止我们持有真正的钱，私藏的会被狱警没收，所以我们就用金枪鱼罐头代替。后来有人想到鱼包，于是鱼包就成了货币替代品，但我们现在还是习惯称之为'罐头'。其实它在物资名单上的名字是'鲭鱼鱼条'，每包 1.2 美元，但在

---

[1] Guadalcanal，位于南太平洋所罗门群岛的东南端。

这里，一包一般算作 1 美元。我们就是这样支付的。你想找个人替你打扫房间？目前的价格是一个月四个罐头。你想理发？两个罐头。如果电视房里的所有电视都被占用了，而你又特别想看某个电视节目，所以想找个人替你调换电视频道？一个罐头。你想和别人合买或单买一包香烟？你就要支付十个罐头。"

我再一次感慨："鲭鱼包，这真是疯狂。"

"没有人会把它叫作鱼包，他们只会称它为罐头。不知这信息对你有没有用，罐头的牌子是'海洋之鸡'。如果你仔细想想，就不会觉得这疯狂了。这些东西充满防腐剂，没准儿比传统美元纸币更经得住保存。而且不同于纸质货币，它们本身就能满足人的需求——如果你想的话，可以吃掉它们。"

"有人会这么做吗？"

他做个鬼脸，说道："是的，有些人会——主要是那些需要补充蛋白质的举重人士。你要是问我，那些鱼臭气熏天怎么下咽，我只能说各花入各眼。总的来说，与所有的货币一样，它之所以具有一般等价物的作用，主要是因为约定俗成。"

我们身边传来一阵喧闹的喝彩声，有一个人赢得了比赛，他与一群人击掌庆贺。

"所以，我刚才看的那场五个罐头的比赛……"

"是的，赌注很大。我入狱前是金融规划师，所以当我说鲭鱼经济相当稳定且调控稳妥时，可算得上是权威人士的发言。我们每个月的物资补给大约仅价值 300 美元，依照规定，我们能放在储物柜里的物资也只能价值 300 美元。如果你仔细阅读监狱手册，就会发现你每月能持有的所有肉类罐头总数为三十五罐。因此，这其实是对通货膨胀的严格监管。巴西人应该向它学习。换言之，你刚才看到的五个罐头的比赛，就意味着是用我们财产的七分之一下注，对吗？虽然说现在可以去物资处领取，但是这五个小罐头却约等于我们每月百分之二的补给限额。想想一个人用百分之二的月薪做赌注。"

我说:"我明白你的意思。"

"当你熟悉了价格结构,就会发现服务市场处于劣势,因为所有人都有很多时间可以提供服务;相对应地,物资市场处于优势,因为我们不能跑去沃尔玛超市买东西。总有一天你会明白,只要你在这里,不管需要什么,都必须用罐头来支付。"

他又补充道:"罐头让地球运转。"

第二场比赛已经结束。大家都嘟嘟囔囔着计算罐头的输赢数量。

我看着这热闹的场面,知道自己找到了另一个"秘密物件"。

在摩根敦联邦惩教所,吃饭绝对不是一件充满闲情逸致的事,其间没人闲谈私语。因此,我只有等到午餐结束才去找马斯瑞,他现在是我寻找违禁物资的领路人。

我从食堂出来,半道上遇到了他。他正不急不躁地闲逛。

我从他身后叫他:"嗨。"

"嗨。"他回答。

我和他并排时,发现他双眼紧闭。

"你在干什么?"

他说:"呼吸新鲜空气。你在这里能真正呼吸,仿佛其他人的肺很久没呼吸过这么新鲜的空气,感觉很棒。这在黑泽尔顿是不可能的。"

"要不我晚些再来找你?"

他睁开双眼:"不必了,你有什么事?"

我说:"我想我已经找到属于自己的'焦糖巧克力豆'了。"

他右脸上扬,露齿一笑,说:"啊,小蝗虫长得真快呀。"

"你听说过罐头的事吗?"

他摇摇头,我告诉他自己不久前听来的鲭鱼经济的事。

他说:"我喜欢这事。那么你的'秘密物件'是什么?"

"咱俩走私鲭鱼包吧。"

他笑得更加愉快了。

他说:"这个'秘密物件'真是完美,一种并非违禁物品的违禁物品。"

"正是如此。只要我们低调不声张，就不会有人知道我俩在用廉价货币冲击摩根敦，我们到时候会活得像国王！"

我们还能收买人心，左右他人，这才是我的真实目的。不论你身处世界哪个角落——剧院、董事会会议室还是摩根敦联邦惩教所的洗衣房，有钱就有权。至于那钱是一张张绿色的钞票还是一包包银色的鱼，无足轻重。

他说："我喜欢这主意。合伙吧？"

他伸出右手，我握住它。

我说："合伙。"

"我们第一步该怎么做？"

"嗯，我现在希望的就是，请恕我直言，一个像你这样见过世面的犯人帮我一把。这里的人一般怎么从外面拿到东西？"

"噢，有成百上千种方法。显然这是个大物件，所以一般体内私运的办法恐怕行不通。"

我做了一个哭的表情。

他说："别把我想得那么天真。你要是把它裹在塑料袋里，立马会被冲掉。"

我耸耸肩膀。他继续说。

"黑泽尔顿曾经有个家伙，女朋友每周六会给他带肉块。他把它藏在脚底挖空的老茧里，老茧窟窿非常大，可以装下三个或者四个肉粒。从访客区回来的时候，狱警都要让他脱光进行搜身，他就光脚站在那儿，咧着嘴笑。"

"好的，别说了，我想吐了。"

"另一种方法是贿赂狱警，但是发展这种关系需要时间，另外，依靠鱼包做不到这事，需要外边有人给你提供真正的现金。"

我说："我觉得我们不必用那种办法。瞧瞧四周，这里甚至都没有栅栏。我打赌已经有犯人想到了法子利用这一点。"

"我觉得你说得对。"

"你说，你的新朋友们有没有人有兴趣分享相关的本土智慧？"

"我去打探一下。"

"另外一个问题是，如果我们把东西弄来藏在哪儿？我们能放在房间里的罐头总数不能超过三十五罐，但我想存更多。"

他说："我很欣赏你现在的想法。储存的事不用担心，他们安排我在维修处工作，我们可以进入库房，那地方简直就是藏宝胜地。虽然也不是万无一失，但是做生意总要承担风险的。"

"没错。"

"你能联系到外面的人帮我们弄到足够多的罐头吗？我可不想白费心机，仅仅一购物袋是远远不够的，我想要的是整个商店所有的罐头。"

我说："我能搞定。"我不禁想象一屋子鲭鱼包的收据在 FBI 资产查封基金账目上会是什么样子，"你只需要确保东西弄进来之后不被人发现。"

第十八章

我很快就适应了摩根敦联邦惩教所的生活，这地方一直都有它的日常安排。

6 点起床，6 点 10 分通知吃早餐，各单元的排队顺序依据上次巡查时的表现。7 点左右巡查开始，7 点半，我去洗衣房待几个小时，几乎无事可做。10 点 45 通知吃午饭。

从午饭结束一直到下午 4 点点名，这段时间我可以自主安排。但是慕恩先生已经开始劝说我去参加下午的职业课程。晚餐 5 点开始，结束之后会有更多自由时间，直到 9 点最后一次点名。在这之后，我们就只能待在各自居住的单元。10 点熄灯。话要说清楚，在监狱里"熄灯"可不是嘴上说说。这一秒钟你坐在那里，沐浴在人工照明之下，下一秒钟就会陷入无边黑暗。有些人会在电视房或棋牌室待到半夜，甚至更晚。我不会这样，因为我需要睡眠。

次日我醒来，重复前一天的日程。

我在监狱待到第三天，可以去购买物资了。我买了一把储物柜的锁；一块天美时铁人系列手表，这样就不用每次都问别人时间了；一台收音机和一副耳塞，这样我就能看电视了；当然了，还有几包鲭鱼，方便我参与到非正式经济活动之中。

第五天，我终于迎来了我的迎新日，这真是漫长的一天。我与监狱里的各级管理者见面，他们不厌其烦地对我说："从你来这里的那天起，我们希望你已经开始着手准备离开此地。"除此之外，他们反复絮叨违禁物品，就好像这话我还没听厌倦似的。当然，毒品是一大祸害。手机，尤其是智能手机，更是被视为害中之首，因为囚犯也许会利用手机继续从事犯罪活动，而把他们送进监狱原本就是为了遏止这些勾当。假如我们发现有人违反规定，就必须立马举报，否则可能会惹得监狱管理层震怒。

我记住了。

我时常一吃完晚饭就立刻给阿曼达打电话。但是说句实话，这原本应该是我每天最心心念念的时刻，却往往沦为心情的低谷期。我们的交谈生涩死板，因为要时时刻刻扮演皮特和凯丽的角色，以免被人窃听。她只能无比晦涩地告诉我，她在范布伦画廊的会面与自己的预期相去甚远，但是没解释原因。她最近好像没有创作新画作，只是努力适应在"加利福尼亚"的生活。

我其实也没有多少内容可说，监狱洗衣房的趣事也就那么回事。如果我想知道她的身孕情况，就只能拐着弯问我的表妹阿曼达情况如何，于是她就用第三人称回答。

事实上，好多次我们只能聊聊天气。我们已经交往两年，但鲜少只依靠电话交流感情。如果没有眼神交流，我们仿佛不知道该如何进行有意义的沟通。

因此，即便每次通话结束时我们会说"我想你"和"我爱你"，但是当我挂上电话时却总是黯然神伤，觉得两个人已经渐行渐远，因此感到失魂落魄。这才几天工夫，我俩就已经变成了这样，六个月之后又会是一副什么样的景象呢？事情结束之后，我们还认识彼此吗？她会不会爱上某个此刻不在蹲大牢、前途更加远大光明的高个子男人？

这让我恨不得立刻离开摩根敦。

为了达到最终目的，我依然选择远远地跟踪、观察杜普瑞，希望能了解到他的生活作息和喜好。

他被安排在餐饮部，这是摩根敦联邦惩教所一流的临时工作，因为它比其他工种的待遇更高。这实在是让人费解，因为这份工作看起来也不比其他的辛苦。此外，有些人偷盗了食物然后转手卖掉，用这种方法赚取外快。我后来才了解到摩根敦的鸡汤里已经很多年不见肉了，因为鸡肉是黑市上极受欢迎的食物。

他喜欢玩意大利室外地面滚球游戏，如果我早出生三十年，没准儿还能知道这个游戏的玩法。但是他玩游戏没有固定的时间，只是突然现身，临时加入。他所进行的锻炼就是坐在有氧健身房里的固定单车上，一边读杂志一边踩车轮。根据我的观察，他的锻炼强度和手中那本杂志差不多。所以对于他锻炼身体完全是一时兴起这件事也没什么好惊讶的。

他喜欢读书，有些时候赶上天气好，就在室外休闲娱乐区阅读。但是到目前为止，我只见他读过军事史方面的书籍，这使得我无法上前与他攀谈。因为尽管我所扮演的皮特·古德理希理应对这些知识了如指掌，但事实上我对第一次世界大战知之甚少。

我一直希望他热衷于观看某类电视节目，这样我就能假装自己对同样的真人秀、新闻节目或者家庭情景喜剧有同样的热情。可惜据我这段时间的观察，他并没有定期观看任何电视节目的习惯。

除了汇报工作，他每天固定做的唯一一件事情就是到兰多夫棋牌室玩"得州扑克"。每天7点开始，他和另外三个人——总是那三个人——坐在离入口最远的桌子上。瞧着他们那副挤成一团的模样，显然是不愿让其他任何人参与进来。

不论在哪里碰到他，我都迅速调整好，只用眼角余光看他，以免让他发觉我正在观察他。有那么一两次，我敢说他直勾勾地盯着我。当然，也不排除是我反应过度的想象。

我期待着一个合适的机会让我可以接近他，可是一直没等到。经过一周对他的观察后，我开始有些急不可耐。我让自己关进大牢，可不是为了像一个单相思的恋人一样毫无成效地远远瞅着他。如果我想让他说出木屋的地点，就必须找到攀谈的突破口。

我想出的第一招是去找慕恩先生，请求他把我调到餐饮部。他把一长溜申请去餐饮部的囚犯名单给我看，我问大概需要等多久，他回答：“噢，不会太快，六个月，没准儿一年。”

这条路被堵死了。

说实话，最有效的一招也许是扑克牌。我要是能在那张桌子上占个位子，说不定能建立关系。

我之前在地区剧院出演音乐剧《红男绿女》中“好人约翰逊”一角，我了解得州扑克的游戏规则全然是因为这段经历。当时剧组认为学会掷骰子、打扑克有利于感受角色。于是在一周的时间里，我们都成了棋牌老手。

如果我直接去问杜普瑞能不能加入他们的游戏，会显得太过鲁莽，风险也太大。要是他拒绝了，以后我哪里还有脸找他攀谈？况且他也会心生疑惑：古德理希这小不点儿怎么老是对他纠缠不休。

另外三位牌友中有一个高个子，经常与杜普瑞一起去餐饮部，我还留意到他俩经常在休闲区散步。这么看来，高个子很可能是杜普瑞最亲密的朋友。

另外一个家伙梳着马尾辫，我看到他的时候，他要么是在打牌，要么是在狼吞虎咽地吃饭——与我们不同，我们在饭点总是只能勉强吃下，吃完后带着失望离开。

不过还有一个人，我每天都能在洗衣房看见他。他是个大块头，身高大约六英尺，体重约三百磅，身上仅有小部分赘肉；他的脸圆润微红；我推测他大概有四十五岁。很快我打听到他叫波比·哈里森。

在洗衣房的工作中抽出点空闲并不是什么难事。进入监狱一周后的某个清晨，把第一批衣物放进洗衣机之后，趁着空暇我朝他走去。他当时正躲在一个角落里，带着一副老花镜在阅读。

"你好，我是皮特。"我说。

他从书里抬起头说道："我是波比。"

"我之前看到你在兰多夫的棋牌室里玩得州扑克。"

他说："没错。"

"以后我可以加入你们吗？"

他琢磨了一会儿，然后说："恐怕不行。"

"为什么不行？"

他耸耸肩："桌子只能坐四个人。"

"我可以坐旁边那桌，再靠过去。"

他摇摇头："噢，何必呢。"

"为什么不呢？你们不想赢我的钱？"

"不是这么回事。"

"那是怎么一回事呢？"

"我们不玩阴的，我们只是一群诚实打牌的坏家伙。但是每次我们同意新人加入，他们都总是出老千。"他合上书，手指夹在书里标记阅读位置。

"我不出老千。"

"出老千的人都这么说。"

"我把衣袖卷上去，这样就没有地方藏牌了。"

他说："不了，谢谢你对我们感兴趣。"

他继续读书。我被礼貌地拒之门外。

但我没有轻易放弃。

我说："我用钱买你的位子。"

他重新抬起头："多少钱？"

我仔细回想着在投纸球游戏里所掌握的知识，物品比服务更有价值，这是一种服务。如果理发价值两个罐头……

我说："五个罐头。"

"不，谢谢。"

"十个。"

他说："十五个。"

"十五个？一晚？真是坐地起价。"

他说："不，话可不是这么说的。我们打牌要押五个罐头，总赢数是二十个罐头，赢家拿走所有的罐头，我赢的时候居多。也就是说，你将买走我赢牌的机会以及打牌的乐趣。所以对我来说，这些值十五个罐头。"

如果算上押的五个罐头总共就是二十个，几乎是我半个月的补给。除非第二周去购买物资，否则我无法支付第二次打牌需要的筹码。可是只打一周的牌没法儿让我与杜普瑞建立足够亲密的关系。

当然，如果马斯瑞和我能够把私运罐头的业务搞起来，那么我每天晚上都能打扑克。我必须和哈里森商议妥当。

我说："给我一个批量折扣价吧。如果不能经常和他们打牌，那我很难了解他们打牌的手法，我也就犯不上费这心思了。我必须确定我每晚都能买到你的座位。要是你愿意降价的话，十个罐头怎么样？"

他说："每天晚上十个罐头。"

"没错。"

"你承担得起吗？"

我说："我能搞定。不过你不能告诉其他人。"

他眯起双眼："你现在让我觉得你在玩花样。"

"我没有玩花样。每晚十个罐头买你的位子。不如先约定至少一个月的时间。"

他说："一个月！"

"没错，一个月，每天十个罐头。"

波比一脸茫然。有了这笔"钱"，他能买酒喝喝到上瘾，或者吸大麻吸个过瘾，反正他能随心所欲地买东西。

他说："好，成交！"

我说："好。我去安排货源，回头找你。"

晚餐之前，我在电视房里找到马斯瑞，他正戴着耳机看《体育中心》节目。

我拍拍他的肩膀让他注意我。他正在看一场棒球比赛，游击球手把球投给第二垒手，而第二垒手又转投给第一垒手，这会儿比赛正是激烈的高潮时刻，所以他只把一边的耳塞移开。

他问："什么事？"

"方便来我房间一趟吗？"

他站起身，我领着他穿过大厅回到我的房间。我那位像大山一样高大、一直谦虚有礼但沉默寡言的室友恰好不在。在这个住着九百号人的机构里，我和马斯瑞只找得到这个相对隐秘的地方，只好将就。

我说："我一直在等我们'秘密物件'的最新进展。"

"你居然问这个，太逗了。我已经发展了几个内线，或许能派上用场，但是现在还没有完全搞定，不过就目前已经掌握的情况而言，非常乐观。"

"继续说。"

"这主要归功于我在黑泽尔顿结识的一个朋友，我们在那里搞了一些事情，所以他值得信任。大约六个月前他来到这里。他告诉我这里的运作规律，据他所说，这里惯用的私运物品的方法是所谓的'跑山'。"

我重复道："跑山。"

"根据我所了解到的，每天晚上五个庭院都会安排狱警巡查，狱警要在庭院间来回巡逻——如果人手充足的话，按理来说是应该这么执行的。但是如果人手短缺——他们总是缺人手，因此就偷工减料，所有庭院只派一人看守，他一般只有午夜那次会到处查看，之后就随意挑一个庭院，一直待到3点的那轮巡逻。"

我说："托上帝的福，联邦政府削减了预算。"

"确实是这样。只要你发现自己所在的庭院没人看管，就可以溜出来。记住要用石头或是别的物件把门堵住，别让它关上，以免你被锁在外面。最好选择多云或大雾的夜晚，不过这里的路灯形同虚设，你沿路都可以躲在阴暗处行走。真正危险的是从休闲区到森林这段路程，因为途中没有任何遮掩物，你只能一溜烟跑，所以大家把它叫作'跑山'。对于你这样的年轻小伙儿来说，应该没有多大问题。一旦进入森林，你就安全了。你做你的事，然后原样返回。"

"摄像头怎么办呢？"

"噢，的确，他们有摄像头，不过显然有不少盲区，再说这地方太大，狱警没办法同时盯住所有的地方。可能多数人觉得想要这地方人手充足，管得滴水不漏，需要耗费上百万美元。监狱管理局没准儿觉得，花那么大的价钱只为了阻止一些低端犯罪分子私运几块肉，太不值得。"

我说："好吧，可是听起来还是很危险。"

"听你这么说也挺逗的。我当时的反应与你如出一辙，但是我的那位朋友说起了'独角兽'。"

我的表情肯定出卖了我一头雾水的内心。马斯瑞倒是一脸得意扬扬。

我说："独角兽。"

"是的，"他把声音压得更低了，"'独角兽'指的是摩根敦最值钱的宝物。记住了，它指的是一整套保安制服，上衣、裤子、皮带和对讲机，是一整套装备。而且都是中码，如果你个头儿太大，想穿上彻底没戏，不过你的身材恰到好处，你只需要把裤脚稍微往上卷一卷。如果穿上这套行头，你都不用跑去山里就可以随心所欲地在路上行走。它是违禁品之王。"

"我们怎么才能弄到一套呢？"

"有个家伙在搞出租，我还没有和他沟通过。这人对出租对象总是挑三拣四，最近他越发蹬鼻子上脸了。如果他见到你，怀疑你是个大傻帽儿，那你就彻底没指望了。还有，出租衣服的价格也高得惊人，一晚上要三十个罐头。"

"我的物资要动起来了。如果你愿意投资十五个，那我就给十五个。"

他说："成交。还有一件事，如果被抓住了，所有的罪责你必须一人承担。"

"在你看来那将意味着什么？"

"如果没穿'独角兽'跑山被抓住，那你就要在特别住宿单元里关一个月禁闭。如果你是穿着'独角兽'被抓住……"

他一边思索一边摇头，说："我觉得他们不会允许你继续留在这里，也许会把你送去黑泽尔顿甚至更恶劣的地方，说不准还会以假冒联邦官员的罪名起诉你。"

这罪名不在我的《免罪协议》里。没准儿我刚服完假的刑役，就会被判决要服一个真的刑役。我不知道丹尼会不会为我开脱，或者他会不会一怒之下让我自生自灭。

马斯瑞说："但是我们不用为这事发愁。'独角兽'在这里相传这么多年也是有它的原因的。核心就是从头到脚，甚至是一粒纽扣，都必须是百分之百的真家伙。没有人会因此而摊上事。"

这仿佛是博弈论里某种癫狂的演练。囚犯到底是应该冒 20% 要接受严厉（但不至于丢掉小命）惩罚的风险去赢得这场博弈，还是应该接受更低的灾难性惩处概率——1% 或 5%，让比赛彻底完结？

我说："好吧，那个家伙是谁？"

第十九章

自从离开赫德森·范布伦的办公室后，阿曼达就再也没有画过画。

只要有提笔作画的念头时，她就情不自禁再度回想起那次见面所带来的屈辱感。她因为喝了香槟而有些神志不清，结果身体半裸，被人上下其手；最后他还用居高临下、颐指气使的口吻随意将她打发走了。

她因为他是个伪君子而火冒三丈，同时也生自己的气：如果她没喝香槟，如果她穿得更加老气横秋，如果她没有坐沙发而是椅子，如果她当时不是因为过于震惊和酒醉而忘了在他抚摩自己时扇他那张恶心的脸……她为自己本应该做却没做的各种事感到愤怒。

她感到自责、羞耻又尴尬，而且还害怕假如赫德森·范布伦对她的作品说"不"，那会对她的职业造成怎样的打击；她也担心没有人会相信自己，虽说她是受害者，可是她算哪根葱？她一直没对任何人提过那件事。

即使是托米和芭芭——尤其是托米和芭芭。阿曼达只是告诉他们她需要进一步完善自己的作品，并解释自己之所以不再画画是因为需要好好思考。她的话只说到这里。

但是说真的，这件事该到此为止。是时候为了她自己的尊严、平静，以及其他所有的目标重拾画笔了。

她在卧室的窗边摆好画架，并在下面铺上了布罩以免弄脏地毯。

窗帘被拉开了——在自然光下展示一幅画作是最为合适的。不同于午后径直投下的刺眼白光，画布在黄昏悠长的红霞里能呈现出截然不同的风采。

阿曼达的天赋在于——倘若她真有什么天赋的话，她可以闭上双眼，然后在脑海中想象着自己打算创作的图画，她清晰无误地知道自己试图创作出的是什么意象。一幅画作的成败取决于它能否再现脑海中的想象。

她的创作对象往往是很私人的，也就是她曾亲眼见证过的事物。很多意象来自她在密西西比州度过的孩提时代。常见的创作对象是她的母亲，或者某个像她母亲的女人；这个女人或是在清洁厕所，或是在烹饪马克牌奶酪，或是一边抽着香烟一边坐在加宽拖车上愁容满面地看着窗外……这些都是寻常景象。

画面里的人都是阿曼达在成长路上亲眼见过的，他们是美国南部农村勤劳但贫穷的白人，是被美国社会遗忘的下层阶级。阿曼达对他们抱有同情和理解，因为不论教育让自己与他们相隔多远，她都仍旧是他们中的一员。这种感同身受体现在她作品里每一根线条和每一处暗影之中；也体现在那些或冰冷无情，或意志坚定，或心无旁骛，或兴高采烈，或痛苦不堪的表达之中。

她笔下也有其他的创作对象，有些源自她在纽约的生活，有些取材于她在其他地方的见闻。与托米四处旅居的经历让她看到一个更广阔更多样的美国，远远超乎她之前对美国的理解。

但是透过艺术和旅居经历，阿曼达真切地发现：人，不论地域、年纪或是肤色，都基本类似，至于发型、着装等表层的东西，都无足轻重；对他们而言，重要的是各自的故事、他们渴望的事物、爱着的人、仍在奋斗的目标。如果能够理解这一点，那她画笔下的就不仅仅是在密西西比州为他人打扫房屋的贫困白人，或者是曼哈顿腰缠万贯的沙特阿拉伯外籍人士，她所呈现的远比这些更具普世性。

艺术记者们曾给她的作品贴上"后野兽派"的标签，认为她的作品受到了亨利·马蒂斯[1]的影响。她知道记者们总要想些话说，缺乏真正的知识并不会阻碍评论家们品头论足。

她只是不想被贴上任何标签。阿曼达·波特绘画时从未试图向前什么派或者后什么派靠拢，她只是将脑海中最清晰的意象复制下来。

如今浮现在她脑海里的不再是她的母亲或者与母亲类似的任何人。

而是一个男人。

她对自己此刻所思所想的内容不再做过多思考，只是往托盘里挤蓝色和紫色的颜料，仿佛是要把已有三日的瘀青画下来。之后她或许会添上其他颜色，深入强化或者形成对比；不过，托盘最初的选色往往定义了整幅作品。

开始的时候她画得很缓慢，但是只要感觉一来就运笔如飞。与许多艺术家一样，阿曼达是左撇子。她向来小心谨慎，在生活里，绘画大概

---

[1] Henri Matisse，1869—1954 年，法国画家、雕塑家，"野兽派"创始人。

是能让她丢掉畏首畏尾心理的唯一领域。创作时，她可以让自己无拘无束，一笔一画都果敢无畏，它们有生命、会呼吸。

评论家们或许会称之为天分，阿曼达则认为这是练习使然。

一旦沉浸于艺术创作之中，她就能在几个小时之内画好初稿。之后可以再回过头来补充细节，但是通常初稿就基本定下了作品的主题和形式。

在她挪开画笔后，画布上是一个男人。他正躲在窗帘后偷看，身后是一片黑暗，头顶悬挂一盏灯，似乎将去往某个地方。

只能看清他的半边脸和四分之一的身体。他长得不高，可是面庞英俊，有一头黑发和一双黑眼睛，弯曲着的手臂肌肉发达。他朝某个东西倾斜身体，摆出即将向前进攻的姿势，冲击力不可小觑。

她真实刻画出的是他的欲望。这个男人想抓住什么东西，它不在他身后，而是就在他面前。

她一直画到下午，光线渐渐变化了。阿曼达此时可以用不同的方式审视这幅画作。

接着，她意识到自己笔下的这个人是谁。她突然无法再注视他，她明白他的欲望，这令她胆战心惊。

她把画布从架子上移走，用两个巨大的垃圾袋包着。

她走了出去，把画扔进了垃圾堆。

第二十章

那个家伙叫作萨尔·斯克洛比斯，之前做过图书管理员等各种工作。

根据马斯瑞搜集到的背景信息，他老家在威斯康星州，为生计所迫去了北卡罗来纳州，后来又到弗吉尼亚州的雪伦多亚河谷，在那里从事有机农业赚取外快，补贴自己做图书管理员的微薄薪水。

这一切听着平淡无奇，但是萨尔·斯克洛比斯种植的是最暴利的农作物——大麻。

他就在自家农地里种植大麻，把它混在玉米和向日葵中间。几年之后，大麻长得比它们都高了。他充分利用自己攻读图书馆学硕士学位期间所掌握的知识，不遗余力地检索相关知识，学习怎么不分地域地种植出最香最醇的大麻。一段时间后，他就已经深谙其道。也许是太过得意，他把相关知识分享给朋友、邻居、朋友的朋友，甚至是不甚亲密的熟人。一传十，十传百，有人甚至不远万里从纽约慕名而来购买他的大麻。

不料其中一位客户被逮捕，把他抖了出来。这或许可以解释为什么他现在对出租"独角兽"格外小心谨慎。

我将此谨记于心。次日午饭后，我跑去图书馆做了一番调查，为自己即将饰演的角色做准备。掌握了相关知识之后，我就去找他。

马斯瑞说他有种"瑞普·凡·温克尔风范"[1]。斯克洛比斯信奉的宗教大概对剃须刀有血海深仇，信徒不能修剪胡须，他已经说服监狱管理层。

我在休闲区旁边找到他，他坐在亭子下一张野餐桌旁。就像传言说的那样，他的胡子又长又白；头上稀少得可怜的头发凌乱不堪、随风飘舞，反倒是耳朵里伸出的毛发更浓密；他太瘦了，衣服穿在他身上看起来松松垮垮的。

他跷着二郎腿坐在桌子的主位上。我靠近他时发觉他双目紧闭，手掌向上放在膝盖上，中指按压着大拇指。

打坐冥想。这家伙在监狱的休闲院子里打坐冥想。

我在摩根敦联邦惩教所见识了这位萨尔·斯克洛比斯。

隔着好几步远，我停下了脚步，犹豫着是要迟些再来，还是在原地

---

[1] 美国作家华盛顿·欧文（Washington Irving，1783—1859年）的小说《瑞普·凡·温克尔》（*Rip Van Winkle*）。主人公瑞普·凡·温克尔在山间遇到一群怪人，偷偷喝了他们的酒，不料一睡就是二十年。醒来之后，他回到村子里，却发现曾经的亲友均已离世。

等待他从深奥的冥想境界中回到现实。举棋不定之际，我像一尊蜡人雕像似的站在原地，直到他睁开双眼。

他淡然问道："需要我帮忙吗？"

"您是斯克洛比斯先生吗？"

"我是。"

我说："我是皮特·古德理希。"虽说这会儿我觉得自己不是皮特·古德理希这个角色。

"我今天能为你做些什么吗，古德理希先生？"

很多年前有个导演教了我一个办法："锁它"。基本理念是，为了把握某个角色，你首先必须从身体上与角色感同身受。你深吸一口气，重新调整肩膀，然后去面对你必须面对的东西，也许是观众，也许是另一个角色或者其他任何事物。你借着扭动肩膀的时刻锁住角色，这有点儿像重新入戏。

因此我扭动着肩膀，然后说："我以前是一个历史老师，我想给您上一堂历史课。"

我说话的语气还是过于拘谨，但是对于古德理希先生这个角色来说或许还算妥帖，毕竟他曾经是历史老师。他与曾担任过图书管理员的斯克洛比斯先生说话时，口吻正式一些倒也没什么不合适的。

他问："是这么回事吗？"

我说："世界史是我最喜欢的科目之一。第一个单元是美索不达米亚，新月沃土，大概从一万年前开始。如果你向孩子们解说伊拉克的变迁，他们肯定会大吃一惊：他们现在所知道的伊拉克是一片巨大的沙漠，可是以前却是一片孕育了人类文明的沃土；我们今天用以充当食物的植物和动物，绝大多数在那个时候才刚被人类种植或是家养；也是在那个地方，人类开始书写活动，这一点绝大多数人都知道。但是，你是否也知道那时有很多伟大的艺术家？"

他说："我不知道。"

"对的。"我说"对的"两个字的时候，感觉自己重新回到了皮特·古德理希这个角色。我给了他一个最为谦逊友好的微笑，然后说下一句台词。

"事实上，你是否知道，最早描绘独角兽的人是来自美索不达米亚的艺术家？"

他说："啊，我明白了。"

他没有回我一个微笑，但是兴趣盎然。

"是的，先生。那之后独角兽传遍全球——中国、印度、希腊……你能想到的所有地方。几乎每一种文化都有关于独角兽的神话故事。但是它的源头是在美索不达米亚，那里的人认为，只有处女才能抓住独角兽。"

他说："嗯，我猜，你接下来要告诉我你是一个'处'？"

"没错，先生，羞涩、忠贞、纯洁。"

"古德理希先生，你说完了吗？"

"是的，先生。"

"谢谢你的这堂历史课。现在轮到我给你上一堂天文课了。"

"哦？"

"明晚是新月。"

新月。他的潜台词是很黑，适合跑山。

"我懂了，这堂课我受益不浅。"

"那样的夜晚，或许处女能够抓住一头独角兽。"

"我一定感激不尽，如果……"

"但是，要付出代价。"

"当然，三十个罐头，对吗？"

他说："那是以前的价，现在变了。"

"先生？"

他说："我不需要罐头了。我现在罐头太多，已经不知道该怎么处理了。我真正需要的是种子。"

种子？什么种子？

我瞬间明白了。他一直在怀念以前种植的自己最喜欢的植物。

为了确保自己没有理解错误，我询问道："什么种子？"

他说："你似乎对我很了解啊！"

"我也是道听途说。"

"那你就应该明白是什么种子。我要的不多，十二粒就够了。"

话说到这儿就很清楚了，萨尔·斯克洛比斯想让我把大麻种子偷运到这座联邦监狱。

"你真的……你真的能在这里找到种植的地方？"

"那就是我的事了。你要做的就是弄到种子。"

我说："我需要'独角兽'才能把种子偷运进来。你也知道，对吗？"

"你可以在租期结束后再支付费用。"

我说："好。但是十二粒种子的代价就不仅仅是租用'独角兽'那么简单，我觉得这够我买下它了。"

他浓密的白眉向上扬起。

我说："你很想得到种子吧？那就只有这么办。另外，如果你可以种植那么暴利的'庄稼'，也就不再需要靠'独角兽'赚钱了。"

他枯瘦干瘪的脸皱成一团，随后又放松下来。

他说："好。你可以不租，直接买。价格就这么定了？"

"我要打个电话。"

"是打给美索不达米亚吗？"他第一次面露笑容地问。

"类似吧。"

他说："很好。明天的这个时候我还会在这里，到时候你告诉我进展。"

他闭上眼睛，继续冥想。

这大概是暗示我该走了。我回到兰多夫，直接去打电话。如果必须在新月之夜把这事弄完，那我得赶快向瑞茨和吉尔马丁求助。

我输入 TRULINCS 账号，然后拨打丹尼的电话。有一个声音通知他，一名联邦惩教所的囚犯正在呼叫他。

这声音一停，就听见他轻快地说："'穷弹'，你那边进展如何？"

我咬牙切齿。我费了九牛二虎之力让自己保持皮特·古德理希这个角色的特征，他却三言两语就把我拉回了以前的生活，真叫人气愤。即便这通电话被监听的可能性很低，但他也太大意了。

我直接回答："我不认识什么'穷弹'，我是皮特·古德理希。"

"噢，是的，抱歉。进展得怎么样了？"

我说："我突然想到一组彩票数字，想麻烦你帮我妈妈买几张彩票。"

"好家伙，懂行啊。稍等，我找笔和纸。"

他大概是在办公桌上或是在他车里的手提箱里翻找？随便他在哪儿找吧。我为时间的流逝感到愤愤不平。他每浪费一秒钟就意味着当月我和阿曼达或者母亲的通话时间就少一秒钟。

他终于说："好了，说吧。"

"13，5，47，5，61，20……"我开始报数，直至把信息传递完：明晚来见我，在多尔希旋钮花园野餐区，半夜1点。

报完数字之后，我问："你都记下来了吗？我知道这要好几张彩票呢。"

"记下来了，还有吗？"

"我很饿，特别饿，尤其是半夜1点醒来的时候。我现在胃口很奇怪。"

"我明白，你想吃什么？"

我说："海洋之鸡牌鲭鱼包。"

"喔，好吧，你认真的吗？"

"它们是人间美味，我发誓我能吃上百包。我敢打赌，撑着了我还能吃。我最近在练举重，特别能吃。"

"好吧，饿了就是饿了。"

我确认道："我是快饿死了。我差点儿忘了，我还想帮凯丽买几张彩票。我最近觉得自己要行大运了。"

"报数字吧。"

这次我传的信息是：带十二粒大麻种子。报数字的时候，我像刚才一样用了 26 以上的数字，以混淆监听人的判断。

我说完之后，他说："噢，上帝啊！"

"有问题吗？"

"没有，没有。"他轻轻笑了一声，"我应该可以弄到。我只是……哎，不管怎么样吧，我去找。"

"太好了。那就这么说定了？你会买所有这些彩票吗？"

"是的，不过你或许可以考虑这串数字。"

"你说。"我回答。

"19，62，5，5，48，27……"

报完数字之后，他的信息是：明天 1 点见。

我说："收到。"

"嗨，挂电话之前还有一个问题。"

"说。"

"兰多夫有几部电话？"

我看看这排电话，电话之间用小隔板隔开，看起来像是保护隐私，实际上毫无隐私可言。

"四部。怎么了？"

"只是好奇。下次聊。"

第二十一章

挂了电话以后，一直到第二天早上我都坐立不安。皮特·古德理希或许是因为抢劫银行被关进了联邦监狱，可是托米·詹普最严重的违法乱纪行为只是违规停车。

如今我算是知道原因了：我压根儿没有违法的胆儿。

马斯瑞完全帮不上忙。虽说他帮忙解决了一个问题，他成功拿到了维修间库房的钥匙，然后告诉我可以暂时存放罐头的地方，紧接着却又指出另一个我们目前无法解决的难题：一旦"独角兽"归我们所有，就必须找个地方藏起来。

虽然这也不是不可能，毕竟斯克洛比斯将它成功藏匿了这么多年。但是，不管马斯瑞打算把罐头藏在哪里，我们还是需要另外找个更安全隐秘的地方藏匿"独角兽"。从某种意义上来说，罐头是无关紧要的，即便被狱警发现了也不会惹出大麻烦，但"独角兽"就另当别论了。

马斯瑞说他会想办法。吃完午饭后我的第一个任务，是告诉斯克洛比斯我们的交易可以落实。

我几乎是冲出食堂飞速前往那个亭子，但又尽量不显得心急火燎。斯克洛比斯还没有来，也许他还在住宿单元吃午餐。

我不想心急如焚地坐在那里，于是就开始围着慢跑道散步。走完第二圈，我回到亭子时额头上微微冒汗，这时斯克洛比斯已经到了。他依然是那副冥想的坐姿。

我悄无声息地靠近他。

"你好啊，我的朋友。"他睁开眼睛，"有新消息吗？"

"是的，我们做交易吧。"

"我早料到了。"

"你怎么知道？"

"你身上有一种黄色光环。"他这话说得好像有理有据似的。

"我想是吧。你怎么把东西给我呢？"

"掀起你的上衣。"他说。

"什么？"

他已经开始撩自己的上衣衣摆。

"快点儿。"他催促我。

我明白了：他一直把"独角兽"藏在身上。这装备他带在身上太久，已经到了多看一眼都会被逼疯的程度，所以恨不得像摘下《指环王》里的那枚魔戒一样立刻扔掉。

现在这枚"魔戒"属于我了，连同它的魔力，以及它的诅咒。

他从衣服下面掏出一个硕大、勉强是个长方形的包裹，外面包了一个白色的塑料垃圾袋，上面的邋遢残渣暴露了藏匿它的地点。

我哆嗦地掀起衣服，我希望自己的双手不是这么紧张又笨拙。他觉得我准备好了，就快速将"独角兽"从上衣里掏出来塞给我。我把它藏在短袖下面，然后扣好外套。

斯克洛比斯说："好极了。明天的这个时候你能准备好给我的报酬吗？"

我说："我当然希望是可以的。如果没有，那就说明我已经被逮捕了，狱警正忙着惩罚我。"

"如果你被逮住了，那就当不认识我。"

我说："我肯定不会把你抖出来。"

我神情严肃地朝他点点头，然后离开了。从这亭子到兰多夫，相距大约一百五十码[1]。我刚迈出五步，就觉得这回去的路比来时的要长两倍。虽然说我的短袖能稍微遮盖住包裹，可是肚子中间凸起的部分让我看起来好像是怀孕了，没准儿比阿曼达现在的肚子还要大。而那部对讲机完全遮不住，看起来仿佛是一块肿瘤从我的大肠里长了出来。

有些囚犯或独自或结伴从宿舍里出来，迎面向我走来。他们正打算到休闲区的院子里享受秋日美好的午后时光。也许是我想多了，可是我总觉得他们正盯着我的肚子，就好像它是一块闪闪发光的霓虹灯路牌，指引着他们该到哪儿去寻找啤酒和裸女。

更让我感到惶恐不安的是一个矮小的棕发妇女突然从角落里冒出来。她叫凯伦·兰波，是监狱的社工。她一看见我就笔直朝我走来。

我在迎新介绍会上见过她，她完全满足了大家对社工这一角色的想象：精力充沛，对旁人的事极度上心，坚信自己的细心呵护可以拯救所有迷失方向的可怜灵魂。她努力向我们表示，在她眼里，被关在大牢里的我们依然是上帝独一无二的创造。

---

[1] 英美制长度单位。1 码等于 3 英尺，合 0.9144 米。

此刻我最不愿意的事情就是被她看到。请她忘了我那所谓如每一片雪花般独一无二的个性吧，我现在恨不得能立刻隐身。

她穿着黑色的裤子，还非常理智地搭配了平底鞋。我努力只盯着她的鞋旁边的位置，想着只要避免与她交流就能从旁边安然经过。但是，我眼角的余光看到她直勾勾且意味深长地盯着我。

因为刚才的慢跑以及后来的紧张，我早就开始冒汗了，又由于肚子被塑料袋捂着，现在我脸颊发热，汗如雨下。

我要是能从她旁边溜走，那就……

"你好，皮特。"她说。

她站在我跟前，拦住了我的去路。她脸上带着看透乾坤的微笑，仿佛她能猜出我心中有鬼。

"你好，兰波夫人。"我说。

这句话说得不对，音太高，另外，我的发音也露馅儿了。

我立即带上地方口音说："你今天好吗，夫人？"

她说："我很好，谢谢你。你今天感觉好吗？"

"好极了，谢谢。"

"你好像很热。"

我说："我刚才在慢跑。他们给我们吃的午饭太糟了。我要是不出来让血液流动起来，恐怕马上就会睡着。"

她说："原来是这样。嗯，我昨天和慕恩先生谈了谈你的情况。"

"噢，是吗？"

我稍微调整了一下姿势。上帝啊，我希望没有引起她的怀疑。我双手交叉盖着肚子。一个大汗淋漓的人做出这样的姿势，极其不自然。我感到更热了。

"他说你至今没有报名参加任何职业课程，是这样吗？"

"是的，夫人，是这样的。"

她温柔地说道："我明白，一开始你会觉得了无生趣，因为感觉好像刑期没有结束的一天。但是现在其实是步入正轨的最佳时机，你还是这里的新人，可以养成新的习惯。就像我们在迎新介绍会上说的，从进来的那天起，你就应该着手为离开做准备。再和我说说，你之前从事什么工作来着？"

"我以前是一名老师。"

"我想起来了。历史老师？"

"是的，夫人。"

"你出狱之后不能再教书了，这一点你知道吧？学校雇人时要做背景调查。"

"我知道，夫人。"

"但是这并不是放弃生活的理由。出狱的时候你还年轻，你有很多机会尝试新事物。"

"是的，我一直想这样做。"

"根据我们的经验，像你这样受过教育的犯人特别喜欢手工活，比如木工。社会上总是缺木匠，而且这个领域也不在乎有没有犯罪记录。很多犯人一出狱，我们就已经直接给他们安排好了工作。我们的木工老师非常优秀。我敢打赌他一定会特别关照你。"

"那样的话就太好了。"

"你现在就该去见见他，如果你愿意的话，我陪你去。"

我不愿意。

我说："你真是太好了。"我竭尽所能想让她改变主意，"但是我不想就这样去见他，现在我全身都是汗。"

她半信半疑地打量我："好吧。但是我等会儿要去木材店，我希望到时候有人告诉我你已经去过了。"

我说："好的，夫人。我换了衣服就去。"

她再一次审视我，脸上露出狐疑的微笑。我敢发誓，这一刻比《理发师陶德》[1]中那首《火中城市》还要漫长——那首曲子足有十三分钟。

---

[1] *Sweeney Todd*，该作品有话剧、音乐剧和电影等多个版本。此处指的是1979年在百老汇首演的音乐剧。

"谢谢，兰波夫人，谢谢你告诉我。"我说完之后就朝着兰多夫的方向从她身边走过，也不敢回头看她是不是还在观察我。

我径直回到房间，实在不知道该干什么，就把"独角兽"藏在包裹床垫的塑料膜下面，结果在缝口处弄出一个洞，只好用安全别针将它扣住。这些别针是我第一天来这里时用来固定裤子的。我觉得整个过程中我甚至都没敢喘气。

这枚魔戒可以统治所有人。

这枚魔戒可以将他们直接送去安全等级最高的地狱。

完成这些事情之后，时间过得异常缓慢，五分钟或者十五分钟的时间就像一两个小时那样漫长。我跑去图书室研究多尔希旋钮花园的地形图，接着又去监狱木材店打了声招呼，以免凯伦·兰波找我麻烦。

晚餐之前，我和马斯瑞又凑到一起检查我们的计划。他把维修库房的钥匙交给了我，而这东西本来不应该在我手上。

晚饭寡淡无味，但我还是强忍着咽了下去，因为我知道过一会儿我将消耗许多能量。

饭后我和阿曼达通话，谈话的内容与以往比起来更加平淡。"凯丽"对我说我的表妹阿曼达已经去看过产科医生，然后向我描述她做了哪些例行检查，但是我实在难以集中注意力去认真听。她甚至一度问我是不是在为什么事烦心。

没错亲爱的，我今晚怕是要做违法的事情了……

兰多夫晚上9点最后一次点名，在此之前，我做的最后一件事是准备好一根棍子，等会儿用来顶住前门。

10点钟灯熄了，我躺在床上，脚下有个微微隆起的东西，那是我藏的"独角兽"。尽管焦虑已使我精疲力竭，但是除非现在谁给我来一针镇静剂，否则我根本无法入睡。

我没有穿内裤，也没有穿袜子，身上唯一的物件就是那块带着微弱 LED 灯光的天美时手表，这样我才能在被子下看清时间。我想好了，二十分钟足够我起床、穿衣，然后爬上山。剧院生活把我培养得非常擅长快速更换戏服以及登台、下台。

我的下铺，大块头弗兰克·萨克的呼吸变得缓慢平和；房间外面，晚睡的人从电视房陆续出来，大伙儿最后一次用洗手间，兰多夫的喧嚣开始进入夜间尾声。那些鼾声高的家伙——他们软腭振动发出的声响足以让墙壁瑟瑟发抖，他们要迟些才睡觉。所以此刻是摩根敦联邦惩教所一天之中最为静谧的时刻。

我敢发誓，等待开始行动的我，心脏剧烈跳动的声音绝对是宿舍里最大的动静。

第二十二章

赫莱拉喜欢新月。

在孩提时代，他会偷偷溜出家，在邻居们的田地里游荡穿梭。他喜欢黑幕下的自由，可以趁着夜色去到白天不允许踏足半步的地方。

有些时候他会透过别人家的窗户偷看。这些房子可不是外国佬想象中的满是尘埃的墨西哥农村棚屋，而是外墙贴有灰泥或瓷砖的高档典雅的大宅子。

赫莱拉出生在墨西哥哈利斯科州，这里因盛产全球最好的蓝色龙舌兰草而闻名于世。他的家人和邻居像其他所有农民一样与瞬息万变的天气、霉变、象鼻虫、真菌做着艰苦的斗争。不过只要这个世界还在痴迷龙舌兰酒，他们就能维持富足的生活。

就这点而言，赫莱拉与贩毒集团里的多数人迥然不同。这些人出生贫困，不管是主动加入还是被迫使然，主要都是因为别无选择；但是赫莱拉不一样，他上过大学，原本可以到城市里找一份工作，与家人一起过着美好的日子。他之所以加入贩毒集团，是因为他钟情于那种刺激跌宕的生活，也是因为他喜欢在夜色里行动。

因此在远离家乡的亚特兰大市郊区，即便是在十月中旬，他依然感到闷热窒息。这座美国城市气候潮湿，只有在清晨短暂的几个小时里，他才会觉得神清气爽。此刻他偷偷靠近一家住户，主人完全没留意到他。

他的目标是一栋小小的"盐盒式"住宅，房子侧边是土灰色。赫莱拉已经驾驶租来的汽车来这儿观察了多次。他把车停在街边，下车后穿过坑坑洼洼的人行道，然后戴上滑雪面具，沿车道走去。

在前门三级台阶的左边竖着一块蓝色的八边形牌子，是一家安保公司的广告。赫莱拉对此嗤之以鼻。他知道这家公司，它的主打产品是安装在窗户和大门处的压力传感器——那玩意儿不堪一击。

他走到房子后面，那里有一个平台，上面放着烧烤架，还有一个小型的吧台，顶上撑着一把伞。更为重要的是，这个平台的高度可以让人轻松进入齐腰高的两扇窗户。

其中一扇悬挂着一台空调，也就是说这扇窗户上没有压力传感器；而空调甚至都没有嵌入窗户框内，只是简单地挂在关好的窗户下面。这家主人直接可以在这里放一张"欢迎入内"的牌子了。

即使是小心翼翼，赫莱拉也只需要几分钟就能悄无声息地移开空调机。他戴着的手套耽误了他的行动，但是他也不敢摘掉。

不能给美国人留下证据，然后被他们引渡出境——这是艾尔·维欧的规则之一。

赫莱拉把空调机稳妥地放在平台上，接着从开着的窗户爬进厨房。他觉得厨房没什么特别的，于是走进旁边的起居室。这里塞满了家具，似乎主人曾经住在一栋大房子里，现在是把当年所有的东西塞进这个只有原来的住房三分之一大的地方。

赫莱拉在其中一张茶几边停下脚步，茶几上方胡乱摆放着一堆照片。大多数照片上是一个或两个傻愣愣的孩子，他们戴着牙箍，正是长身体的年龄。不过有一张是全家福。

那个女人很美，金色头发，穿着雅致。赫莱拉特别喜欢金发女人。

她旁边站着那位银行家，他的手臂挽着她，脸上的微笑仿佛是为自

129

己正在进行更高量级的拳击而得意扬扬。赫莱拉拿起相框，仔细打量着这个惹出所有麻烦事的男人——他看起来不像那种人。

赫莱拉对眼前的发现感到满意，于是放下照片走上楼。楼梯与这栋房子其他的地方一样老旧。刚迈出第二步，它就发出嘎吱嘎吱声，他接下来蹑手蹑脚。

来到楼梯的顶端，看到四扇门，其中开着的一扇通往洗手间，那另外三间应该就是卧室。他选了看起来面积最大的房间，握住门把手缓缓扭动，然后把脸伸进去张望。

房间里弥漫着人类的气息，暖和而潮湿。一张双人床占据了房间的绝大部分。床的右边、紧靠着门的地方，躺着一个女人。是照片上的那个金发女人，也就是那位银行家的妻子；她把被子踢开了，脸朝上、两腿交叉睡着；她穿着短裤和短袖，衣服向上卷，露出了她的腹部；她的大腿几乎雪白，并且锻炼出了很好的线条。

他走过去，俯视着她。借着旁边那个闹钟发出的微弱光芒，他看见她的胸口一起一伏。他弯下身从捆在小腿肚上的刀鞘里抽出一把锯齿猎刀。这把刀是划开哺乳动物柔软肉体的利器，可以利落地切断它们的肌肉和动脉，让动物迅速血尽而亡。

他敏捷地坐到床的边缘，一只手捂住她的嘴。她的眼皮一睁开，他就把刀按在了她的脸上。

"你要是敢叫，我就宰了你。"他用带着口音的英语轻声说，"听明白了吗？明白了就眨两下眼睛。"

她眨了两下眼睛。

他说："很好，我现在把手移开。"

他的刀刃留在离她脸颊几英寸的地方。

她低声说道："我丈夫手里有那些文件。如果你敢伤害我们，他就会把文件交给FBI，你们所有人都将……"

赫莱拉说："我知道你丈夫手上有什么，可我不在乎。我要是找不到文件，也活不到被判刑的那一天，艾尔·维欧会杀了我，然后另外派人来接手这件事。所以简单来说，如果你不告诉我文件在哪儿，我就杀了你，然后折磨你的孩子。我会让他们活着，但是面目全非、四肢不全，他们会变成外貌丑陋的孤儿过完这辈子。你想这样吗？"

"不。但是我……"

"那就告诉我文件在哪儿。"

她说："我不知道！我要是知道，早就把它们交给政府然后申请目击者保护了。你必须相信这一点。"

他的确相信。他监听了他们的通话。

他说："有一个狩猎的木屋。"

"文件不在那里。我已经去看过了。"

"你没我仔细。告诉我木屋在哪儿。"

"木屋没有地址。"

"不过你知道怎么去那里。"

"我当然知道，我……"

"告诉我。"

"我有 GPS 定位。我们一直都是告诉来访的客人 GPS 信息。你在手机上输入那串数字，它会带你去。"

他说："好。"

她从手机里导出数字，赫莱拉用笔在手臂上记下，接着又一次在她脸上挥舞了几下刀尖儿。

他说："你要是敢撒谎，我还会再来。"

第二十三章

午夜后过了几分钟，我听见狱警巡逻计数的声音。

计数器在他手上，他靠近时双击按钮的声音愈发清晰，然后又渐渐消失，仿佛是多普勒效应里由高到低的声音。

接着是更深的寂静。

一到12：40，我就坐立起来让自己放松，然后把这么多年在舞蹈培训时所学会的身体控制知识全部用上，缓缓挪到床边，以免老化的床垫弹簧发出"嘎吱"声，接着从梯子上爬下来。

我穿好袜子，脚踩在瓷砖地板上没有一丝声响。接着把今天早些时候做过的动作反过来做一次——掀起床单找到床垫上面的破洞，手指全然凭着感觉摸到安全别针，然后移开它们。

拿出包裹时塑料袋发出的沙沙声让我心惊肉跳，那仿佛是天使们为我发出的哀叹声，不过未免也太大声了，我很是不满。但还是慢慢地把包裹移到桌子边，轻轻放在桌面上。

我把手伸进包裹里摸到粗糙的布料，又拿出帆布裤子小心翼翼地套上，以免布料发出摩擦声。裤子显然是太大了，我挽起裤脚拉紧皮带，确保万无一失，紧接着穿上了衣服。

我穿上自己的鞋子，因为狱警们的黑色铁头靴与我们的别无二致。最后是佩戴对讲机，我学着每天遇见的那些狱警的样子把它挂在衣服上。

房间里没有镜子，我也没法判断是不是一切妥当，不过我低头一瞧，觉得自己应该是符合标准的。不过这身打扮只能勉强糊弄二十英尺之外的人，如果近距离碰上值夜班的狱警，那我不管怎么着也是完蛋了。

我刚蹑手蹑脚朝房门迈出一步，就听见：

"先生？"

声音是从下铺传来的。我站在原地呆若木鸡。透过我们狭小的窗户，一缕微弱的光照射进来。弗兰克可以在光线里看到我吗？

我压低声音问："有事吗？"

"你要去哪儿？"

"去洗手间。"我回答。

"你为什么要穿成这样？"

糟了。

我与弗兰克没有真正交流过。我只知道他个头儿大、皮肤黑，周日去教堂，周三读《圣经》，他属于那种试图接近耶稣——或者说希望与耶稣同行——的经典款犯人。我至今不知道他是因为犯了什么事而被关在这里，也没有打探过他对权威抱着什么样的态度。我不确定他会不会为了讨好管理层而揭发我。

我说："我只是出去办点儿小事。"

"你要去跑山？"

"你同意吗？"

我真希望能看到他的脸，这样就能揣测他在想些什么。他转了个身面朝着我。

"先生，请问你可以帮我带些斯利姆·吉姆牌牛肉棒吗？"

我如释重负地说道："可以。"

他说："好。你要小心，森林里很危险，你永远不知道里面藏着什么。"

我几乎要笑出来了。这个大块头竟然害怕森林里的生物？

"谢谢你，弗兰克，我会小心。"

我又朝门口走了两步。我深知行动最容易暴露的环节之一就是刚开始的时候。因为我不知道负责巡逻各庭院的狱警会选择在哪里过夜，所以有五种可能，也就是说，这次行动被扼杀在襁褓里的概率是五分之一。再说了，我只听说午夜对数之后狱警就会离开庭院，更加详细的情况我也无从得知。

门闩从来没有上过油，所以手动打开的时候总是发出金属刮擦的刺耳声。可是问题在于，进屋时只需用拇指按把手上的按钮，安静得多。也就是说，狱警可以悄无声息地进来。

我心里一边这么想着，一边蹑手蹑脚走出房间，靠着走廊的墙壁经过洗手间。狱警最有可能停留的地方是最前方位于入口处的玻璃办公室。

一进入大厅，我就赶紧把脸贴着墙壁缓缓前行，心想只要看到办公室有人就立即退回房间——不过前提是我确认狱警的确待在办公室。如果他此时正在履行职责——来回在各庭院间巡逻，那么他就有可能出现

133

在任何位置，包括我的身后。我这会儿几乎全然依靠体制内的懒惰恶习来寻求自我保护。

我缓慢向前挪动着，每前进一小步，就能把办公室看得更仔细一些。办公室没亮灯，这是一个好兆头，不过前提是祈祷狱警没有关着灯盘坐在里面。

办公室逐渐出现在我的视野里，仍然没有看见任何人。当我终于可以看清它的全貌时，发现里面真的没人，于是我毫不犹豫地朝出口走去。

从兰多夫到森林安全地带，耗费的时间越短就越有利，可是我实在不擅长快速移动。到达门口时，我再次放慢速度，小心地按住门闩，确保自己开门时不会发出任何尖锐刺耳的声音。然后我把木棍放在地板上顶住门。

接着，我三步并作两步跑下楼梯，冲进茫茫夜色里。

最近的灯柱在我身后数百码远的地方，灯光实在是暗淡，我几乎看不到自己的影子。夜空无月，除了如一颗颗遥远微弱的 LED 灯般的星星在空中忽明忽暗，天幕一团漆黑。

我动身前往休闲区，尽量不让自己显得心急火燎。我反复提醒自己这会儿我饰演的角色是摩根敦联邦惩教所的一名狱警，应该无所畏惧地迈着自信的步子，自然也该看起来有些倦怠乏味，因为每晚都要巡逻，而监狱也一直平安无事。

摩根敦联邦惩教所的管理层将摄像头藏得极为隐蔽，我甚至不知道自己到底是在监控区还是盲区。不过"独角兽"的意义也就在于此，即使有人正盯着监控画面，在一片海军蓝的背景里，看到一个影像模糊的狱警走动，也不是什么稀罕的事情。

我一直低着脑袋，走过手球墙壁，接着又路过了亭子。户外没有人，至少我看不到任何人影。

我路过的最后几栋建筑是亚历山大和贝茨单元楼，每一栋都住了几百号人，里面的犯人如同睡在军营里。我不知道晚上这里会不会有狱警，或者会不会由同一名狱警负责这两栋楼，如果是这样，那么这名狱警就有可能来回穿梭。

因为我现在就是狱警，所以不用太过担心。如果碰见了真的狱警，我只需要点点头，然后继续往前走。理由是值夜班的主管在监控画面里发觉了异样，所以派我去检查，而我此刻正在去的路上。

现在我和森林只隔着一块上坡空地。平时禁止犯人越过那条沥青环形路，因此当我跨出它的边际线的时候，原本就七上八下的心愈发不安分了。

我迅速穿过马路一头扎进树林里，终于算是安全了。理论上说，我只需在凌晨3点那轮检查之前返回，所以时间充足。不过我依然大步向前，试图踏足更广阔的区域。我的大腿因为爬坡而酸痛，新掉落的叶子在我脚下窸窣作响，而值得庆幸的是，现在我不用担心它们发出的噪声会被人听见了。

山坡愈发陡峭，我的呼吸也愈加沉重。我离惩教所越来越远，眼睛也渐渐适应了漆黑的夜色，我刻意不回头看那些灯柱，这样瞳孔就能尽可能地张开。

我头顶上的树冠很大，阻碍了下面的矮树丛生长。我时不时因为铁头靴碰到树根或岩石而踉踉跄跄，不过勉强能保持一致的方向。

稳稳当当爬了四五分钟之后，山坡忽然平了。我已经抵达了多尔希旋钮花园上方的山脊。

我快速摁亮手表上的微光，12：56，完美。

根据我对地图的研究，在抵达山脊之后，我将会进入一片空地。毋庸置疑，我向下走就能找到那片空地。一进入空地，我就向右转，朝野餐区快速跑去。

这里没有灯，花园已经关门了。不过我很快就看见一个人，他穿着黑衣服坐在一张桌子旁。

我走到大约距离他十五英尺的时候才发觉这个人不是丹尼·瑞茨。

是瑞克·吉尔马丁。他的黑色上衣上印有灰色的 FBI 字样。

他说："晚上好。"

我问："丹尼去哪儿了？"

"纽约。你也知道，我们手上有很多案子。"

我说："好吧，我们动作快一点儿，我必须赶回去。"

他站起来走到另一张野餐长椅旁。椅子上有个黑影，是一个背包和两个帆布行李袋。

"应你的要求，这里面是海洋之鸡牌鲭鱼包。"他一边说一边拍拍那个背包，"这里有三百多磅。我不得不跑到它们在马里兰州的一处分销中心去取货。即便我亮出工作徽章，他们看我的眼神依然透露出他们似乎觉得我有病。"

背包很大，一看就是部队专用背包，而且吉尔马丁已经将全部有拉链的口袋物尽其用，塞得严严实实。我掉以轻心地随手抓住一个帆布袋的带子，试图提起它，结果却纹丝不动。我以前完全不知道鲭鱼包会这么重，我大概要的是砖头吧。

"好极了。"我现在换成自己的口音说话。皮特·古德理希这个角色需要休息一下。

"我建议你跑两趟。为了把它们从停车场搬到这里，我跑了三趟。"

我说："行吧。"

我练习深蹲时可以承重三百多磅，不过那是在健身房里的可控环境下。如果肩上背着三百磅的东西艰难行走，怕是要创伤性骨折，我可不想出那档子事。

"当然，还有这个。"他神情严肃地说，然后从口袋里掏出一个塑料袋递给我。

我猜这个小袋子里装的应该就是大麻种子了。我把它塞进自己的口袋。

他说："这些东西本应该被销毁——对于美国政府而言，它们已经被销毁了，所以，就当给所有牵涉这件事的人帮个忙，今后绝对不要提及这件事。"

"放心吧。"

他低头看看那些袋子，说："如果你需要，我可以帮你把它们拿到树林边上，但我只能到那里。我可不想向监狱管理局解释为什么会在凌晨1点拿着一堆鱼出现在他们的领地。"

"事实上，如果你不介意，我还有一件事想求你。"

"什么事？"

我说："从这儿下去走到路的尽头有一家购玛特超市，能不能麻烦你帮我买一些焦糖巧克力豆和斯利姆·吉姆牌牛肉棒？"

我拿起那个快赶上我体重的背包，调整好了位置，这才勉强能背得动。

下坡后穿过森林，用尽全力走到维修库房，好在库房紧挨着边界马路。

马斯瑞的钥匙没问题。我快速进入库房，按照他描述的位置找到了一块柏油帆布，我把包藏在布下面。

接着我又跑回山上。虽说今天夜里凉爽，可是我却汗如雨下。我不禁想，这事完了之后，我能不能把这套"独角兽"拿去洗洗；如果不洗的话，单单那股恶臭就能让狱警发现它。

吉尔马丁回到野餐区等我，他拿着一个大塑料包，里面装着五袋焦糖巧克力豆以及一大把斯利姆·吉姆牌牛肉棒。

他说："这些给你，店里就这么多了。"

"谢谢。"我一边说，一边把塑料包塞进其中一个帆布袋里。

我看一眼自己的天美时手表，1：48。一切顺利，不过我也不能耽搁。我扛起第一个帆布袋，然后又背起第二包，保持重量平衡。尽管这次依然压得我喘不上气，不过还算是可以承受。

"好了。亲爱的朋友们，再赴战场。"我援引了自己最喜欢的《亨利五世》[1]中的一句台词。

---

[1] 英国剧作家莎士比亚（Shakespeare，1564—1616 年）的作品。一般认为，历史剧《亨利五世》创作于 1599 年。

"稍等，还有一件事。"吉尔马丁一边说，一边从口袋里掏出一个小小的密封塑料袋，"我想请你把它们安装在兰多夫的电话里。袋子里面有安装说明，我还在里面放了双面胶带。你只需要拆开电话的话筒，再把它们粘上。"

我放下两个帆布袋，问道："什……什么东西？"

他说："窃听器。"

我算是明白了丹尼当时为什么会问我监狱里有几台电话了。

我说："但是，电话已经被监听了啊！"

"是被监狱管理局监听，而不是我们。监狱管理局不愿意分享信息。我们对他们说，咱们是一个团队，结果他们回应，除非拿出监狱里有人正在进行违法活动的证据，否则没有权力监听，接着还说，如果我们对此有异议，就去找他们的律师。所以我们现在只好用这种更加便捷的办法。"

我没有从他手中接过塑料袋。尽在脑海里设想着怎么在黑夜里偷偷摸摸溜到电话那里，拆开话筒，然后再笨手笨脚地扯双面胶……

我说："不行。我现在已经为你们承担了很多风险。你们不能说服监狱管理局一起合作，那不是我的问题。"

吉尔马丁说："我现在不是在请求你。"

"什么，难道你现在是在给我下命令？我可不是在为你效力。"

"不，你是。"

"我签的合同是在一段时间内饰演一个特定的角色，而这件事和扮演角色毫无关联。"

"合同上规定你必须完成调查局工作人员给你安排的任务，我就是这名工作人员。我要提醒你，我们给你的报酬相当丰厚。事实上，如果你还记得，你当时索要更高的酬金还是我替你去要的。"

我指出："合同也规定我不能违法。"

"这不违法。"

"是吗？那给我开一张许可证明。"

"我们不需要许可证明，这就跟你窃听自己家里的电话没什么分别，西弗吉尼亚州是一党制。总之，这件事你一个人知道就行了。"

我完全不知道他说的是不是真的。坦白说，我并不在乎自己是不是违法，而且显然联邦调查局也不在乎，因为吉尔马丁刚刚才交给了我一袋大麻的种子。我只是不知道自己究竟还能承受多少危险。这也就是为什么调查局派吉尔马丁过来干这活儿——丹尼无法让自己这么无情。

吉尔马丁察觉到自己占了上风，于是对我乘胜追击。

他说："如果你不愿意履行合同条款，那也行。你要是愿意，我明天就把你弄出来。你想这样吗？"

"把袋子给我吧。"我说。

我接过袋子，塞进口袋，说："如果你们监听到杜普瑞的通话，以通话内容起诉新科利马集团，那样我就能拿到奖金，对吗？"

吉尔马丁回答："当然。"

"好。"我一边说，一边重新背起两个帆布袋，"谢谢你带来的鱼。"

我开始下山。我心烦意乱，倒不是因为要安装窃听器，也不是因为自己被迫要做这件事，更不是因为从现在起我说的每一句话都将被联邦调查局监听。

绝大部分的原因是，这件事起了个头儿，这一点让我很不悦。

接下来他们还会要求我做什么事呢？

第二十四章

查理加入了一支爵士乐队，只有三名新生获此殊荣。

克莱尔受邀参加本年度秋季彻夜生日聚会，此时正焦急地商讨到底要挑选哪一件睡衣。

总而言之，今天是杜普瑞一家都兴高采烈的日子。米歇尔享受有限通话时长的每一秒钟。至少在这短暂的时光里，他可以暂时放下顾虑，想象自己是在出差——只不过这次出差开会的时间非常漫长，也没有酒店的吧台，想象自己在这通电话结束之后，暂时不用回到两人间牢房的下铺。

娜塔莉打断克莱尔，拿过电话，用一种带着不详预兆的口吻说道："抱歉，宝贝，我今天要和爸爸说几句。"

克莱尔快乐而甜蜜地向父亲告别："好！爱你哟，爸爸！"这话让杜普瑞的心都化了。接着，他深吸了一口气。一般来说，如果娜塔莉要和他说话，往往是因为财政上有困难，或者是出了什么状况。

杜普瑞问："怎么了？"

娜塔莉抑制着自己歇斯底里的情绪。她担心如果自己忍不住开始抽泣，孩子们就会把耳朵凑过来。她平静地说，一个墨西哥男人闯进家里用刀压着她的喉咙，直到她告诉了他狩猎小木屋的 GPS 定位信息。

杜普瑞说："你报警了吗？"

娜塔莉说："我当然报警了。警察教育我要留心那台空调机，好像我需要他们提醒似的。"

"警察会去调查那人是谁吗？"

"好像不会。他们告诉我说这就是非法侵入他人住宅，我当然知道这是非法侵入他人住宅啊。他们还问我那家伙有没有顺走什么东西，我说没有，应该没有。警察一听就觉得可以撒手不管了，还说要想找到这样的人，除非等到他们事后销赃。"

杜普瑞恨不得朝墙打一拳。他的妻子正被人威胁，而他呢，相隔数百英里，完全帮不上忙。就算今后会更加束手无策，他也只能忍着。

杜普瑞说："那个组织只是想吓唬我们。"

"那真是要恭喜他们，他们成功了。"

"他们不会采取任何行动。"他这么说，也这么坚信，因为如果没这股信念，他就要垮了。

她重重地叹口气："我昨天看见詹妮·莱纳从诺德斯特龙商场[1]提着

---

[1] Nordstrom，美国高档连锁购物商场。

两个大购物袋出来。她的丈夫萨德·莱纳平安无事，而你却……想想就来气……"

"我们别再琢磨那事了，反正也无能为力。"

他愈发感到束手无策。

"我知道。"她说。她知道这次通话时间马上就要结束了，所以她脱口而出，"我想搬家。"

"我们没有钱。再者说，不管搬到哪儿，他们都能找到你。"

"米歇尔，我不能再这样坐以待毙，你必须做些什么。"

他说："让我想想。"

"不，现在情况糟透了。一个男人，拿刀坐在我的床边。你还在等什么？等他动刀子？"

"当然不是，我只是……"

"我不能这样过下去了，我不能！我受够了。"

她挂断了电话。

他们原本还有一分钟的通话时间。

第二十五章

接下来的一天，我几乎都在休息，试图恢复体力。我觉得这会儿因为极度缺乏睡眠，大脑思维不够敏捷，会话能力也不足，很难应付和杜普瑞的第一次会面。

前一晚弄来的各种东西我轻轻松松就安置妥当了，我还快速安装好了吉尔马丁给的窃听器，我说服自己这事早点儿弄完对谁都好，反正已经偷偷溜出来了，当时正好没有狱警在周围巡逻。

午饭后马斯瑞告诉我，他已经把罐头分开藏匿在了事先挑选好的地方，并且伪装了起来。如果我想拿罐头，只需要提前通知他。

我还有一个重大进展：我在边界小道附近发现了一棵树，上面有个足够大的洞，它背朝惩教所，所以我可以把"独角兽"塞进那个洞里，再用树叶把白色的塑料对讲机埋起来。据我所知，斯克洛比斯之前也是把它藏在那里。

两天之后，我找到波比·哈里森，告诉他我已经准备好替代他参加拉多夫晚间扑克游戏。他又想坐地起价要十五个罐头，但是我坚持只给十个，这样我就不需要麻烦马斯瑞再去取罐头。我俩都心知肚明，他已经占便宜了。我前两晚都给了"钱"，已经证明了自己是一位靠得住、信得过的玩家。

夜晚，7点差5分的时候，我走进棋牌室，在离门最远的那张桌子边坐下。我计划早点儿到场，这样可以避免他们质问我凭什么加入他们的游戏。我的口袋高高凸起，里面塞了五个用来补仓的罐头。

到了这会儿，我感觉很轻松。这只不过是一次友好的扑克游戏，至于我为了得到这次机会而付出的劳动，暂时可以撇到一边。

我饰演的皮特·古德理希这个角色对此理应表现得平静漠然。进监狱之前，他时常和同校的一位社会研究老师、两位数学老师、一位化学老师以及一位体育教练——前提是当时不是足球比赛赛季——玩扑克。他们轮流在各自家里打牌，赌注很低。除非是投出去三张，不料却被半路杀出的同花顺击败。如果真出了这事，学院休息室里能议论整整一周。

三分钟之后，其中一位牌友——那个高个子——走进棋牌室。他至少有六点四英尺高；大概五十岁，不过茶色头发里没有掺杂任何白发；好在他的脸够大，才勉强搭配得上他那凸起的鹰钩鼻。

"抱歉，这桌子已经提前被占了。"他很友好地说。

我说："我顶替波比·哈里森的位置。他让我替他道歉。"

他琢磨了一会儿。显然他决定不去纠结这事，所以这位高个子男人在我对面的椅子上落座。"我叫吉姆。"他一边说，一边伸出右手，"吉姆·马帝甘。不过大家都叫我'多可'。"

我与他握手，说："我叫皮特·古德理希，大家叫我皮特·古德理希。"

他微微笑了一下，这时另一个牌友走了进来，是那个梳马尾的男人，不过他的辫子实际上只是将一撮长短不一的白发向后扎了一下。他是黑人，但又不算特别黝黑，看起来比多可年长一些，不过因为他的脸被白色胡须盖住了，我也无法准确猜出他的年龄。

多可说："这位是杰瑞·斯特洛瑟。杰瑞，这位是皮特·古德理希，他顶替波比的位置。"

杰瑞询问道："你不会出老千吧？"

他这话说得真直接，不过也就是这么一说。

"我想你马上就会知道了。"我咧着半边嘴回答他。

"噢，他在这里会如鱼得水。"杰瑞喊道，还高声咯咯笑，接着坐了下来。

多可把带来的两副牌递给杰瑞。杰瑞开始洗牌，架势看起来十分专业。

杰瑞宣布："我觉得自己今晚要走运，这将是属于我的夜晚。"

多可对我说："别听他的。他每天晚上都这么说。"

就在这时，米歇尔·杜普瑞一副丧家犬的模样进了屋。

从我踏进摩根敦联邦惩教所的那一秒钟开始，就一直在为这次见面四处奔波。它意味着我将迎来30万美元的奖励，然后改写之后的命运。但是，皮特·古德理希对这件事的态度却应该是淡然处之，所以对杜普瑞的关注度应该与对其他人的一样。

杜普瑞问："波比去哪儿了？"

这是我第一次听见他说话。他的声音比我想象的更高、更轻柔，带着亚特兰大中上层阶级的口音。大概是因为北方生活多年的洗涤，他原本的南方腔已经不太能听得出来了。

多可说："这位是皮特·古德理希，他今天晚上代替波比。皮特，这位是米契·杜普瑞。"

所以他的昵称是米契，没有人叫他米歇尔。

我们相互点点头。他用力盯着我，就像第一晚我们在食堂里眼神交会时一样，之后又有好几次都是这样。我竭尽所能表现得漠然。

多可问："米契，没事吧？你看起来忧心忡忡的。"

米契在我身旁一屁股坐下，说道："我很好。开始打牌吧。"

他携带着一个纸盒，他从里面拿出很多邮票大小的美术纸，然后根据颜色将它们归类。

多可说："米契以前是银行家，所以他负责保管筹码，计算金额。他还对赢家和输家做了记录，不知你是否对这个感兴趣。"

米歇尔解释道："也就是为了打发时间。"

"要是让我说，这太拘泥于细枝末节了。"杰瑞说。

米歇尔反驳道："把事情记入文件是银行家的本性。"

我一听到"文件"两个字就全身发热。

多可已经开始下一话题了，说："遵照行业内的习惯，筹码面额蓝色是十，红色是五，白色是一。买进是一个罐头。"

我脱口而出："噢，波比告诉我是五个。"

多可和杰瑞大笑不止，就连杜普瑞都忍不住微笑起来。

我可没想过要搞笑。波比撒谎，就是为了从我这里多骗些钱。我竟然被一个骗子摆了一道，我真是感到诧异。

"不，不，只要一个。"多可抑制不住地笑着说道，"如果你愿意，可以再多用一个罐头第二次买进，不过也只需要一个。这是穷人玩的扑克，最高赌注也就是八个罐头。"

"好的，算我一个。"我从口袋里掏出一个罐头推给杜普瑞，他还在整理纸片，其余两人也把各自的罐头交给他。杜普瑞将所有罐头放进纸盒里，然后把盒子放到椅子下面。

多可继续介绍道："盲注从二和一开始。如果再度轮到同一个庄家，那么大盲注增加两个。我们之所以这样做而拒绝翻倍，是为了玩得更久一些。除此之外，其余规则与得州扑克相同。"

杰瑞叫嚷道："除了玩家狂野之外，其他都很普通。"

我说:"听起来很适合我。"

至少刚开始时的情势验证了我说的话。我成功赢了好几把,这确保我不会被踢出局,大盲注一直增加到四、六,然后到八。我觉得米契似乎一直试图用眼角余光偷偷观察我,我假装毫无察觉,但还是感觉如芒刺在背。他为什么总是那样盯着我?或许他只是想找出我打牌的马脚。我试着安慰自己。然而事实是,在开始打牌之前,他就已经开始这样观察我了。

盲注增加到十,轮到我坐庄,我正要看手里的底牌时,米契突然将自己的牌亮出来,说:"重来,重来。"

我不小心给他发了三张底牌,其中有两张肯定粘到一起了,但是我完全没有发觉,在座其余的人肯定也都没察觉到。米契完全可以趁人不注意,轻松抽出其中比较好的两张,然后把第三张推回牌堆里。

但是他不是那种人。

看来只有在赌注高达上百万美元的时候,他才玩阴的。

我们重新开了一局。多可首先出局,后来杰瑞也出局了,只剩下我和米契。多可现在只坐庄,杰瑞负责帮我们洗牌,盲注飞速上涨,最后到了他们约定的界限——1美元。我还是第一次面对金额这么高的盲注。我手上有一对国王。如果米契再投入五十多分,加上他已经投入的五十分小盲注,那么我就可以提高底牌权,也就是提高公共牌[1]出现前的第一轮叫注,叫他出局。

不过,米契杀了我个措手不及,他先把底牌权提高了1美元。这一步真是大胆。要摊牌了,我看着他。多可和杰瑞现在充当我们的观众,恰到好处地发出赞叹不已和翘首以盼的聒噪声。这么一看,我们即将迎来今晚最后的高潮。

出牌:一张皇后、一张A、一张国王。很多人都转过身乐不可支地

---

[1] 得州扑克一共五十二张牌,每位玩家有两张面朝下的底牌,荷官陆续发五张面朝上的公共牌。玩家从自己的两张底牌和五张公共牌中任意选出五张牌,凑成最大的成排,双方比较大小。

瞧着我们。多可和杰瑞笑得更欢了。

米契毫不犹疑地下注 1 美元。我猜他手上的底牌里可能有一张 A。但是我有两张国王，加一起有三张。我又一次看着他。

转牌，发第四张公共牌：一个三。这张牌或许对我们两人来说都没有什么作用。米契宣布全押，我手上的筹码刚好够支付他的赌注，于是我把全部的筹码都推到中间说道："好，看样子我俩都全押。"

杰瑞说："棒极了，棒极了，好戏马上就要上演了。"

多可说："好了，伙计们，全部筹码都押上了，看牌！"

多可故弄玄虚地暂停动作，然后掀开最后一张牌。

又是一张皇后。凑在一起，我三张国王，两张皇后，王加后，"满堂红"[1]。除非米契能拿出皇后对子，否则我赢定了。

米契立刻大喊一声："好！"

他亮牌，一张 A，一张皇后，然后利落地说："满堂红，后加 A。漂亮！"

没错，可是却大不过王加后的满堂红。

我原本可以亮出我的牌，这样就能泼杜普瑞一盆冷水。但是我来这里不是为了赢牌。因此，我将自己的牌悄悄藏到多可旁边的牌堆下面，说道："米契，玩得漂亮啊！你赢了。"

米契红光满面地说道："年轻人，你也打得漂亮，打得漂亮！"

我恰如其分地装出一副失落的模样。不过当他伸出右手时，我以一副不计较输赢的姿态和他握手。

杰瑞说："我的天！感觉像是在观看世界扑克大赛[2]。"

米契用双手把所有筹码拢到自己跟前，虽说只是一堆彩纸片，可那架势却无比大气。他把纸盒拿上来，将所有纸片扫进去，现在他可以带

---

[1]"满堂红"，汉语中有时译作"葫芦"，是得州扑克牌的一句行话，指三张同号牌，外加一对同号牌。

[2] World Series of Poker，该年度赛事始创于二十世纪七十年代美国拉斯维加斯，并有电视转播。

着鲭鱼包回宿舍了。

多可说："米契，今晚是属于你的。"

"没错。"他万分同意，不过又看看我，"话说我终于想起来为什么你看上去有些眼熟了。"

接下来他说的话是我非常不愿听到的，"我曾经在一出音乐剧里见过你。那部剧是关于什么番茄的，简直令人难以置信。"

接下来的几秒钟，仿佛几千年一样漫长。表演就是要掌控好角色，不管出现什么突发状况都不能破功。因为压力荷尔蒙剧增，我体内开始火烧火燎，我用尽毕生所学极力维持住皮特·古德理希这个角色。

另外两个人也好奇地盯着我，我额头开始微微冒汗。今晚的最后一次牌已经"翻"了，可我的汗滴又开始"翻涌"起来。

《切罗基族紫色番茄》上演了十周，准确说是七十六场。演出的剧场可以容纳一千七百人，但上座率一般不会超过四分之三，也就是说，在三亿两千多万美国人中，只有不到十万人看过这部剧。如果没有计算器，我根本算不出来米契·杜普瑞看过它的概率，因为实在是太低了。

他非常高兴地看着我，既没有狐疑也没有恶意。但是在被介绍给他时，我的身份是皮特·古德理希。我怎样才能巧妙地解释自己同时也是托米·詹普的双重身份呢？难道告诉他伪造身份是我犯下的另一项罪名？或者跟他说我有个孪生兄弟？

"噢，是吗？"我只能这么回应道，希望自己能冷静下来。

"没错。每逢结婚纪念日，我和我爱人就常常去纽约看演出；她喜欢看戏，而且紧跟评论读物上的各种信息。最后我们选择了这部剧，是因为《泰晤士报》对它赞不绝口，所以她特别期待。你看起来肌肉更发达一些，不然的话，真的和那位饰演孩子的演员很像。"

此时此刻，我真是万分庆幸从自己还是一个瘦弱的少年时就开始练习举重。"你看起来跟那个家伙很像"与"你就是那个家伙"有着微妙而重要的区别。我只能期望他也意识到这种区别。

我说："啊，怎么说呢？"

他说："是挺诡异的。我很擅长记忆别人的长相。我发誓，你刚来的时候，我瞧见你的第一眼就觉得好像在哪儿见过你，但就是想不起来到底是在什么地方。"

"哦。"我故意拉长语调，"没准儿我在某个地方有个失散多年的表亲。"

米契激动地说："他的嗓音特别洪亮。虽说他个头儿小，可是只要一开嗓，好家伙，那叫一个引吭高歌。我希望自己还能回忆起那个剧的名字……"

他话音刚落，杰瑞又打破沉默。

他问："皮特，要不给我们来一首《西区故事》[1]选段？"话音一落，他就用完全不在调上的嗓门儿喊道，"啊……我刚遇见一位名叫玛……"

"我只有在开车的时候才会唱唱。"我赶紧说，"相信我，没人想听我唱歌。"

米契继续说："真的，话都到嘴边了，那名字很独特……多可，你要帮我查查。"

我的注意力转移到了多可身上。他立马不屑一顾地瞅了米契一眼，然后口齿不清地嘟囔了几句后突然开始收牌，然后站起身，仿佛已经迫不及待地想要赶紧离开，这样就可以把米契脱口而出的话语抛诸脑后。这让我更加好奇了。

查查，究竟怎么查呢？我心里很纳闷儿，摩根敦联邦惩教所的图书馆里，应该不会有早已在百老汇舞台上销声匿迹的音乐剧的节目单，而我们又禁止上网。

除非……

---

[1] *West Side Story*，该音乐剧首演于1957年，改编自莎士比亚话剧《罗密欧与朱丽叶》，但将故事背景移至二十世纪五十年代中期的美国纽约。

这时我明白了：

多可在某个地方藏了一部智能手机！他之所以匆忙离开，是因为米契刚才过于兴奋，无意中把自己的秘密泄露给了我这个新人，而多可不愿意再有人知道这件事情。

我也站了起来，想装作自己没有听到，或者没有明白米契最后说的话，故意嚷嚷说道："如果你们听过德国民间故事就会知道，在德国人看来，我们每个人在世界上的某个地方都有一个'二重身'。我的'二重身'竟然在百老汇，想想就让人高兴。"

米契意识到自己的失误，非常尴尬地说："是啊，我就是一时脑子短路，想不起那部剧的名字了。哦，我会想起来的。"

我转移话题道："不论怎样，今晚与大伙儿打牌很开心。波比好像想休息一段时间，所以今后大家可能会时常见到我。"

"我没意见。"米契回答道，这会儿他也着急着掩饰自己一时的失言。

杰瑞说："我也没意见，只要我明晚能赢到你的钱。"

多可说："皮特，很高兴与你打牌。"

"我也是。我想快到点名的时间了。"我一边说一边伸懒腰，动作幅度过大了些。

大家纷纷附和，之后就急急忙忙回各自的房间。

我一直在回想，在迎新介绍会上，私藏智能手机被定为最严重的违禁行为。那会儿我只觉得这是管理层神经过敏，即便有人欲火焚身，想找个兰多夫公共区域之外的地方和妻子通过手机说些露骨色情的话，也与我毫不相干，所以没当一回事。

现在多可的手机对我至关重要。如果米契回想起那出音乐剧的名字是《切罗基族紫色番茄》，再叫多可去网站上搜索，然后他们在谷歌中输入"一出关于番茄的百老汇音乐剧"，会出现哪些结果？

他们肯定很快就能找到更为年轻的托米·詹普的照片，然后发现这人与皮特·古德理希容貌相似绝对不是巧合。

第二十六章

每向前一英里，娜塔莉·杜普瑞就愈发用力地握住方向盘。她为什么要这么紧张呢？她所做的事情又没有犯法。

可是感觉像是在犯法。

她的目的地是佐治亚州的格威纳特县。在她小的时候，这地方只是一个村庄，后来才并入了佐治亚州的首府亚特兰大市。

她在 GPS 中输入的地址是一间库房的位置，在一条双行高速路的旁边。拐弯处立着一块小小的白色广告牌，上面的塑料刻字告诉她，自己找对地方了。

停车场里全是车，驾驶者都是为参加一场政治集会而来。集会上"别践踏我"的字幅与保险杠贴纸上"自由不免费"的标语抢尽了风头，参与者对狩猎、军事和《鸭子王朝》[1]的追捧昭然若揭。在一扇车窗上，同时贴着立誓遵守美国宪法的壮语和美国联盟旗[2]，这种搭配肯定会让那些参加过美国内战的将士们感到云里雾里。

她把车停靠在一辆迷彩布遮盖着的卡车旁边。不过如果其他司机可以瞧见她，这样会不会更安全呢？她背着芬迪包下了车，这个包还是落魄前米契给她买的。库房入口处，桌子旁坐着一名售票员，面前放着一个钱盒，上面标着：成人票 12 美元，儿童票 4 美元，VIP 票价则分别为15 美元和 6 美元。

---

[1] *Duck Dynasty*，美国真人秀节目，主要讲述一个生产猎鸭用具的美国家族的故事。该节目共播出 11 季，共计 130 集，每集时长约半小时。2012 年 3 月21 日首播，2017 年 3 月 29 日播出最后一集。

[2] 此处的"联盟旗"（又译作"联邦旗"）指的是美利坚联盟国的旗帜，并非如今所说的美国国旗。现在，多数美国人认为，联盟旗代表了种族歧视、奴隶制度和叛变内乱。换言之，它与美国宪法所规定的内容背道而驰。然而，也有人认为，它象征着美国南方那段特殊的历史。

娜塔莉问："VIP能享受什么特权吗？"

"稍等，我一次只能放这么多人进去。"他一边说，一边用脑袋示意那列大概排了十二个人的队伍。

查理和克莱尔还在学校，繁西时装店的工作要到下午才开始。不过，她还是希望尽快了结这件事。

"我想买一张VIP票。"她拿出一张10美元和一张5美元的钞票。

"好吧。"说完，他就在她手上印上VIP的字样，挥手让她进去。

这栋建筑内部没有窗户，唯一的光源是天花板上的荧光灯，它给整个房间覆盖上一层黄色的光。这是一个展览，几张折叠桌围着展览区，房间中央放置着数排桌子，每张桌子上都摆满了枪：手枪、猎枪、长枪，配有望远镜瞄准器的半自动枪，带有握把的AR-15步枪，以及香蕉夹式AK-47步枪，用来狩猎的手枪，老西部手枪，曾用于"二战"的手枪，甚至还有为怀旧的收藏家们准备的前装枪。

东西多得让娜塔莉眼花缭乱。她顺时针在房间里走了一圈，刻意不与任何卖主有眼神接触。顾客很多，所以她可以独自行动不跟任何人交谈。她一直竭尽所能地让自己的心跳恢复正常。

她之所以焦虑，是因为回想起那个墨西哥男人戴着手套，死死捂住她的嘴吗？如果她手边有一件武器，那么下次再度交锋，情况会不会有所不同？

还是说，她焦虑是因为她知道自己想买枪其实是另有所图？

的确，娜塔莉原本不用大费周章、长途跋涉地跑到这个偏远的地方，她本可以直接在当地找一家狩猎商铺。在佐治亚州买把枪不是什么难事，既不用申请许可证，也不用花时间等待。

但是，他们会要求她出示身份证，还要做背景调查，以核实她不是一个罪犯。这会留下文件证据。

枪支展览就不同了。这里是私人销售，就跟邻居卖一把枪给你没什么不同。没有法律审核，也没有文件证明。

因此，娜塔莉想来这里。

她逛第二圈时，中途突然停了下来，因为其中一张桌子的摆设看起来似乎比其他的略微整洁一些。她的目光停留在一把黑色底、灰色头的手枪上。枪管上用一根线挂着价格标签。她忽然意识到，只用支付区区425美元，自己的生活质量将会得到改善。

"这把枪是柯尔特制枪公司生产的野马系列。"一个上了年纪、胡子灰白、肚子圆润得如同冰激凌勺一样的男人急迫地问她，"你是给自己买，还是给你丈夫？"

"我已经离婚了。"她简要地回答道，心里也知道自己还戴着订婚钻戒和结婚戒指。

管他呢，随便他怎么想。

"哦，这把柯尔特枪非常适合独居的女士。"这男人一边说，一边由上到下打量她的身材，"非常适合自我保护。另外，如果你不想被人发觉，还可以把枪藏到钱包里。这把枪特别适合你。你要是感兴趣，可以拿起来试试。"

娜塔莉小心翼翼伸出手握住手柄，还没提起来就把它放回去了。

男人骄傲地说："上周刚从一个警察那里买来的，他妻子想换一把更大的枪。这把枪保管得很好。"

娜塔莉从网上了解到，在枪支售卖场可以砍价。因此她说："400美元。"

他说："可以。"他琢磨了一下，"你从佐治亚州过来的？"

她说："是。"

如果他索要身份证，她立马走人。

但是他却说："好吧，我必须问问。如果你不是那个州的，我可不能卖给你。"

"我住在亚特兰大市。"

"那就没问题了。"

事情解决了。他拿掉价格标签，她从钱包里掏出四张崭新的美钞。这笔钱是公债的收益，当时她在一个文件夹里发现了几张折叠的储蓄公债券，时间太久她都忘了自己买过公债。她把钱推到桌子那头，男人则将已经用纸包好的枪递给她。

他问："你有携带枪支的许可证吗？"

她撒谎说："是的。"

"好的。这把枪可是好家伙，希望它能为你效劳。"

娜塔莉万般无奈地笑着向他道谢。进行整场交易所花费的时间大约仅仅六十秒钟。一分钟之后，她已经走出门，回到了车里。

这把通过合法途径购买到的枪，没有留下任何可跟踪的信息。此刻，枪伴随在她身边。

第二十七章

当晚，我琢磨着可供自己选择的办法，久久没有睡意。

我可以尝试偷走多可的手机，但问题是我不知道他把手机藏在了什么地方，就算我成功潜入他的房间，只怕再怎么寻找也是徒劳无功，因为手机肯定藏得极为隐蔽，不然他也不可能直到现在还保留着它。

要不我试着跟踪他，或许他会把藏匿的地点说漏嘴？也许行得通。

要不我用罐头把多可的手机买过来？这或许也行得通。

但是这些解决方法都将面临同一个问题：既然他能成功带进来一部手机，并为它找到绝佳的藏匿地点，那么就有足够的理由相信他还会故技重施。如果真是这样，我就又会陷入同样的困境。

短期内我能做的，就是希望那部手机被藏在了另外一个地方，是多可没办法立刻拿到的；另外，希望米契不要半夜两点突然灵光乍现，回想起了他和妻子十年前看过的那场音乐剧的名字。

长远来看该怎么办呢？次日吃过午饭后，我依然一筹莫展。我的计划是，先去休闲区，但愿米契正在那里打室外地滚球，那样我就能借着新近结下的友谊，请他教我游戏规则。

结果我路过池塘时看见多可坐在旁边的长椅上。鉴于他和米契似乎友谊深厚，有必要和他套套近乎。于是我拐弯朝池塘走去。

他正低着头观察那一池绿得诡异的湖水，长腿向前伸展着。我在五英尺远的地方停下脚步，他仍旧一动不动，没留意到我。于是我打招呼道："你介意我和你坐坐吗？"

他抬起头，一脸发自内心的困惑，仿佛他一直以为这个星球除了他自己就没有第二个人，更别说这个人与他只有咫尺之遥，触手可及。

"哦，你好，当然可以。"他说道。

我坐在长椅的另一端，然后朝面前绿得像明镜一样的湖面点点头，问他："你是正在打算购置一套湖畔公寓吗？听说到了旅游旺季会人潮汹涌，不过五月和九月还行。"

他微微笑了一下，那是监狱里心有悲苦的人的微笑。

他叹气道："不，我只是在想人生的变幻莫测。"

"例如？"

"例如，你今天还是一名内科医生，有一家欣欣向荣的家庭小企业，不料第二天因为各种导火索，你突然就进监狱了。"

我问："喔，所以你真的是一名医生[1]？"

他说："以前是，那时我管理着整个特拉华州最有名的制药厂之一。后来我的护士猜出了我的电脑密码，伪造药方开止痛药，可我完全没有察觉到，直到有一天缉毒局拿着搜查令上门。"

"他们为什么没把那名护士关进监狱？"

他说："因为我无法证明。如果我像大家设想的那样，时常审核自己的药方，那么我就会提早发现蛛丝马迹，然后向政府部门举报，'你好，我这里有些地方不太对劲'。可惜是他们先发觉的，所以我没有任何质疑的权利。等我回过神来，想清楚究竟是怎么一回事的时候，一切都太迟了，我已经被起诉了。那个时候，我看上去跟那些心术不正的医生仿佛是一丘之貉，妄图把所有罪过都推诿给护士。他们拿出所有证据，告

---

[1] "多可"这一外号，得名于他以前的职业——医生。"医生"在英文中是 doctor，音译。

154

诉我如果进行法院审判，我将面临十年刑役；但是如果我同意协商，只需要在牢里待十八个月。我的律师说，如果不同意，那我就真是个傻帽儿。"

我说："好家伙，够残忍。你还要在牢里待多久？"

"十个月。我知道对于这里的很多人来说，十个月不算什么。可是有些时候，我觉得自己已经回想不起进大牢之前的日子了，也想象不出离开监狱之后，日子又会是什么样子，好像我的生命就到此为止了。"

"我明白你的感受。虽说我才来了一周半，可是分明觉得好像已经待了一年那么久。摩根敦就像一个时间隧道。"

"是啊！"他似乎在附和我的看法，"那你是因为什么？"

我毫不犹豫地说："抢了银行。"

"你看起来不像那种人啊！"

"我也曾觉得自己不是那种人。我本来只是一名教师，像大家一样辛苦地活着。虽然说是依靠微薄的薪水过日子，倒也还能凑合。后来我妻子在工作时受了伤，可是又没严重到伤残的程度，所以我们就不得不透支工资。后来我发现已经透支了三个月，就跑去银行询问负责住宅贷款的所罗门先生，问他可不可以调整贷款，或者能不能某段时间只支付利息之类的。我对他说：'所罗门先生，求您了。我现在为了养孩子、还贷款，已经做了三份兼职了。'你猜他怎么做？"

我紧握拳头，继续说道，"他指着一张银行表格说道：'抱歉，您的住宅产权已经不够付了，我们必须取消您的抵押品赎回权。'我当时瘫坐在他面前，手里攥着帽子，泪水在眼睛里打转，心里不停咒骂那家银行。而他呢，看我的眼神充满了鄙视，仿佛我只不过是一串输进他那台该死的电脑里的数字。后来，我就……我就垮了。我几乎无法入睡，也丧失了理智。我以为抢劫银行能解决所有的问题，还能报仇雪恨。但很显然，结局不太尽如人意。"

尽管我一直耷拉着脑袋，恰如其分地表现出悲凉无助的神色，可是我暗地里为自己的表现兴奋不已。一位身经百战的演员擅长观察他的观众。此刻，多可在认真地倾听我的每一个用词。而皮特·古德理希完美地说完了这段独白。

"这是多久以前的事情？"他问。

"大概四个月以前。我和你情况类似，他们让我无路可走，所以我只好接受调解。"

"你还想弄到钱吗？"

我心中不禁疑惑：他这话是要暗示什么？于是我叹了口气，说道："是啊。"

"你这么说我就明白一些了。"

"什么意思？"

他第一次直接盯着我，说："你昨晚为什么要来打牌？"

我坐在那儿，好一会儿都纹丝不动，一时无法迅速地给出回答。我唯一能想到的只有装傻充愣。

"你想说什么？"

"我回到房间后，看了你悄悄藏在牌堆里的那几张牌，我知道这不合规矩，可是我还是想知道自己的玩伴究竟是什么样的人。你有一对国王。"

"是吗？"

"别在我面前装傻充愣，你是王加后的满堂红。那一箱东西原本应该归你，你为什么不要？"

我无意识地在椅子上蠕动，那椅子变得越来越热。

最后我说道："我不知道。我那个时候担心，如果第一次玩牌我就赢了，你们或许就不愿意继续和我打牌了。而我，我需要在这里结交一些朋友。以前在外面的时候，我时常和……和一些同事打牌。所以，和你们打牌让我回想起以前的日子。昨天晚上有那么一阵子，我感觉自己不再是一个被判了刑的银行抢劫犯，而只是一个正在打牌的普通人。我喜欢这种感觉。仅此而已。"

他一直在观察我，我话说完了，他还在盯着我。我做出一副悲伤的样子说："再说了，也就是几个罐头而已。"

"或许是吧。"他说。

他收起自己的长腿，然后站起来。

"不过你要是问我，我会说，一个破了产的男人是不会把打牌赢到的东西拱手让人的。"

他走了，我独自一人坐在池塘边。

说多可已经察觉到我另有所图可能还为时尚早，但我感觉他从今往后会一直密切地监视我。单单这一点，他就会构成威胁，而他的手机更是一颗定时炸弹。

现在必须想办法根除这些威胁。我灵光一闪，突然想到一条万无一失的妙计。

告密。

这个念头闪现的那一刻，我立刻被自己吓住了，因为我竟然已经彻彻底底融入了囚犯这一角色。我不得不提醒自己，从一个遵纪守法的普通公民的角度出发，多可私藏手机本来就是一件板上钉钉的违禁行为；至于我去告密，那只是为了保护公众的利益。

不，真正的难处不在于道德层面的"该做还是不该做"，而是怎么做才能神不知鬼不觉。据我观察，丹尼说得对：摩根敦不是那种告密者不得善终的地方。但是，如果有人发现了我的所作所为，那么我还是会被众人孤立。那样的话，不管我是不是继续与波比·哈里森进行交易，都肯定不能再参与打牌了；此外，和米契结为好友的目标也会彻底无望。那么在剩下的六个月刑期里，我不会再有任何成功的希望。

最直接的告密方法是去找单元主管慕恩先生。

不难想到，慕恩一定会直接冲进多可的房间——那架势仿佛它是瓜达尔卡纳尔岛战役[1]中的机枪老巢。我担心米契会推论：（1）他将多可

---

[1] 简称为"瓜岛战役"（1942 年 8 月 7 日至 1943 年 2 月 9 日），是"二战"中的一场战役。前文提到慕恩先生对军事史特别痴迷，所以作者此处用了这一典故。

手机的事说漏了嘴;(2)多可的房间被突然搜查;(3)我是那个与单元主管关系较好的新人。而要将这三点联系起来极为容易。

我坐在椅子上来回思考着各种可能性。突然,凯伦·兰波进入我的视线。

她没有看向我,而是从我面前横穿过去,寻找下一个需要她母亲般关爱的特别"雪花"。

我有这些灵感就够了。兰波女士是我告密的绝佳特使,因为我和她之间毫无瓜葛。再说了,她和那位不善社交、内心对"二战"病态痴迷、恨不得再来一次"二战"的慕恩先生不同,她会谨慎处理手里的情报。

我从椅子上站起来,朝她位于教育楼的办公室走去,那是一个安全的地方,我不会因为出入那栋楼而引发任何流言蜚语。

我进去的时候,办公室里坐着一位秘书。我友好地微笑着,然后借来一支笔和一张纸,用整洁的英文大写字母写道:

吉姆·马帝甘有一部手机。请小心搜查,我不想让任何人知道是我告发了他。

我把纸条折好递给秘书。她承诺一定会将纸条交给兰波女士。我走出办公室,回了兰多夫。

我的双手插在口袋里,吹起口哨,仿佛成了一个在世间再无忧虑的人,只顾着朝天空念祈祷词。

第二十八章

过去的几周里,阿曼达总是在下午4:09感到心惊肉跳。

有些时候是4:07或者4:13。

那个点是芭芭下班的时候。她每天早上 7 点半去上班，下午 4 点下班回家。经过一整天漫长而亢奋的与人打交道的工作，她回家时仍旧精神抖擞、言语不停。她会仔细检查未来的儿媳妇手上有没有留下颜料斑点，或者拼命呼吸来确定屋里是否飘着松节油的气味。

得出结论之后，她会像投掷炸弹似的再度问出同一个问题：

"你今天画画了吗？"

不，她没有。至少没有画什么值得保留的东西。事实上，很多天以来，她甚至都没有尝试去画。她试着画画的那些日子呢？她不是笨拙地弄脏了这里就是画花了那里，大学美术生都比她画得好。

与往常多数日子一样，今天仍旧是笨拙的一天。芭芭下午 4 : 10 回到家，阿曼达正坐在沙发上阅读《曼斯菲尔德花园》[1]，因为最近的她，相比现在的 21 世纪，她更喜欢 19 世纪初。

芭芭看了她一眼，甚至都懒得重复那个问题了，而是直截了当地说："好吧，够了。"

阿曼达抬起头。

芭芭宣道："你不能继续在这里游手好闲了。我知道你想托米，我也想他。可是能怎么样？他已经走了挺长一段时间了。你不能整天都躲在屋子里，你是一个艺术家，你必须搞创作！这应该是你血液里流淌的东西。假如你都没有吸收新的东西，怎么谈得上挑挑选选呢？我算看明白了，你知道吗，艺术和喜剧没什么区别。所以你今晚必须出去。"

"什么？"阿曼达真是被吓住了。

"我说你必须出去。托米有个朋友，叫布洛克·德安格理斯，这小伙子挺招人喜欢的。他以前在哈肯萨克市演过各种音乐剧，所以就和托米成了好哥们儿。布洛克总是那个做决定的人。我跟你说，他现在本该去出演肥皂剧，因为他天生就是那块料。你听听他的名字，布洛克·德安

---

[1] *Mansfield Park*，英国女作家简·奥斯汀（Jane Austen，1775—1817 年）出版于 1814 年的小说。

159

格理斯，一听就是演肥皂剧的，对吧？我一会儿给他打电话，让他带你出去。你这样的年轻姑娘，不应该整天整夜待在屋里。"

"芭芭，你的提议很好，但是我……"

"行了，行了，你这么说就够了。我的观点就是你的观点。去洗澡，穿上裙子，你马上出去。"

阿曼达一动不动。芭芭走过去，扔掉她膝盖上的书，双手把她拽起来。

"动起来！年轻的女士，你快去洗澡，你要是不自己洗，我就亲自帮你洗。相信我吧，你不愿意看到自己三十年后的模样，就像我，我现在胸围和腰围一样大了。赶紧动起来。"

阿曼达脑海里浮现出那个影像，于是跌跌撞撞地跑去洗澡。洗完之后，她又花了很长时间吹头发。出于某种本能，她在耳后喷了一点儿香水，接着又在脸上"涂脂抹粉"——她那出生于密西西比州的母亲总爱用这个词。最后，遵照芭芭的命令，她套上了一条裙子。

她在镜子前仔细打量自己。好，还行。管它呢，这件事就是胡闹。她哪里也不想去，除非是去某个芭芭不再对她颐指气使的地方。

大约一个小时之后，门铃响了。阿曼达继续阅读简·奥斯汀的小说，这一次没人打扰她。芭芭去开了门。阿曼达读完了一整段内容，这才抬起头。

映入她眼帘的是一个健壮的小伙。他的上半身近六英尺，宽阔的肩膀以脖子为中心点向两边延展；他的皮肤带了一点儿橄榄色，乌黑的头发长度恰到好处，末梢微微卷曲；他穿着夹克衫和牛仔裤，里面是一件领尖带纽扣的白色衬衫。他愧疚不安地微笑着。

"你好，我是布洛克。"他说话的时候双手还塞在口袋里。

芭芭说："行了，行了，别废话，你俩赶紧出发吧。我突然感到一股热气，你们走了，我就可以脱光衣服了。"

两人都不想再接受新的语言刺激，赶紧溜出了门。

两人走下台阶时，阿曼达说："我为芭芭刚才的言行道歉，她有

160

一些……"

"如果你现在要为詹普夫人道歉，那我们今晚就只能杵在这儿了。我很久以前就学乖了，她怎么说就怎么办吧。"

他为阿曼达打开自己那辆迷你库珀车的副驾驶车门。布洛克追忆他和托米的友谊，他们那时候总是爱扎堆，一群好孩子总是同步行动……现在回想起高中时代做过的那些事情，总会觉得无比滑稽。

布洛克说："托米是唯一一个知道自己想要什么的人。他最近怎么样？詹普夫人说他不在县城。"

阿曼达把自己与芭芭商议好的谎言说给他听。她俩商议好，对哈肯萨克市的所有人都这么解释：托米正在国家巡回剧团出演《妈妈咪呀》[1]，四月份才能回来。她们一直保持说法一致，因为芭芭最是了解流言传播的影响力。

布洛克没有多问。很快，他们就抵达特纳夫莱郊区，这里消费极高。他领着她步入一家名为爱西亚的高档餐厅。餐厅里燃着火炉，有人在弹奏吉他，曲调柔和顺耳。一位服务员热情地向他们问好——这人知道布洛克的名字，然后领着两人在角落里的一张餐桌旁坐下。

菜单是希腊语，布洛克瞧都没瞧就点菜了，阿曼达则仔细挑选，唯恐点了会影响胎儿或者让自己呕吐的菜。

他们一直在聊天。没错，他高中时参加过表演；但是如果芭芭觉得布洛克打算在演艺界谋个差事，那就有些异想天开了。他的家族拥有德安格理斯珠宝集团。他的父亲名叫安格洛·德安格理斯。安格洛刚来美国的时候身无分文，只有严格的职业道德感和加工贵金属的技能。他起初只有一家店，渐渐地就变成两家、三家……最后生意蒸蒸日上，连锁店遍布新泽西州、纽约州以及康涅狄格州。最后，他成为一个成功移民的典型代表。

---

[1] 音乐剧《妈妈咪呀》于 1999 年在伦敦首演。2008 年，该音乐剧被改编为电影。

布洛克的母亲是安格洛·德安格理斯的第三任妻子，以前是一位时尚模特，她把自己修长的身材和最姣好的外貌都遗传给了布洛克。布洛克有四个同父异母的兄弟姐妹，他们对家族企业都毫无兴趣，所以未来只好由布洛克来继承年迈父亲的大业。现在，这位年轻的德安格理斯先生多多少少已经开始接触企业管理，一年要去欧洲和非洲做六次采购。

两人接着又聊起了艺术。令人诧异的是，虽然他对艺术颇有了解，但还是为她的专业知识所折服。

她后来才意识到，自从托米进了监狱，这是她第一次感到开心。他入狱的事实如同阴霾般笼罩在她的心头，而布洛克却无意间将它驱走。她自由地开怀大笑，当她和芭芭待在一起的时候是不可能这样的，毕竟她的儿子还在牢里。阿曼达完全没有意识到，她是多么怀念二十七岁的年龄应该有的快乐生活——哪怕只是一小会儿，不用将那么多事情看得很沉重。

两人聊起对奥莉维亚·纽顿-约翰[1]的喜爱，聊起每每有人将某些事物描述为"非常独一无二"时内心暗暗的不满，聊起自己是多么讨厌坐过山车时满眼冒金星的感觉，更难以理解为什么会有人喜欢那种突然从下面飞冲而上时想呕吐的感觉……

两人还是在同一个月份出生，日子也很接近，他是 11 月 9 日，而她是 11 月 11 日。

他坚持由他来支付晚餐的费用。他说："真的不算什么事。"她觉得今晚的活动到这里就结束了，结果他提议去跳舞，坚称今天是周四，是跳舞的绝佳夜晚，因为人不会太多，更不会有什么酒鬼，而且知道一个非常好的地方。

两人一直跳到腿疼。播放慢节奏的舞曲时，他依然陪她跳舞，但两人没有任何出格的举动，只是纯粹地跳舞。他们边笑边聊，度过了一段

---

[1] Olivia Newton-John，1948 年出生于英国，流行音乐歌手。

非常美好的时光。

他送她回家时已经是过了半夜了。

他说："我已经很长时间没有这么愉快了。我们赶紧约下一次吧！"

第二十九章

噪声和灯光同时猛地冲出来，比它们平时更有震慑力。那些光线就如同蓄电池酸液，而那噪声仿佛是敲打在头上的重击。

虽然我不确定具体的时间，但无疑还很早。我只知道上一秒钟我还沉浸在睡眠中，养精蓄锐，下一秒钟一队狱警就突袭了兰多夫。

他们为了吓唬住我们，一进入我们这片区域就大声发号施令。对我而言，他们完全达到了目的。虽说理论上，作为那个告密者，我早该料到会有这么来势汹汹的一出，但我还是被吓得六神无主。

我听见公共区传来的一个喊声："全部出去！全部出去！全部出去！"

我问道："这……这是怎么了？"在这种情境下，我完全不需要演技就能表现出困惑和迷惘。

"先生，这是检查。"弗兰克挣扎着从下铺挪出他的大块头身体。

我还没来得及从床上起来，一名我从未见过的狱警——他之前不负责兰多夫——冲进我们的房间。

他咆哮道："快，你们俩，出去，出去！"

弗兰克已经开始朝门走去。那名狱警气势汹汹的脚步让我一度疑心他要打我一顿。

"够了，囚犯，你被记过一分。"他一边说，一边拽住床架猛烈摇晃。"你还想被多记几分吗？那继续躺着吧。"

到了这会儿，我已经不需要更多的刺激了。我两腿一甩跳到地上，很快就和其他人一起来到公共区。一个个全都大汗淋漓，窝了一肚子火。

一名狱警叫我闭嘴，屋子中间摆放着几张空床，那名狱警命令我双手手掌向下放在其中一张床垫上。

走道那头传来大呼小叫的声音，毫无疑问，其他两个区的宿舍也在上演类似的场景。狱警们协调工作的场面令人震惊，甚至可以说是冷酷无情。我来了这么久，还是头一次看到摩根敦联邦惩教所的工作人员能够这么步调一致地展开行动。

我知道自己不必再有任何顾虑了——我自己的违禁物品万无一失，因为我没有把它们藏在宿舍里。但是尽管如此，我还是被吓傻了。

接着我才回过神，其实我只看透了一半。他们是想震慑住我们，给我们当头一棒，让我们意识到自己不是自由人；不管我们是否乐意，他们都可以随时突击检查；这里是他们说了算，而不是我们。

我环顾这个房间。有些人不像我这样犹如惊弓之鸟，他们满脸写着不满和烦躁，很多人嘟嘟囔囔，说些嘲讽狱警性取向的污秽言辞。但是所有人都将双手放在床上。这是本次突袭的另外一个目的：让我们明白，抵抗是没有意义的。

一分钟之后我才意识到，这次突袭检查对我来说实际上是一次能带来积极成效的转机。兰波夫人真是干得漂亮！搜查整个宿舍单元——而不是某一间宿舍或者某一片区域，没有人能猜测到这场检查的真正导火索。让他们尽管猜去吧，能想到的推论恐怕和兰多夫的人数一样多。

清点完房间里的人数之后，狱警们两两一组开始逐间搜查宿舍。有些狱警对囚犯的个人物品还算客气，有些则幸灾乐祸、肆意妄为。

一旦发现违禁物品，狱警就会大声喊出物品名称，并记录在案，然后将其扔进一个巨大的黑色塑料垃圾袋里。他们还在斟酌，真要较真儿起来，那一位犯人究竟会被记多少分。

截至目前，绝大多数搜查出来的物品都是无关紧要的：从食堂偷出来的食物，物资处不售卖所以不被允许的口香糖，从一位工作人员那里盗窃来的两把钳子……全是诸如此类的东西。

搜查我们的房间时，很快我就听到："这里发现一些斯利姆·吉姆牌牛肉棒。"

弗兰克把脸埋了下去。我不知道他们究竟是在哪儿发现了弗兰克的宝贝，但是我们却目睹了它们的命运：弗兰克价值连城的牛肉棒被扔进了垃圾袋。

不知道多可所在的区域搜查情况进展得怎么样。头一晚我们打扑克的时候，多可对我俩在池塘边的对话只字未提，甚至也没旁敲侧击地提过他对我的疑心。他也没办法怪我毁了游戏：是杰瑞从头到尾一手好牌，很快就让我们全部出局了。

大约十五分钟之后，我们这一区唯一的重大发现出现了，是在位于角落的某间宿舍，其中一名狱警突然兴奋地喊道："纳洛酮，我发现了纳洛酮！"

我之前曾听说过这东西。它是一种能压得薄如纸片、极易藏匿的类鸦片药物，效力极强，随便一小片就能让人兴奋好几个小时。

那名狱警一口咬定搜查出来的样本是那位名叫墨菲的囚犯私藏的。狱警们在议论："让墨菲到特别住宿单元关禁闭，可能要一两个月吧？"

我与墨菲有过几次交流，此时备感愧疚。他来自费城，他曾告诉我打算出去之后就重新做人。他还从没见过他刚出生的女儿，这不禁让我想起阿曼达和我们的孩子，我一直希望能在孩子出生那天就见到他。

我轻声说道："墨菲，真是倒霉啊！"

"囚犯不许说话。"那位已经给我记了一分的狱警咆哮道。

我回头看了他一眼。在我看来，这是我故意挑衅的举动，不过做完之后我就乖乖闭上了嘴。

大概又熬过了十分钟，狱警们的突袭扫荡终于结束，我以为我们很快就能回自己的房间收拾残局了。

没想到他们带进来了一条狗。

这条德国混血猎犬揭露了多可的罪行。

马斯瑞在早餐前后，告诉了我整个事情经过。他和多可在同一宿舍区，所以近距离见证了事件的始末。一名狱警说，这条狗是从宾夕法尼亚州艾伦伍德送来的。我之前以为那条狗是用来查毒的，后来才知道它接受的训练是嗅出手机电池。它的鼻子极为灵敏，就算隔着水泥墙也能闻出来手机的气味。

就是它发现了多可藏在水泥墙里的手机。显然，多可把房间里的一块砖削去了边缘，于是只要小心抽取，就能把那块砖拿出来，就像是橱柜抽屉，然后就把东西藏在里面。藏好之后他再把砖重新放回去，接着别出心裁地用牙膏填补缝隙，让它与刷白色漆的墙壁完美地合为一体。等他下次想取东西的时候，只需要用水洗掉牙膏。

在多可这个小小的藏匿盒里，狱警们发现了几袋药、三罐干净的尿液——他一直用它们来躲避毒品检测，以及那部手机。那部手机是最新款的，里面有充分的证据，表明多可不仅利用手机在摩根敦内部走私药品，他还一直在指挥监狱外自家的药品厂的业务，帮助老客户联络新的医生，继续为他们开药方。

我回想起多可用来卖惨的故事——他曾指责一位护士嫁祸给他，我心生疑问，这故事到底有多少真实的成分呢？我之前一直觉得吉尔马丁的警告——狱友对你说的任何话都有可能只是一个谎言——太过愤世嫉俗。现在想想，一位在职业生涯里听了那么多罪犯信口雌黄的FBI特工，抱持这种想法或许是经历使然。

马斯瑞说，狱警带走多可时，多可哭了。他要去的地方不是特别住宿单元，而是地狱般的"联邦俱乐部"：一所位于印第安纳州、安全级别极高的监狱。他将要在那里服完剩下的刑期，并面对新指控将带来的后果。这是他第二次栽跟头，而毫无疑问，这次的指控非常严重。

虽然说我为墨菲的处境感到难过，可是对多可，却没有半点儿愧疚的感觉。

墨菲是有污点，可是多可是有罪责。

那一整天，大家都在揣测引发这次突袭的导火索。凯伦·兰波已经完美地为我做了掩护。很快就有人传，这次突袭是因为，监狱管理局的一位大领导——诸如地区主管之类——即将视察摩根敦，惩教所的管理层要在大领导参观之前，把兰多夫彻底整顿干净。

真相是不是这样？又或者这只是兰波夫人巧妙布下的局？我说不准。我只知道自己现在安全了。

现在我可以专注于更为紧迫的事了，例如兰多夫即将拉开新序幕的扑克游戏。

在洗衣房工作的时候，我找到波比·哈里森，单刀直入地告诉他：买入价格是一个罐头，可是他却骗我说是五个，我可以原谅他，然后继续支付，前提是他当天晚上必须去打牌，并提议由我顶替多可的位置，而我需要付给他的罐头要调整为一周十个，而不是一天十个。

经过一番讨价还价，他最终答应了我的提议。我俩都心知肚明，其实是他赚了。

那天我达成了两笔金融协议，这是第一笔。第二笔是在午餐之后。随着多可——米契·杜普瑞在摩根敦的最佳死党——的离开，不仅扑克桌上空出来了一个座位，而且米契身边也让出了一个位子，我下定决心要去填补这个空缺，但是走这一步棋，我需要那位大块头室友略施援手。

我们曾经有过共患难、互相支撑的经历，这是友情的最佳保障。只需要一些恰到好处的刺激，弗兰克·萨克就会完全换个模样。

他进屋时，我正好坐在上铺。

我说："你好，弗兰克。"

他回答："你好，先生。"我开始怀疑弗兰克知不知道我的名字。

"牛肉棒的事，我感到很遗憾。"

"又不是你的错。我本应该把它藏到一个更好的地方。"

"他们会惩罚你吗？"

"先生，他们已经给我记了一分。"他愁眉苦脸地说，"我来摩根敦这么久，这还是第一次。"

我说:"噢,糟糕透了。你还能弄到牛肉棒吗?"

"也许可以吧,有个家伙愿意卖给我,但是我现在没有罐头了。"

棒极了。

"要不你帮我一个忙,我用罐头回报你?"

"帮什么忙?"

"你知道米契·杜普瑞吗?"

他听到这个名字时好像没有任何反应,但是他说:"是的,我想我知道,先生。"

"我想让你找他打一架。"

弗兰克的表情发生了一些微妙的变化。或许他曾经是左邻右舍里个头儿最大的孩子,而且极有可能从小到大一直都是这样。他这种体格的男人根本不用打架,更不用费心思去找别人打架。

他说:"我和杜普瑞又没有结梁子。"

"我知道你没有,不过这不重要。今晚7点他会和我在棋牌室打牌,大概半个小时之后,你就冲进来,指责他就是那个告密者。你说就是因为他,我们才被突袭检查,你的牛肉棒才会被没收;你气不过,要向他索赔。"

他已经在摇头了,说:"我今天才被记了一分,我不想再因为打架又被记一分。"

"你不会被记分的。我会替杜普瑞开脱,你到时候看着差不多了就熄火,你只需要吓唬吓唬他。我现在正试图坐稳自己在扑克游戏里的位置,因此想让他觉得是我帮了他的大忙。那间棋牌室在走廊最末尾,狱警们几乎从来不会去关注那里;事情很快就会了结,他们永远都不会知道发生过什么。"

接着,我给出这次交易中极具吸引力的部分,说道:"我会支付你二十个罐头。"

他诧异地抬起自己宽大的额头,问道:"二十个罐头?"

"是的,先生。"我特意换个称呼,用了"先生"一词,"不过你要好好表现，要让他觉得你确实是想要恶狠狠地揍他一顿。"

"好吧。"他赶紧说，以免他疯狂的室友突然变卦，"二十个罐头。"

第三十章

计划的第一部分进展完美。

波比来了，接着米契和杰瑞也都到了。虽然说多可已经走了，可是我们没有忘记他，还对他进行了冷静客观的评价。显然，他们三个人都知道手机的事，但对药片和尿液的存在毫不知情，它们似乎与我们所认识的那个乐观友善、恭谦温良的多可完全搭不上边。

杰瑞率先阐述了自己的看法："除非亲眼所见，否则你永远不知道一个人背地里到底在干些什么。"

是的，杰瑞，你当然不会知道……

对多可的离开表达了合理程度的悲痛之情后，大家又开始议论以后打牌的事情。因为我预先收买了波比，他就提议让我永久替代多可的位置。事实上，他说这话的口吻像是这是已经定好的结局。米契和杰瑞非常礼貌地低声同意。所以到最后，我的罐头发挥出了它应有的作用。

我们开始打牌。与前两晚一样，我的真正目的只是尽可能在扑克游戏中待得久一点儿，以拉近我与米契的关系。所以输牌的时候，我平心静气；赢牌的时候，我心平气和。

我正在等待中个顺子的时候——抽到顺子的概率很低，大概十三分之一——弗兰克绕过角落进入棋牌室。以他那副体格，只要一进屋，就能改变整个房间的气压。就连波比——他可绝对不是一个绣花枕头——也不禁开始打量起弗兰克。

米契坐在我对面，弗兰克缓缓地靠近米契，俯视着他。

以极大的距离俯视着他。

弗兰克说道："杜普瑞先生，我和你有点儿事需要解决一下。"

这话本身不吓人，尤其是用的还是敬语，另外从演员的角度出发，我觉得他的语调有点平；但是仅仅由于它是从一位体重高达三百五十磅的大汉口中说出来的，其威慑力不言而喻。

米契问："什么事？"他竭尽所能不露出胆怯的神情，但是他原本音调就高的声线不自然地又上升了半个八音度，达到了男高音的水平。

弗兰克说："听说是你告的密，那次检查的罪魁祸首就是你。"

杰瑞和我把牌放到桌子上，米契手里还攥着自己的牌，波比僵硬的身子坐得笔直，仿佛他的后背里插了一根木棍。弗兰克的话显然是在挑衅，可是除非是头脑不清醒的巨人，否则没人敢接茬儿。

米契说："唉，现在人人都爱道听途说，流言可不是真的。"

弗兰克继续说道："就是因为你，我的牛肉棒被没收了。"

"真遗憾。但是那事跟我毫无关系。我也被没收了一双袜子，那还是我爱人给我织的。我为什么要自讨苦吃去告密呢？"

波比插话道："没错，你没听说吗？这次检查完全是因为监狱管理局有个什么大领导要来视察。"

弗兰克对两人的话充耳不闻，继续说道："我不知道什么时候才能再搞到牛肉棒，上次是好不容易才弄到手的。总之，你要挨我一顿揍了。"

弗兰克这话又说得充满了挑衅的意味，不过没人敢接话。

米契问："这能解决什么问题呢？"

弗兰克说："没了牛肉棒，打你一顿能让我心里好受些。"

"我和这事没关系，你没有……"

米契话还没说完就被弗兰克一把掐住脖子。我一跃而起，绕过桌子准备开始协调。

弗兰克咆哮道："我现在就能拧断你的喉咙，看你以后还怎么告密。"

米契双眼满是恐惧。弗兰克向他微微倾斜着身体，把他压得更紧。桌边其他几个人都吓得呆若木鸡——只有在动作电影里，人们面对突如其来的冲突才能立刻展现出英雄主义；在现实生活中，大家都需要一定的时间去琢磨这到底是怎么一回事。

我声如洪钟地喊道："弗兰克，够了。"

但是弗兰克仿佛没听见一般。他那如汽车毂盖大小的手掌死死掐住米契肥胖的脖子，大拇指和其他四根手指包裹住他的后颈。

他咬牙切齿地说道："我讨厌告密的人。"

这充满戏剧性的场景非常真实。但是，我突然害怕弗兰克不是在演戏，我仿佛看到的是弗兰克的另一面，粗暴蛮横的一面，只有在手握他人性命的时候才会显现出来的一面。摩根敦是关押非暴力罪犯的监狱，难道弗兰克是捡漏才进来的？

我重新高呼道："弗兰克，我说够了，快停下。"

米契一言不发。我不知道他沉默到底是因为恐惧害怕，还是因为空气无法进入肺部，根本说不出话。

不论如何，已经持续够长时间了。

我说："松手！马上松手！"

我双手猛推弗兰克，可是他纹丝不动。

弗兰克说："他们给我记了一分，我这辈子都没被记过分。"

米契攥着弗兰克的手，使出九牛二虎之力想挣脱出来，可是他努力的结果与我一样，非常"成功"。

必须赶紧停止，立刻停止。可是我完全无法引起弗兰克的注意，更别说阻止他了。我无计可施，只好使出全力两腿一跳，身体飞起，抱住弗兰克的腰。

这好歹对他构成了一小点儿冲击。他向后倒退了两步，手也松开了。

米契大口喘气。

他上气不接下气地说道："我说了我没有告密。你到底想干什么？"

我希望米契赶紧住嘴，因为我不知道弗兰克现在心里在想什么，如果他想了结这件事，再度掐住米契的喉咙，那我实在不知道该怎么阻止他。

我借着刚才那股力生拉硬拽地把他弄出了棋牌室。因为他一直在反抗，我几乎耗尽了所有力气，好在我重心低，拖着他他就难以保持平衡。

到了棋牌室里的人都看不见我们的地方，弗兰克一把抓住我的肩膀让我站直，仿佛他一直在玩弄一个特别仿真的布娃娃。

我依然很气愤，所以误以为这是第二轮争斗。但我一看他的脸，他正对着我微笑——那个温和的弗兰克回来了，也许他从未离开过。我弯下腰，双手放在膝盖上。

"上帝啊，弗兰克，我刚才真是有点儿怕你了。"我一定是因为刚才太使劲，现在说话还是气喘吁吁的。

他完全是面不改色："先生，我只是想让你觉得'钱'花得物有所值。"

我回到棋牌室，大伙儿正在劝米契，说这件事不值得汇报。摩根敦很少出现打架斗殴的事件，除非有身体上的证据，例如瘀青、伤口之类的，否则管理层是不会对施暴者采取惩戒措施的。

波比也这么说。我在一旁帮腔，如果告诉狱警，只会让弗兰克更加坚信米契就是告密者，最好还是把这件事大事化小，小事化了，但愿弗兰克这位彪汉不会再疑心。

我说道："他是我的室友，迟些我和他说说，我觉得我能搞定这件事。他相信我。"

杰瑞说："好啦好啦，我们现在可以打牌了吗？"

那时大家都没什么兴致，唯独这位手握三张 J 牌的老兄仍然迫不及待要重新开始打牌。

当晚没人再提这件事。我那时候想，这只是一次很小的成功，虽说花了二十个罐头的代价，不过在我的征途上终究是向前迈了一小步。次日清晨，在去吃早餐的路上，我发现实际情况更加让人感到惊喜。

这不过是山区又一个大雾弥漫的早晨，深秋时节，气候寒峭。我双手插在口袋里，正火急火燎朝餐厅赶去，突然听到米契在背后叫我。

他说："你好，皮特，请稍等一下。"

我转过身，看见米契大步流星地朝我走来。我站在过道边，等他赶上我之后和他并排一起走。

他说:"我要向你道歉。我昨晚太过心神不宁,后来才想起来我应该谢谢你救了我的命。"

"噢,不值一提,真的。"

"怎么能说是不值一提呢。那家伙是叫弗兰克吧?那个大块头浑蛋,往那儿一站就没人敢过去,你去拽住他真是太勇敢了,我绝对没有勇气像你那样。"

我朝他谦虚地耸耸肩,说:"大块头的人一般想不到小个子会袭击他们,如果你真那样做了,他们会觉得你肯定不是善茬,然后立即退避三舍。你今早感觉怎么样了?"

"还行。"他一边说,一边揉揉自己的脖子,"有点儿酸痛,不过幸亏有你,不然情况会更糟。从他掐我的力道,我能感觉出来,他甚至都没有太使劲;他要真下了狠心,后果不堪设想。"

他的表情看起来有点儿后怕,这倒也合乎情理。

我说:"别太担心。我昨晚和他谈过了,已经说服他,这次检查与你完全没关系。我还对他说,如果他还想找你的麻烦,必须先过我这一关。他被吓到了。"

我微笑着,米契也跟着笑了,他像对待好哥们儿那样拍了拍我的肩膀。

他说:"嗯,我之前想过了,我想对你表达一下谢意。你1点钟的时候能到棋牌室来找我吗?"

"我先看看自己的行程表。噢,恰好有空。没问题。"

他说:"好极了。"然后又补充道,"我快饿死了。"

距离约定见面的时间还有三分钟的时候,我走进兰多夫空荡荡的棋牌室,在我们经常打牌的桌子旁坐下。

米契不在。1点钟了……1点5分了,他还是没来。我只能干等着,反正我也没其他要紧的事。

终于,1点10分,他急匆匆地从角落里拐过来。

他说："抱歉，我迟到了。一个该死的狱警进了厨房不肯走，所以我只能等待一个合适的时机，才把这个偷偷带出来。"

他解开夹克拉链，从里面拿出一个长方形的银色锡罐头。他扯开盖子，把它放在我面前。上面还铺着一张羊皮纸，虽然看不到下面的东西，但是我的鼻子已经告诉了我，里面究竟装了什么。

新出炉的巧克力豆曲奇饼。

我拿起那张纸，看看里面给我的"答谢"。一共有六块，烤成了完美的金棕色，巧克力豆上油亮亮的，因为刚从烤箱里拿出来，还是黏稠状的。看得我直想流口水。

尽管摩根敦的食物不算坏，勉强能咽得下去，可是眼前这东西呢？我再一次深深地闻了一下这令人心旷神怡的香味，可能还伴着极度享受的赞叹声。

他说："我们为即将到访的 VIP 客人烘焙了一炉。你也知道，一盘怎么够呢？厨房里有个囚犯打小就是在面包店工作，他不愿意告诉我们配方，不过这味道真是一绝。"

我正打算大快朵颐的时候，突然意识到，我不是托米·詹普。

我是和米契一样被迫远离家人的皮特·古德理希。皮特·古德理希作为丈夫和父亲，一辈子最大的心愿就是为妻子和儿女创造一个幸福的家庭。但是他已经错过了狱外生活里的朴实快乐，而在未来的八年里，他都将无法体验这些简单的幸福。

类似于吃巧克力豆曲奇饼干这样的幸福。

我可以只用一秒钟就落下泪来，绝大多数有经验的演员都有这个本事。在完美的情境下，因为你生活在剧本的世界里，已经与自己所饰演的角色融为一体，所以你可以在舞台上动情地流泪。如果剧本写得足够好，我有时候还能通过回忆唤起眼泪。

或许梅丽尔·斯特里普[1]能在任何情况下做到这一点。但至于其他

---

[1] 美国女演员，1949 年出生，曾获得法国戛纳电影节和德国柏林电影节最佳女演员奖，已被提名奥斯卡奖十余次。

演员？一周哭八次也还是需要一定的表演技巧的。

所以，看我使招吧。我以前养过宠物，是一只叫"小泥团"的仓鼠，它一直是我最好的小伙伴，陪伴了我整整四年，后来去天堂里的那个大摩天轮玩耍了。我当时才九岁，那是我第一次知道什么是"死亡"。我为此哭了整整一天。

即使是现在，每每回想起可怜的"小泥团"……

我的眼泪已经从脸颊上滚落下来。我说："抱歉。"

米契被吓住了，说："你还好吗？你难道对巧克力过敏，是吗？"

"不，不。我只是……我的妻子凯丽，以前我生日的时候，她总会为我做巧克力豆曲奇饼，就像这样热乎乎地端上来。而我……你也知道，努力静下心来忘掉所有的事情，适应这里的日常生活，而我绝大多数时间都能做到；可是……有些时候，总会有一些不起眼儿的小事情……你也明白，对吗？"

我用衣袖擦脸。

米契说："我很抱歉，哥们儿，我们都是一样的。我一直听人说，这地方比真正的监狱好很多，可它终究还是监狱。"

"说得太对了。"我做出一副努力恢复镇定的样子。

接着，我又做出一副为自己掉眼泪而感到尴尬的模样，假装是为了转移他对我的注意力，所以问道："你呢？你最怀念什么？"

他苦笑着说："你是说除了那些最不言自明的？"

"是的，除了那些。"

他看起来有些恍惚，说道："听起来或许有些奇怪，但是我怀念的是和家人一起驾车出去。"

"驾车？"

"是的。我们一家四口坐在车里。有时候我们会半路停下来吃顿饭，有时候我们很晚还在路上——在去度假的路上。去哪儿不重要，是那种情感让人怀念，因为你知道一家人都安然无恙地待在一起，你可以随时伸出手去触碰他们。你有孩子吗？"

我条件反射似的立即回答道："三个孩子。"

"所以你能体会到我的心情。在这么长时间里，你的家庭被拉到这里拽到那里，一个人在这头一个人在那头；你总是在牵挂他们，担心他们会不会遭遇不测，会不会为你担惊受怕，心里有各种担心：和家人分隔两地的时候总是忐忑不安。不过，只要你坐上那辆车，一家人一起去往某个地方，这时你就会意识到，当下才是自己该在的地方。那种感觉就是，你们是一个完美的小整体，世界上任何东西都不能阻止你。"

我深吸了一口气，然后又放出来。我想起阿曼达还有她正在孕育的家庭，我开始设想我们即将迎来的生活。

我说："是的，我明白你的意思。我那三个孩子年纪还小，一个五岁，一个三岁，一个才一岁，所以……"

"所以把这些小家伙全弄到车里就是伟大的胜利。我对那些年的经历记忆犹新。"

我说："噢，是啊！可是就算把他们全弄到车里呢，给他们全系好安全带，然后上路了，稍微开了一点儿暖气，播放一点儿轻柔的音乐，结果他们全睡着了！"

"哈哈，那种感觉最好了。"

"你懂的。"

我们就在那儿分享作为父亲的小小乐趣。米契用手掌擦擦眼角，想抹去还没被我发现的眼泪。他摇了摇头。

他说："说起最好的感觉，温热的巧克力豆曲奇饼也属于其中之一。趁着还没凉，我们赶紧把它吃了吧，你说呢？"

"好主意。"

"好极了，告诉我味道怎么样。"

我把手伸进罐头，拿起离我最近的一块。饼干看着不大，却很沉，这样的曲奇饼最是美味，因为重量说明了黄油放得足。我把它放进嘴里，巧克力的苦味与糖的甜味相互交融，在我嘴里如一枚小炸弹一样碰撞出火花。

"噢，上帝啊！"我紧闭着双眼脱口而出。

"味道不差吧？"

"棒极了。"

他也拿起了一块。我们都没说话，默默咀嚼着，暂时忘却沉闷的牢狱生活。这应该只是我的猜想，不过我敢说，米契自己很享受不说，看到我开心的样子，他更高兴了。

这种品性原本就不常见，在监狱里就更加稀罕了。所以要将这位心满意足品味着曲奇饼、倾诉着自己多么喜欢与家人一起驱车去旅行的男人，和那个替全球最血腥野蛮的犯罪集团投标竞价的人联系起来，着实有些困难。但是我也知道两种秉性是可以共存的。如果没有这种共存的可能性，人类跟复杂的猴子又有什么区别呢？

但我还是要承认，不论他进监狱之前干过什么，我的确很喜欢现在这位被关在摩根敦的米契·杜普瑞。有这种感觉也不坏。

至少我可以少演一点儿，不用假装喜欢他。

第三十一章

两天之后的周六早晨，布洛克发来短信。利堡镇新开了一家韩国餐馆，据说是少有的美味，他问阿曼达有没有时间。

好的，她当然有空。

他们这次可不是以跳舞结束活动。他带她去到艾奇沃特的一个公园。他们沿着哈德孙河散步，在纽约天际线的映衬下愉快地聊天儿。

周日，他建议去参观位于哈莱姆区的巴里奥博物馆[1]。阿曼达因为有事可做所以觉得心情愉悦，况且她也喜欢有布洛克做伴，于是假装自己

---

[1] 又译作"波多黎各博物馆"，该馆面积不大，主要收藏来自拉丁美洲和加勒比海地区的艺术品。

还没去参观过那家博物馆的新展览。

很快，他们就时常见面。这类友情从素不相识到相知相惜只花了五秒钟，这也极为符合有时候他俩一拍即合的默契风格。

如果是周末，他们就会安排一整天的活动，先在韦恩的烘焙店里吃早餐，然后去市里看展览，接着不惜路途遥远驱车前往康涅狄格州的某家餐厅吃饭，因为听说那里是美食天堂。其他时候，他们安排活动更多的是临时起意。比如他听说当地的某个乐团晚上要在某处演奏，就相约去看，或者突然去跳舞，去 KTV 唱歌。尽管他唱歌不能像托米一样令一屋子的人都如痴如醉，不过他能唱一些高音，绝大多数的流行歌曲也都不在话下。

他们一起庆祝两人的生日，愣是将生日变成了持续三天的豪华庆典：11 月 9 日是他的生日，11 月 11 日是她的生日，两人就把 11 月 10 日定为"中间生日"，作为两大庆祝日的过渡来庆祝。

如果不出门，两人还是在一起待着。她会开车去他的阁楼公寓和他一起烹饪晚餐，或者他去芭芭家，大家一起看电影。

又或者，两人一起去他家族的珠宝工作室，这很快就变成了阿曼达最热衷的一件事。工作室配备了切割珠宝所需的全部设备。掌握了一些基本切割技能之后，阿曼达的艺术天赋就立即显现出来了。布洛克让她尝试用更昂贵的材料，可是她坚持只用银子和廉价宝石。他还嚷嚷着要让德安格理斯珠宝集团给她支付酬金，雇用她制作定制首饰，或者干脆推出一整套首饰。

就叫"阿曼达·波特系列"，多么动人的名称啊！

自然，布洛克的家人觉得两人正在恋爱，就连阿曼达在艺术圈的朋友们也这么认为。阿曼达和布洛克偶尔会和这些朋友在市里聚聚。布洛克不在场时，这帮朋友就狡黠地朝她笑，追问她和这位高大英俊的帅哥究竟是什么关系。

管别人怎么说呢！阿曼达压根儿不为这事心烦。她很清楚：两人只是朋友。

178

布洛克似乎也没有别的心思。他从来不对她暗送秋波，更不会在喝酒的时候占她便宜。当然，两人在问好打招呼的时候，他会轻吻她的脸颊，可这与你轻吻自己喜欢的阿姨毫无区别。两人道别的时候，他也会抱抱她，这与你拥抱自家姐妹也没有分别。

因为布洛克不仅和阿曼达是朋友，布洛克和托米也是朋友，布洛克绝不会对自己的哥们儿横刀夺爱。

此外，布洛克也知道阿曼达怀孕了。她告诉他这件事，是为了解释为什么不能和他一起喝酒。怀孕的前三个月，阿曼达有时候和他一起看电视，不到十五分钟就睡着了，三个小时之后她醒来，会发现布洛克给她盖了一条毛毯。

芭芭似乎并不介意阿曼达与布洛克外出。阿曼达因为晚上回家太晚，几乎每天都要睡到中午 11 点，芭芭没有因此说过只言片语，阿曼达的绘画创作停滞不前，她也不再指手画脚。芭芭在为阿曼达创造一个可以改变自己的空间。

至于托米呢？她——或者说是"凯丽"——曾告诉托米，她和布洛克时常一起出去逛逛，托米说听到她结识了新朋友他很高兴，仿佛这事压根儿不值一提。

因为这着实是一桩小事。

第三十二章

接下来的几周，日复一日，我进行着全新且惬意的工作——以米契·杜普瑞为中心的工作。

因为大家都穿着卡其色的衣服，总让人有种诡异的错觉，仿佛我们是在进行兄弟联谊会。我们晚上一起打牌，下午去室外球场玩地滚球，或者去健身房锻炼身体，又或者在电视房找一部电影看，我们在一起吃饭的时间也越来越多。

米契似乎特别喜欢指导我，我也就由着他去，不论怎样，至少还能增长我的金融知识。他还特别喜欢讲故事，这很对我的胃口，因为我喜欢听故事，没准儿他说着说着就会透露出一些有价值的细节，例如藏匿贵重物品的最佳场所。他说起高尔夫球的时候，我故意假装兴趣盎然，但是说实话，没有比听人说如何艰难地将球打入洞里更枯燥乏味的事情了。

不论他想说什么，我都洗耳恭听。我就是那个老好人皮特，所有人都想结识的好哥们儿，我完美地填补了多可留下的空白。自然而然地，米契和罗伯·马斯瑞也成为好朋友了，我们仨看起来就像是一个开心快乐的监狱小家庭。

与此同时，我监狱外的家庭却摇摇欲坠。阿曼达已经提议，不如不要每天都通电话，因为这些短暂的对话没有什么实际内容。因此我们重新约定，每周五下午通话一次，这样我们就能进行时间更长、内容更丰富的沟通。

但是效果依旧不佳。我们仍旧在说些古老的话题——我的表妹阿曼达肚子里的孩子怎么样了，她的画创作得如何了，她最近和我的高中哥们儿布洛克·德安格理斯又看了什么书或者什么电影，然后我俩就无话可聊了。我安慰自己这是因为我们担心对话被人监听，尤其是没准儿监狱管理局和联邦调查局都在偷听我们谈话。然而事实是，我俩都无话可说，电话交流时总会出现长时间的沉默，这让我们感到愈发疏离。

我从来没有向马斯瑞或其他任何人说起过自己的忧虑，因为我知道，他们只会告诉我，习惯吧，情况只会愈发糟糕。关进摩根敦的人，来的时候总觉得自己的恋情坚不可摧，结果都发现那只是痴人说梦。

杰瑞·斯特洛瑟就是一个例子。有天晚上打牌，他对妻子出言不逊，米契后来跟我说了事情的起因。杰瑞进来三个月之后，他的妻子就毫无愧疚之心地与他最好的朋友勾搭上了。她对杰瑞说，她有需求，如今她被迫另觅他人满足需求，其实都是他的过错，这都是因为他进了大牢。

阿曼达不会这样对我。再说了，就算我们的感情要面对分隔两地所带来的考验，布洛克也肯定不是威胁。

某个周五的下午，我结束了又一次令人心灰意懒的电话交流，出来的时候撞见米契。他正从图书馆出来，赶着去参加下午3点的点名，他手里捧着一摞书。

我朝那摞书点点头，对他说道："嘿，你不打算给我们留几本吗？"

"我想让自己别去回忆以前这个周末常做的事。"

我问："是什么事？"我的策略，一旦我们成为朋友，只要米契稍微提起什么话题，我就一定要打破砂锅问到底。

他接下来所说的话让我立刻将自己与阿曼达的纠葛忘得一干二净。

"和几个朋友外出狩猎。"

外出狩猎。这四个字让我为之一振。尽管我对狩猎知之甚少，但是我知道，狩猎者们一般是在自己的狩猎小木屋附近打猎。

而木屋与世隔绝，极有可能就藏着文件。

这一刻我已经等了一个多月了。自从我跨过前门的木桩子藩篱，一直以来我使尽浑身解数，就是为了这一刻，为了让米契对我说起狩猎的事。

我控制自己，不让语气听起来过于亢奋："哦，是吗？"

"是的，每年感恩节之前的那个周末，我都会和几位大学朋友一起去打猎。我们会告诉自己的爱人不要买火鸡，因为我们没准儿能带回来一只。最后火鸡没打到几只，倒是威凤凰威士忌没少喝。唉，不提了。你打猎吗？"

我回答："当然。"然后我又赶紧修正了一下，"偶尔吧。"

我用手势表达一般般的意思。我不想说得太过，以免把自己绕进关于枪管缠距的细碎对话之中。我这个成长于新泽西州哈肯萨克市的娃，做过的与打猎关系最密切的事情，是在老家的游乐中心玩"猎鹿人"游戏。

但是我所饰演的皮特来自西弗吉尼亚州，他对狩猎不会陌生，所以我就补充道："孩子出生之后我就很少打猎了。我周内都在工作，如果周六日还不帮凯丽带带孩子，对她就太不公平了。"

他说："我懂。"

我问："你是哪种类型的狩猎？"我希望这个问题问得合乎行规。

"弓箭狩猎。我无意冒犯拿枪打猎的人，但如果让我说，他们那压根儿不叫运动，只能算是去杂货店买东西。就凭他们的枪支射程，他们可以在一百五十甚至两百码的距离内打一头鹿。这叫哪门子的运动？动物都没有机会知道你藏在哪里。这不公平。"

如果是托米·詹普，他一定会回答，除非动物手上也有枪，否则狩猎永远不会公平。

我说："我明白，那样谁都能行。"我模仿按下手枪扳机的声音。

"是的，就是这样。相反，你手上拿着重达五十磅的弓，而且为了杀死猎物，你必须靠近它，你们之间的距离不能超过三十码，而且你最好是在顺风的位置，脑子里的求胜心还不能太强，否则鹿就会跑走。这才叫狩猎。"

他脸上一副对过去无比神往的表情。"去年打猎，我去的还是一个老地方，本来想着检查一下房子，结果闹出的动静太大。我忽然看见一头十二岁猎犬那么大的成年大雄鹿，我从没见过这么大的鹿。我一般不打雄鹿，因为我们有一条规矩，打了什么就必须吃掉什么。年轻的雌鹿味道比它好多了。可是这个家伙它太大了，我一定要打到它，如果能把它的头挂在我家墙上，我吃多少硬邦邦的鹿排都可以接受。我敢说我第一眼瞧见它的时候，它转过身看着我，看了好一会儿，就好像是在挑衅：'噢，是吗？你以为你能抓到我？那就试试。'

"它立马就跑了。我追了一会儿，地上有些粪便，我猜是它留下的，继而想到它有可能的藏身之处。我告诉同行的几位朋友：'记着，那头鹿是我的。'第二天我凌晨3点就起床了，它估计还在睡觉。我趁着天黑就在那儿等着它，一动不动，因为如果你想抓住机会，必须保持一动不动。"

他放下所有书，展示当时的姿势，仿佛没有视觉辅助，这故事就讲得不够生动似的。

"大概两个小时之后，天开始渐渐亮了，鹿先生终于出现了，它从山上朝我走下来。在清晨的那个时间点，从山顶到谷底的空气仍然很寒冷，所以它闻不到我的气味，我要做的就是等它慢慢靠近。它体积那么大，我最怕的是，如果我从太远的距离向它射箭，就只能伤着它，那对狩猎的所有伙伴来说都算得上是一大耻辱。于是我就一直等待着，直到太阳就快从地平线上升起，旁边一个山顶已经出现了橘色的太阳光，我知道时间不多了，它很快又要躺下休息。因此，我拉弓瞄准了它。那是我这辈子见过的最美丽的雄鹿，也会是我这辈子最精准的射击。"

他眉毛飞扬，一只手臂保持水平直线，一只手向后缩，做出拉弓射箭的姿势。

他说："接着……"我希望他赶紧把这无聊的故事说完。

他又把两只手放下了。

我问："你没有射箭？"

"我下不了手。这个雄伟的家伙已经在这群山里生活了很多年，也许已经是曾曾曾祖父了，我忽然想到'它已经遭过罪了'，我不能让自己了结它的性命。所以我在黑暗中站起来，大喊一声'抓到你啦！'，我就想让它知道，究竟是谁赢了。"

"哈哈！"我回应道。

"我发誓，它当时抬头看了我一眼，仿佛是在说'好吧，你赢了'。接着它就穿过灌木丛灰溜溜地离开了。看它逃跑的样子就觉得一切都值了。太棒了！"

"你后来还有没有见过那头鹿？"

"没有，这都是去年的事了。如果还是那样的情形，我就会对你说，我今天还要去找那头鹿。但是没想到我来了这里。"

"哦，是啊。"我尽量让自己的语气听起来毫不在乎，"你和你的伙伴们每年都去同一个地方？"

"嗯，我在查特胡奇国家森林附近有一间小木屋，我们家很早以前就买下这间屋子了。"

"查特胡奇？"我毫不掩饰自己的激动之情，"上帝啊！我叔叔在那儿有座房子，我小时候经常去，我就是在那儿学会打猎的。我爸爸、我叔叔和我总是一起去打猎。我叔叔也是一个大个头儿、用弓箭的猎手，就像你一样。"

我叔叔当然是这样啦，他的名字叫……就叫布特叔叔吧。

布特·古德理希，一位弓箭猎手，与所有人都是好朋友，除了鹿。

米契说："噢，世界真小。"

我说："真是太小了。"接着我又平静地问道，"话说你那个地方到底在哪儿？"

"我们的屋子在东边，靠近23号高速路，刚过塔卢拉弗瀑布。"

"呀，那不就是布特叔叔的房子所在地嘛，我们距离塔卢拉瀑布也就几英里。"

"我们在23号高速路东边，与查托格河的直线距离大约一两英里。那里也是美国电影《生死狂澜》（Deliverance）的拍摄地，在电影里，这个地方叫查胡拉瓦西河。当地人对这个名字冷嘲热讽，你出去打猎的时候，如果看到一位陌生人，很可能你同行的某位伙伴就会喊：'像猪那样趴着，像猪那样趴着。'"

他哈哈大笑起来。我想赶紧结束对经典影片的讨论，还是继续说地理位置吧。

"是呀，我想布特叔叔也在23号高速路边上。"我做出正在脑海里重游故地的模样，"但是那是很久以前的事情了。我已经想不起那条路的名称了，好像是左转。我们从北边来，所以应该是朝南行驶。"

"他在塔卢拉瀑布的北边还是南边？"

我赌一把，说："北边。你呢？"

"一样啊。上帝啊，这未免太巧了！"他非常激动，"你叔叔不会是在营溪路吧，是吗？"

我说："不，不是那里。"我绝对不能让我这位虚构的叔叔的木屋有

184

一个确切的地址。我又把问题甩回给他："你的房子就在那里？"

他说："嗯，我们是向北行驶，因此是右拐，刚过塔卢拉瀑布。"

我说："营溪路，我好像曾经见过这个路牌。你的木屋就在营溪路上吗？我必须问问布特叔叔。他常去他的木屋，时常在后面的各条路上闲逛，没准儿他曾经路过你的木屋？"

"我不确定，因为我们的木屋在营溪路其中一个拐角处，离那条路大概也有一英里远呢。它在一条泥土路边，挂着'私人财产'的牌子，所以除非是认识那个地方，一般人不会继续向下走。"

"如果你愿意，我可以叫布特叔叔去瞧瞧你那个地方，看看是否一切安好。"

我屏住呼吸，默默祈祷他会说："当然，那太好了。我给你地址。"

结果我听到的是："谢谢你的好心。我们的邻居会帮我们留神，那条路上就那么几间屋子，大家也都是偶尔去，所以我们会相互帮忙留意。"

"哦，自然如此。"我说道。

我不敢继续追问，也不敢再碰运气，以免让他有所怀疑。一切必须看起来再自然不过。我可以随时把"布特叔叔"——让丹尼·瑞茨扮演——挂在嘴边，说他恰好去了那里，然后根据已经掌握的信息再次发问。我才进来一个月，还有五个月的时间，我可以耐心等等。

因此我故作轻松地说："那些地方风景真美。"

"上帝之国啊！我们在那里有一块五英亩[1]的地皮，就挨着美国林务局的地，所以时常觉得仿佛全世界的地都是我们的。"

我说："这听起来特别像布特叔叔的地方，他那屋子的前面有一条小溪流过，我们以前还在那里抓小龙虾。简直是天堂啊！"

他说："嗯，我出去后要做的第一件事就是去那里看看。如果你也出去了，或许咱俩可以一起去。我可以教你怎么用弓箭狩猎。"

我说："那太好了。"

---

[1] 英美制地积单位，1 英亩等于 4840 平方码，合 4046.86 平方米。

接着，我以自己最得体的方式结束了这次对话。

我等不及要去打电话了。

我拨了三次电话，可是依然联系不上丹尼，第四次终于接通了，可是他的语气却非常暴躁："我在开会呢。你就不能不骚扰我吗？"

我说："这次值得你逃会。"

"你最好不是要告诉我，你的鱼已经全部吃光了。"

"不是。但是我的确需要你帮忙。我在这里有一个朋友，他需要找个人帮忙去看看他们家的狩猎木屋。"

"真的吗？"从他上扬的语调我就明白，他知道我想说什么。

"是的，他现在在坐牢，担心那屋子空着不安全。"

丹尼说："我明白了。地址是什么？"

"事情没那么简单。我的朋友不知道确切地址，他只是说，自己总是凭感觉去那儿。不过根据他告诉我的内容，我想没准儿你能找到那个地方。"

接着，我便将自己知道的信息告诉他：查特胡奇国家森林，在塔卢拉瀑布北边，从23号高速路拐至营溪路，大约行驶一英里后找到一条泥土路，挂着"私人财产"的牌子。那地方大约有五英亩，紧挨着美国林务局的地。

"好的，我先查查，两小时之后，你再给我打电话。"

接下来的两个小时里，我满脑子都在幻想丹尼找到了木屋，拿到了搜查许可，找到了那些文件。

整个过程会耗费多长时间呢？几天，或者最多一周？

我都不知道究竟该为什么感到兴奋不已：拿到钱，然后与阿曼达回归正常生活？还是不用每晚与九十个囚犯住在同一屋檐下？

为了消耗掉过多的激动之情，我跑去健身房投掷实心球，接着又在跑步机上跑步。之后去洗澡时，心里已经在计算，究竟还要在这个满是香皂垢的浴室洗几次澡了。

下午 5 点广播就会通知吃晚饭。丹尼之前说两小时后再给他打电话，也就是必须在晚饭前。离吃饭还有十分钟，我拨打他的电话。

语音通知他接到了一通来自联邦惩戒所的电话，话音刚落，我就焦急地问道："嗨，找到什么了吗？"

丹尼说："我想是的。我们已经通过卫星图像找到了一条泥土路，与你朋友的描述相吻合。我们用的是美国地质勘探局的尖端技术，和你在谷歌地图上看到的垃圾图片完全没有可比性。我们又匹配了当地财产税的缴纳记录，那条路上一共有六座私人住宅，其中四座不足五英亩，至于剩下的两座，其中一座的注册人来自南卡罗来纳州，而另一座属于某个家族信托会，面积是 5.1 英亩，紧挨着美国林务局的土地，应该就是你所说的地方。"

因为电话旁边没有人，所以我好几次挥舞拳头表示庆祝。

我问："你估计查清楚大概还需要多长时间？"

"也是巧了，我这周末要去佐治亚州。"

第三十三章

他们搭乘达美航空的飞机前往亚特兰大市。难道不是所有人——联邦调查局的特工、诈骗犯和各类人群——都搭乘达美航空的飞机去亚特兰大市吗？

吉尔马丁本打算周五晚上出发，但是瑞茨却辩驳，在夜色中去找位置偏僻的木屋不太现实，还是等到第二天清晨吧。

他们搭乘了最早的航班。因为是周六，加之两人想到将要在佐治亚州的野外森林里行走，所以就都身着便装，既没有穿西服，也没有佩戴联邦调查局的徽章，从头到脚都是平民打扮。

他们甚至因为嫌麻烦都没有携带武器。

飞机一落地，他们就跑去租车中心租了一辆四轮卡车。很快，两人就驾驶着一辆绿色吉普车——这座驾完全不是联邦调查局的风格——离开了亚特兰大市，朝东北方向，开上85号州际高速公路。

清晨天空黑蒙蒙的，佐治亚州现在是十一月份，只有54华氏度[1]。道路笔直，高速路和通往塔卢拉瀑布所在县城的几条路时有交会。一路上，两人几乎没什么交流。

出了高速路、进入乡下不久，吉尔马丁喊道："好了，就是这里，营溪路。"

瑞茨放慢车速，在最近的一个斜坡停下，面前是一个"T"字形路口。

"向右。"吉尔马丁说话的语调平淡乏味，比绝大多数GPS定位的语音引导更加机械单调。

没过多久，他又指挥道："放慢速度。"

这里就这一条狭窄的泥土路，左边有一个急转弯。路的入口处有一块黑色牌子，上面标着橘色的字写的警告："私人财产"。

瑞茨说："就是这里，和托米描述的一模一样。"

瑞茨拐个弯，离开了柏油路。吉普车的轮胎轻微震动着，泥土下面全是松散的碎石。道路两边的树争先恐后向天空生长，缠在一起，冠盖如云，将那条狭窄的车道变成了一条树荫隧道。

一路行驶过来，他们看到左边有间屋子，接着右边又有一间，一看就知道它们只是用来度假的，而现在似乎没人居住。

吉尔马丁向前一指说道："这里拐弯。"

左边是一条更狭窄的小径，平日里走这条路的人应该更少，路上的坑坑洼洼起伏更大，瑞茨非常庆幸吉普车的底盘够高。车底盘和地面之间堆满了枯黄的树叶。

路面终于变平坦了。他们进入了一片小小的空地，这与之前在卫星图片上看到的一模一样。两人四下寻找木屋、车库和木棚的位置。

---

[1] 约12摄氏度。

188

卫星图片上显示了三个建筑点，但是这里空无一物。

没有一堵墙，没有一片瓦，没有一块地基。

只有三堆泥土和散落了一地的残砖。

瑞茨嘟嘟囔囔道："这是……"

吉尔马丁说："有人抢先一步了。"

"谁？"

"我不知道。不管是谁吧，他们已经把这里夷为平地了。"

第三十四章

赫莱拉早就找到了这间木屋。他破门而入，把屋子翻了个底朝天，最后还是空手而归。

他努力的结果与银行家妻子是同样的。

但与她不同的是，赫莱拉没有止步于此。说真的，假如你是米歇尔·杜普瑞，联邦调查局和贩毒集团都盯着你，你自然会谨小慎微地藏匿好手里最重要的物件，而你恰好又有一间地处偏僻、无人知晓的木屋，那你肯定会把东西藏在那里，不是吗？

文件肯定是在这里，房子里面、房子附近或者房子下面。赫莱拉推测这批文件大概有四千页，姑且不论用来固定它们的文件夹或分类夹，他认为一个银行家应该会用银行专用盒子储存。

赫莱拉的搜寻工作必须有条不紊，他需要帮手。

他费了好几天工夫从墨西哥调来一批人。这些人是通过地下隧道入境的。紧接着，他们又花了几天时间安排相应的设备。

长柄大锤、撬杆、钻孔机、锯子、手提钻、反向铲以及一辆自卸卡车。

大型设备是租来的。赫莱拉压根儿不担心会引起旁人的注意，或者是有人来打听：其一，这间木屋位置偏僻；其二，谁会去留意六个西班牙裔建筑民工呢？这些身影如今在美国绝大多数地区已经并不稀罕了。

赫莱拉的队伍一到位，就立即开始有计划的大规模破坏行动。他们先从阁楼入手，逐步向下，没有落下任何一个角落。凿墙，移除墙体，直到只剩下木屋的框架，以此确保没有遗漏任何东西。他们将"主体"大卸八块，一堆一堆地用卡车运送出去。

在处理每一堆残骸之前，赫莱拉都仔细检查里面的每一块废片，凡是比文件盒体积大的物件都被砸得稀碎，就连家用电器也被拆得七零八落。

可是进展依然缓慢。第一天结束时，他们一无所获，当晚大家就在已经拆掉一半的木屋废墟里过了一夜。次日，情况还是没有任何改善。赫莱拉是一个有耐心的人，他有时间，再说了，如果找不到那些文件，他的小命就快要保不住了。

房子最后只剩下架子了，明显已经没有可以藏文件的地方了，但是赫莱拉一块板子都不放过。他们把垃圾装上卡车运走，卸掉之后继续装。

木屋的拆卸、检查结束之后，他们又去挖煤渣砖地基，以及旁边那个用混凝土砌成的小露台。赫莱拉原本以为会有一扇隐蔽的门，通向类似于地窖之类的地方，或者是有一个埋在地下的带锁的箱子。

然而空无一物。赫莱拉开始有些灰心丧气了。

但是他没有放弃。他的人折腾完房子之后，只在空地的杂草丛中留下一堆土灰。接着他们又去查看房子的附属建筑——棚子和那个独立的车库。

他们故技重施，但结果还是没有任何新发现。他们只能住进当地一家旅馆，因为所有建筑都被他们推平了，没有留下任何可供他们过夜的地方。

工作仍在继续。检查完所有的建筑之后，赫莱拉又命令众人对整块地进行地毯式搜索——那块地足足五英亩。

文件总该有个藏身的地方呀，某个斜坡处、某个小洞里、某个树上小屋或者某个地下洞穴，总该有个地方啊。

难道真的没有？经过队伍为期两周、来回三次的拉网式搜查，赫莱拉终于叫停了这次行动。

他放心了，因为他想找的东西不在这里。可是另一方面，他心里无比忐忑。

第三十五章

米契向我透露木屋的地点之后，我一直喜不自胜，直到丹尼告诉了我那边的真实情况。

他推测贩毒集团的人抢占了先机，但是他们同样是空手而归。

因为如果他们找到了文件，米契·杜普瑞早就被干掉了。

对丹尼·瑞茨和瑞克·吉尔马丁而言，这不过是一次小挫折；然而对我来说，这却是一次灾难。接下来的几天里，我意志消沉，我已经使出浑身解数了：在摩根敦与人周旋，与米契结为好友，诱使他告诉我那间木屋在哪里。

这个时候，我本应该已经回到我那可爱、怀有身孕的未婚妻身边，手里有充足的钱够我们开始全新的生活。

现实却是诸事不顺。如果文件不在木屋又会藏在哪里？我怎么才能让米契告诉我真相呢？

我真的是无计可施，只得继续和米契周旋，但愿他能说出一些有启发性的信息，例如他们家另外还有一间狩猎木屋，或者他喜欢去钓鱼的地方，又或者他在巴哈马有一套公寓之类的。

在我完全没有意识到的时候，感恩节到了。你大概也能想到，监狱里过节的方式与别的地方不太一样，我们允许休假一天，但其实这样更糟，因为你有更多无所事事的时间去感受郁闷。

我试着安慰自己我和摩根敦里的其他人是不一样的，毕竟这是我唯

——一个远离家人的感恩节，而且在明年的这个时候，我和阿曼达就会是新婚夫妇，那时宝宝坐在一张高高的椅子上，大家围坐在漂亮的饭桌旁，一起欢庆我们一家三口的第一个感恩节。但是这个自我安慰效果很有限。因为狱警们心情不好，他们不想在这一天工作，所以就拿我们出气，搞了一次违禁物品检查，把我好不容易假想出来的快乐全部碾得粉碎。

吃午饭的时候，菜单上标明我们的餐食是"感恩节特供"。包含一只加工过的肉质僵硬的土鸡，一堆状似土豆但味道像锯屑的浅棕色泥状物，一盘五花八门、寡淡无味、煮得太久的蔬菜，上面浇了一层冷冰冰、黏糊糊的汁——采用排除法，它应该就是菜单上写的"肉汁"。

一整天，电话都非常繁忙，一群情绪低落的人给家里的远房表亲，或者姨奶奶打电话，还要装出积极乐观的样子。好不容易轮到我，我拨通了阿曼达的手机，电话里有很多人开怀大笑、大声说话的声音，仿佛她是在某个体育场里。因为担心有人监听电话，所以她说话迂回婉转，但我还是听明白了，她和我母亲去了布洛克·德安格理斯的父母家，与布洛克的大家庭享用一顿持续数小时共八道菜的意大利式感恩节晚餐，这会儿已经快结束了。

显然，她过得很愉快，她似乎也想确定我过得不是太郁闷，所以我就告诉她当地的一个贵格会[1]来慰问我们，带来了美味可口的土鸡大餐。我本来还想告诉她这些人是穿着带扣子的鞋子来给我们送餐的，但我及时闭上了嘴。

因为阿曼达已经把电话递给了我那喝得微醺的母亲，她感情太充沛了，我赶紧让她挂电话，以免她舌头打滑说漏了嘴。要挂电话的时候，我又听见一阵喜气洋洋的欢呼声，它在我脑海里萦绕了一整个孤独的夜晚。

周五，日子又恢复成和往常一样令人煎熬的样子。起床，工作，想

---

[1] 基督教新教公谊会的别称。"贵格"为英语 Quaker 的音译。基督教新教的一个宗派，创立于十七世纪。

法子打发下午的时光，晚上打牌。根据米契的统计，我已经赢到买一块热牛排的钱了。

扮演皮特·古德理希，像他一样思考，像他一样说话，像他一样做事，这些已经成了我的第二天性。反倒是托米·詹普，他有时候甚至不知道自己身在何处。

经过不懈努力，我和米契的友情不断升温。听上去有些好笑，我和他的交流本来是冲着钱去的，可是现在我倒真的开始关心他了。

最令我动容的一点是他对孩子非常上心，他利用这里极为有限的机会，竭尽所能地做一名好父亲。而且总是与我分享他从困境中总结出的经验教训，例如：孩子们最想要的其实是你对他们的关心；有些时候你必须闭上嘴认真听，要克制自己不要对他们指手画脚；他们需要你不断地鼓励。他说过的让我记忆最深刻的一句话是："没有哪个病人会坐在心理咨询师的椅子上，抱怨自己的父亲当年说了太多'我爱你'。"

虽然他的这些建议眼下还派不上用场，但是我还是谨记在心。

然而我们聊的全是一些无关痛痒的话题——直到感恩节之后的那个周四。代理狱长毫无缘由地取消了当天上午的工作，命令我们全部待在宿舍里，不准离开。

少替别人洗一天衣服我当然高兴。我们的监狱位于一个小盆地里，现在冷雾笼罩，久久不散。这样的早晨，很适合待在屋子里。

检查完宿舍之后，我无意中瞧见米契的室友正朝电视房缓缓走去，我就伺机去看看米契。他正坐在床铺上阅读《时代周刊》。

我说道："嗨，有什么新闻吗？"对我而言，想让声音听起来无精打采不是一件难事。

他摇头说道："难以置信，他们竟然放过了这些银行。他们似乎没有从2008年的事件中汲取到任何教训。"

他一说到"银行"两个字，我就察觉到机会来了。我们还没有机会好好交流一下对方为什么会进监狱，我们必须跨过这道门槛，迈向友谊的新台阶。

但是对于这个话题，皮特·古德理希理应兴趣平平，就像他对"我曾在派恩赫斯特高尔夫球场差点打进九十分的球"这件事不怎么上心一样，这不过是另一个用来打发时间的闲聊话题。

我漫不经心地说："噢，你曾经在一家银行工作，是吗？"

"没错，联合南部银行，'为您而设，在您身边'。"在他念出银行历史悠久的广告语时，带着嘲讽的语气，"我们以前常说这家银行是'为傻子而设，在傻子身边'。"

我坐在他的桌子上，依旧装出一副无精打采的样子。我问他："不知道我这个浅薄的历史老师，有没有荣幸了解一下您在银行究竟干什么业务？"

"我曾经是拉丁美洲业务部门的监督主管。"他苦笑了一下，"换句话说，我的责任是确保银行遵纪守法，结果我自己进了监狱，够讽刺吧？"

"什么意思？"

他把杂志放在胸口，抬头看着上铺的床。

"这听起来或许像是罪犯故意喊冤，但是我之所以被关在这里，就是因为我工作做得太好。"

"怎么说？"

"唉，不值得说，说多了就像是吃不到葡萄就说葡萄酸。"

"在这里不就是要把酸葡萄酿成酒，汲取经验教训嘛，不然监狱又有什么存在的意义呢？"

"也许是吧。"他瞧了我一眼，"你真的想听吗？"

"我也没其他更有趣的事情可做。"我做出一副可听可不听的样子。

"好吧。"他一边说着，一边朝我转过身。

就这样，坦白忏悔的时刻到了。

我的身子向后倾，背靠着冰凉的炉渣砖墙壁，两只脚搭在固定的椅子上，神情假装漠然，以免让米契觉得我正在极为仔细地观察他。

194

这难道不就是天主教要在忏悔室里放置一块遮挡物的原因吗？人们在掏心掏肺的时候，都不愿被人死盯着看。

他说道："首先，美国银行监管体系一个非常愚蠢的做法，是指望银行进行自我监管。他们想当然地认为，银行家是最诚实的人，而妄图乘人不备进行诈骗的永远都是客户。如果银行出现违法乱纪行为，他们总是大事化小，最后遭殃的却是那些力图守法的人。"

他停顿了一下，说，"我早就和你说过，这些事听起来会是一肚子苦水。"

我说："我觉得这是诚实。"

"好吧。我作为监督主管，其中一项职责是填写所谓的《可疑行为报告》（英文简称是 SAR）。如果在工作中发觉异样，我就会填一份《可疑行为报告》，然后发给上层领导，接着那份报告会以电子档的形式提交到 FCEN，它的全称好像是金融犯罪……哦……金融犯罪执行网络（Financial Crimes Enforcement Network）。上帝啊，我怎么能忘记这个名称呢？总之，它创立的初衷就是打击洗钱犯罪，打击对恐怖组织的金融支持等各种'喜闻乐见'的事情。它隶属于美国财政部，类似于同样由财政部管理的国家税务局（Internal Revenue Service，简称 IRS）。你现在明白我是在和什么样子的机构打交道了吧。"

"都是些特别为老百姓着想的部门。"我插了一句嘴。

"没错。守法第一条原则：了解你的客户。我们这行特别热衷于这条原则，所以还给它弄了个字母简称，KYC[1]。在银行体系里，工作人员总是把 KYC 指导方针、KYC 程序和 KYC 审核挂在嘴边，你可以一个月什么事情都不干，一天二十四小时只钻研 KYC 条例，但结果可能也只是一知半解。我现在说的话没让你厌烦吧？"

"我一点儿也没觉得烦。"

---

[1] KYC 的英文全称为 Know Your Customer。这个简称实为对这条原则的调侃，因为它与美国知名速食连锁店"肯德基"的简称 KFC 只有一个字母的区别。

"别担心，我很快就说完了。我大概五年前开始做这个工作——担任联合南部银行拉丁美洲业务部的监督主管，这曾是我梦寐以求的工作。在进入银行业之前，我曾经在拉丁美洲和南美洲工作过，而且我大学学的专业是西班牙语和国际关系。那时候我觉得自己一路奋斗就是为了得到这份工作，而且我进入银行业的时候恰好赶上了好时机，那时金融犯罪执行网络刚刚走出财政危机，所以提高了 KYC 的要求。如果银行达不到要求就必须缴纳罚款，这会让银行家夜不能寐。你明白我的意思吗？"

我说："我听着呢！"

"那个时候，我正为开始一份伟大而崭新的工作兴奋不已，然而很快就发觉银行与墨西哥的货币兑换机构之间存在着某些关联。这绝对是 KYC 的噩梦。之前在我那个位置上的职员竟然批准了这件事，简直是目无法纪。

"事实上，在墨西哥的大街上，任何人都可以拿着一袋现金或者游客支票，把它们存进某家货币兑换机构，然后要求将钱转入联合南部银行的某个账户里。这种事没人督查也没人监管，没有谁会要求你'出示您的驾驶证'[1]。那里也不像美国，如果交易金额达到 1 万美元，就会自动上报。钱一旦进入联合南部银行，它就变得干干净净，可以随意支配，例如将其转入另一家银行或者购买一架飞机，总之你可以随心所欲地使用那笔钱。"

"真的吗？"我问他。这操作听起来未免也太简单了。

"和心跳一样真实。我将整个事情向领导汇报，也就是拉丁美洲业务部的副总裁，他叫萨德·莱纳。我告诉他，我们要么清理账户，要么把它关掉。我原本以为他会大吃一惊，然后立即着手解决问题，结果他却另有主张。墨西哥货币兑换机构的流通金额高达数十亿美元，联合南部银行一直在收取这些转账汇款的交易手续费。这是拉丁美洲业务

---

[1] 在一些国家，驾驶证可用以识别并确认个人身份。

部最大的收益来源，他肯定不会因为少量转账交易存在非法的嫌疑就断掉这条财路。他还悲天悯人地告诉我，这些都是一穷二白的民工把辛苦挣来的钱汇给家里人，或者家里人汇钱给他们，要是强制要求转账时出示证件，他们会被活活饿死，因为这些人绝大多数都没有纸质的证明材料。他还补充说，调查客户是墨西哥货币兑换机构的职责，与我们无关。"

米契翻了个白眼。

"我那时候还是个新人，也就听从了他的安排。但是，我对情况了解得越多，就越发感觉不对劲。我去了好几次墨西哥，让那些货币兑换机构出示原始的存（汇）款单。你甚至都看不清上面的签名，这简直是个天大的笑话。有些存款金额高达 100 万甚至 200 万墨西哥比索，根据汇率约等于 5 万或 10 万美元，这个金额在全球大规模洗钱行为中算不上大数字，但是如果墨西哥每天有数十个地方都在进行这样的交易，那么情况就不同了。有些存款已经兑换成了旅游支票，换算成了美元，甚至已经兑换成了美元纸币。也就是说，这些人不仅是在用比索洗钱，他们还从美国将钱带出去，然后存入墨西哥的货币兑换机构。他们不在美国的银行存钱，是因为在美国他们必须出示身份证。

"联合南部银行实际上为那些洗钱的人提供了绝佳渠道，让钱不受法律管控进行跨国流通。我当时看到那些涉及金额巨大、疑点重重的存款单时，就发觉某个集团尤其显眼。大笔金额来自科利马州及其周边地区，那里是一家名为新科利马集团的权力中心。"

他提起这个组织的名字时没有丝毫顾忌。他向我交代这些事情时的口吻显然是觉得我对它们一无所知。

他继续说道："从监督的角度来看，那就像是一个随时都可能引爆的三硝基甲苯（TNT）炸药包，只要联邦调查局或者缉毒局稍微做一下调查，跟踪这些钱的流通，它就藏不住了。但是萨德·莱纳早就警告过我不准再提这件事，所以我对自己说：'没事，这家伙现在不干该干的事，到时候我去填一份《可疑行为报告》，他就等着政府来敲门吧，看

197

他到时候怎么收场。'至少我是清白的，不是吗？当时我就下决心每天撰写一份《可疑行为报告》。我知道自己的搜寻目标是：在科利马及其附近地区的货币兑换机构里进行的大笔现金或旅游支票的转账业务。一旦发现这类业务，我就会联系相关的兑换机构，要求对方将存（汇）款单寄给我，我再将其扫描并附在《可疑行为报告》里。滑稽的是，我已经可以辨认这些单据上的不同签名了，虽然说名字变了，可是字迹一样。显而易见，贩毒集团委派了大约十二个人，让他们轮流去兑换机构存钱汇款。我当时还在想，等到政府上门调查的时候，这绝对是一起大案。"

"政府是什么时候上门调查的？"

"问题就在这里，没人来调查。当然，我也没指望立马就会有人调查。金融犯罪执行网络每年会收到大约 100 万份《可疑行为报告》，也就是每个工作日都会收到近三千份。不单单是银行，保险公司、投资公司甚至赌场，凡是业务牵扯到大笔金额的机构都需要提交报告。我也知道政府办事拖拉，再加上新政府上台之后监管环境大变，经常让人有'身处西部蛮夷之地'的感觉。我就每天坚持提交违法交易报告，谨小慎微，不放过任何一个细节。我当时以为或许只是他们积压了太多文件，所以还没轮到核查我提交的报告。

"四年过去了，我才终于意识到他们对这些事是真的视若无睹。我刚才告诉过你，金融犯罪执行网络有一个电子提交系统，还记得吗？每家金融机构都有自己的用户名和密码。联合南部银行的规矩是只有副总裁及以上职务的高层才知道密码。我一直指望着萨德·莱纳帮我提交那些《可疑行为报告》。后来我直截了当地问他：'萨德，你有没有提交我写的那些《可疑行为报告》？'

"他又开始教育我要有大局观，要心怀整个部门。他不停地说：'米契，我们是一个家庭，一个大家庭，你别让我们都翻船。'四年前我第一次提起客户审查材料不足的问题时，他就对我说过同样的话。我继续追问：'萨德，你他妈的到底有没有提交那些报告？'他说他交了，但我知道他在说谎。他当时还提醒我，我现在的薪资很高，生活也算富裕。尽管他没有明说，可是他的话外音已经非常清楚，如果我继续追问下去，恐怕饭碗都不一定能保得住。我走出他的办公室，心里还在琢磨：'我才不在乎他怎么说，反正这船是沉定了。'"

我问："你让船沉了？"

"我本应该快点儿行动，可惜我没有。我对这些事情并不陌生，但是我当时住在亚特兰大，而金融犯罪执行网络却在华盛顿、弗吉尼亚等其他地方。我也不能直接跑去敲门，然后说：'嗨，是这么回事，我的上司诈骗巨款，你们要不要去查一下？'我必须小心行动。我开始查阅一些关于监管的法律，想找个值得信任的法官，而且他与联合南部银行不能有任何关联，但又知道监管法规。我当时按部就班地开始行动，不料联邦调查局的人却突然带着搜查令上门了，他们搜查了我的家、办公室，所有地方都没落下。我那时想：'这是怎么回事？你们这群家伙，完全搞错了。'

"我试图说明真相，可是他们压根儿不愿意听，直到我和我的律师被他们带进一个房间，我才恍然大悟。在法律界，有一个新斯科舍银行的传票……算了，别管细节了。重点是萨德·莱纳'发现'了一张纸，说那是我上班时扔进垃圾桶里的。这简直荒谬至极！抱歉，我总是自己给自己插话。总而言之吧，这张纸上的信息最终指向了一个地址在泽西岛的账户，不是美国的新泽西州，而是英吉利海峡边上的泽西岛。这个账户上写着我的名字，而且看起来就像是我的亲笔签名——显然这是萨德·莱纳从我那些报告中复制出来的签名。账户里有400多万美元，全部是通过一个英属开曼群岛的账户电汇过来的，而这个账户又与新科利马有千丝万缕的联系。泽西岛的这个账户恰好就是在我追问萨德·莱纳的次日开通的。"

我说："他在给你下套。"

"没错。我试着向调查局的人解释，然而他们最关心的却是一个收入税缴纳金额不足20万美元的家伙是怎么弄到这么大一笔钱的。萨德·莱纳事先告诉调查局的人，他已经和我对质过了，而且还在与我交谈时，指责我无视客户审查。他告诉他们，他怀疑我勾结新科利马，帮助该集团洗钱并收取酬金。我不停地告诉他们，'这个账户不是我的，我不知道它究竟是怎么回事'，但却让我看起来更加罪孽深重。最终，我的律师劝我不要再辩解了，反正调查局的人也不会听。"

我稍微坐直了身子问道："让我梳理梳理这事，萨德·莱纳制造假象让人觉得是你为贩毒集团提供洗钱便利，收取酬劳——故意颠倒黑白？"

"是，差不多就这么回事吧。"

"但是萨德·莱纳是从哪儿弄来那笔钱的呢？"

"自然是从贩毒集团那里来的。虽然我没办法证实这一点，但与墨西哥货币兑换机构建立联系的人就是他。作为拉丁美洲业务部的领导，他不仅能因为部门的业绩良好而拿奖金，而且肯定还从贩毒集团那里捞了一笔钱。没准儿他就是直接告诉贩毒集团：'嗨，我们这里遇到麻烦了，不过只要给我几百万美元，我就能解决它。'对新科利马而言，400万美元只是九牛一毛。"

"就在你想揭发他的时候，他让你做了替罪羔羊。"

"没错。"

我说："所以你……你是无辜的。"

"我当然是无辜的。"

我又情不自禁地回想起吉尔马丁的警告：狱友对你说的任何话都有可能只是一个谎言。我深切地明白，米契说的话，我一个字都不应该相信。

就像之前我不应该轻信波比·哈里森说的，买入价是五个罐头，以及多可说的护士伪造处方的弥天大谎。

但是，如果米契说的是真的呢？

第三十六章

我大脑反应迟钝，再加上本来就缺乏犯罪心理，所以那天接下来的时间里，我一直在迷迷糊糊地神游。

晚上打牌的时候，我依旧是魂不守舍的，甚至都没看清自己手上有两张桃心牌，而此时桌上有三张桃心牌，这是妥妥的同花牌，到手的鸭子也让我给放飞了。

但是我好好睡了一觉，第二天清晨在洗衣房叠衣服的工作也让我清醒了下来。慢慢地，我把事情捋清了。从某些意义上说，米契的坦白没有改变任何事情。我来监狱就是为了拉拢这个罪犯。至于他本人是不是清白的，与我的任务无关。

这件事只是给我提供了更多可利用的信息。我从大惊小怪里走出来，多次回味整个对话后，得出一个推论：

我现在已经知道他藏匿的究竟是什么东西了——是他过去四年撰写的《可疑行为报告》和存（汇）款单。米契一定还保留着副本。

存（汇）款单属于确凿证据，所以我猜他一定还留着原件。我敢肯定单子上有签名，一位优秀的笔迹分析师一定可以证明这些签名全是出自十几个人，而这些人绝对是新科利马贩毒集团的高手。更为重要的是，这些单据中肯定有一些还留有指纹。没错，这些东西也有些年头了，但是我曾经看过一个破案节目，警察凭借五十年前留下的一个指纹抓到了凶手。只要有人在存（汇）款单上留下了指纹，那么就可以将之与上面的签名联系，将匹配范围扩大到上百人。

总而言之，记录着上百次诈骗交易、涉嫌金额高达上百万美元的文件，外加不容置疑的指纹，这些证据摆在一起足以击垮贩毒集团，也足以让联邦调查局的特工和美国法官在职业上攀登至高峰。

我现在知道自己究竟要找什么了，但我还是要想想该怎么做。周五下午，我和阿曼达的通话仍然令人沮丧，我们俩谁都不敢明说各自的日子究竟过得如何。只聊了几分钟我就挂断电话了，因为实在无法集中精神。而且不知道为什么，我听她说她爱我的时候，只感觉心里更加难受了。

下午4点点名之后，我终于让自己的脑袋清醒了。我想到将现在的局面扭转为三赢的必要性：其一，为了我自己，实现未来家庭的富足生活；其二，为了联邦调查局，帮助他们击败作恶多端的贩毒集团；其三，为了那个本不应该蹲大牢的男人。

为了实现三赢，我必须告诉米契真相。

部分真相。

点名结束后，米契从房间里走出来，我半道拦住他问道："嗨，能聊几句吗？"

"怎么了？"

"我想和你说点儿事，但不在这儿说。"

他非常和善地说道："好，咱们去哪儿说？"

"我们晚饭前散散步吧，听说有助于消化。"

"好，稍等。"他回了趟房间，出来时还在拉夹克拉链。

我们走出兰多夫，这个季节的午后空气爽朗，太阳正在西沉，我俩朝慢跑道走去。

我开口说道："我一直在想你昨天早上告诉我的那些事。把你关在这里，却让那个叫萨德·莱纳的家伙占尽了好处、逍遥法外，实在是天大的错误。"

他说："你说的这些和我妻子对我说的一模一样。我反复告诉她我现在是无计可施。"

"要是我能帮些忙呢？"

他停下脚步，扭过头看着我："怎么帮？"

接下来就是我要告诉他的部分真相。

我说："我有一位朋友，他在联邦调查局工作，我和他从小一起长

202

大，他叫丹尼·瑞茨。我们上次交谈的时候，他提起他现在在一个打击洗钱犯罪的部门工作。你当时说起'新科利马'，我脑子里突然闪了一下。我非常确定，他也一直在追踪这个集团。"

"上帝啊，他没准儿就是拿着搜查令上门搜我家的人之一，当时来了一大批人。"

"丹尼是个好人，真的！我知道你在经历过那些事之后，或许不会轻易相信我说的话，但是他真的是心怀善念，也经历过一些事情，所以说他的动力来自一些个人因素。"我脑子里回想起科瑞斯·兰哲迪格被人虐待的照片，"如果我告诉他你的经历，我敢打赌他一定非常想跟你交流。"

米契又开始说话了，我仔细听着。

米契问道："他为什么要和我交流呢？我只不过是一个罪犯而已。"

"因为你是一个保留着所有《可疑行为报告》副本和与之相关的存（汇）款单据的罪犯。"我这话让他吃了一惊。

他没有说话。即便隔着他的外套夹克，我依然能感觉到他的呼吸都变了。

"你为什么这么想？"

"因为你连在监狱打扑克都要做统计，将事情记录在案是银行家的本性。"我借用了和他第一次交谈时他自己曾说过的话，"你不遗巨细地全部留存，是因为在你的潜意识里，你知道竭尽所能保留证据才能驶得万年船。"

"如果我和他联系，接下来呢？"他看我的表情，冰冷坚硬得犹如环抱着我们的群山。

"如果你向联邦调查局举报，他们会减少你的刑期。我敢打赌，只要你运筹得当，他们会让你提前出狱，没准儿还会支付你一笔酬金。根据我朋友丹尼所说的，联邦调查局会非常乐意在你身上砸一笔钱，你会被金额吓到的。"

他摇摇头，说："我这辈子是没福气享用这笔钱了，不论你躲在哪里，这些贩毒集团都能找到你，哪怕你是在监狱。妈的，尤其是在监狱。他们也许已经在这里安插了人手，这人就在等待指令要了我的性命。"

我说："要不我和丹尼说说，至少你能了解一下他们愿意怎么跟你合作。"

他说："他们已经和我说过合作的事了。他们要求我交出文件，并且承认我就是幕后黑手，只有这样，他们才会保护我的家人并改变我的身份，我只需要在牢里待4年。他们说像我这种发挥了'重要作用'，并且从中谋取了巨额利益的人，刑期绝对不会少于4年。这真是笑话，可笑的地方是在他们身上：第一，他们想让我承认自己与贩毒集团签订了'报价合同'，可是这绝对不可能，因为我压根儿就没有什么合同；第二，他们想让我交出泽西岛账户里的钱，我也办不到，因为我没有这个账户的密码，我曾试图向他们解释，但是他们目光如鼠，一口咬定我就是贩毒集团的人；噢，我想还可以增加第三点可笑的地方，只怕我还没承认呢，就已经被贩毒集团干掉了。如果没有这些文件，我早就一命呜呼了。"

我说："听我说，或许合作会改进呢？现在已经过去一段时间了，他们现在陷入了僵局，如果不能掌握你手上的那些文件，他们对新科利马根本是束手无策。丹尼不是那种鼠目寸光的人，他会说服调查局的人。我敢打赌，一旦将贩毒集团的成员逮捕归案，他们肯定会抖出萨德·莱纳。最后，他就会顶替你的罪名，在牢里关着。"

他苦笑了一下。

他说："如果我是你，绝对不会允许他和我们一起打牌。"

"当然不行啊！不论如何，先让我和丹尼说说这事，从幼儿园开始我们就是好朋友，他能帮助你的。我会告诉他，必须在交出些文件之前让你出狱，同时还要保障你的妻子和孩子的安全，贩毒集团不能伤害你们一根汗毛，看看调查局方面有什么想法，也没坏处啊！如果一切顺利，你圣诞节之前就能出狱了，又可以和家人一起愉快地去长途旅行，比如去西部的某个地方。"

他眯着双眼朝西边张望，秋日黄昏的最后一道微光洒在他脸上。我看着他那充满哀伤的双眼，试图揣测他这会儿的内心活动。不难想到，他更多的是在为家人的幸福斟酌，而非为了他自己。

除此之外，我也猜不出什么了。如果米歇尔·杜普瑞值得相信，那么他就是一个诚实守信、遵纪守法的人，而且他意志坚定，不仅竭尽所能履行职责，还敢于在别人畏缩怯弱时挺身而出。可是，费尽心力的结果是最后被关进了大牢，职业名声被玷污，个人生活也被摧毁，可以想见，这一路走来，他对政府部门一定是持强烈的怀疑态度，可现在我却在劝他，要他相信政府，甚至是以性命为代价。

但是他渴望自由、渴望与家人团聚的愿望也一定十分强烈。

最后，他答应了："我想，去听听他们说什么也不会有任何损失。"

我们没有再谈下去，径直去吃晚饭。我把一些煮过头的火腿肉塞进嘴里，脑子里设想着马上要和丹尼打电话的场景。

我要传递的信息量太大了，实在无法用数字代码去表述。我要说的内容着实太多了，必须按照正常的方式去说。

如果不凑巧被一名狱警监听到了，他大概就会发觉这位名叫皮特·古德理希的犯人并不只是一个普通的抢劫犯。这事一旦传出去，后果不堪设想。

我又仔细掂量了一下概率。这里共有九百多名囚犯，每人每月可以使用的通话时长是三百分钟，有些犯人用不完，就以每人每月平均通话时间为两百分钟来算，一个月下来也已经高达十八万分钟了。也就是说监听人员要听三千个小时的"我爱你"和"辛辛那提现在的气候怎么样？"这样的对话。

即便有某位固定的狱警专门做监听工作——不过我敢说，由于摩根敦联邦惩教所经费预算吃紧，肯定不会为这个工作固定安排人手——这位狱警每个月也听不完两百个小时的内容，更何况总共有三千多个小时。因此，我被监听的概率为十五分之一，甚至更低。

但还是存在一定风险。

好在我觉得自己能担得起这个风险。

我比以往更为仓促地吃完晚饭，然后直接奔去兰多夫的电话处拨打丹尼的手机号。他一接起电话，我就听到了他后面嘈杂的音乐声。

我问："嗨，你在哪儿？"

"我和一些同事在外面，现在是周五的下午，大家一起喝杯啤酒。你有什么事吗？"

"我今天和我们的朋友谈了些很有意思的事。"

"噢，是吗？是什么事？"

"是关于……"

我忽然意识到自己此刻正对着电话大喊。我不希望米契或者其他任何一名囚犯偷听到我们的对话。

我问："你能到室外吗？我觉得自己必须大喊大叫，否则你听不见。"

他说："好，当然可以，稍等。"

我看了看自己的周围。走道空无一人，绝大多数人还在食堂吃饭，那个火腿肉排太难嚼了。

电话那头的音乐声忽然变得更大了，接着便静下来，最后我听见街道的噪声。

丹尼问道："现在好些了吗？"

我说："好一些了。我要告诉你一些事情，我不想用买彩票那一套了。"

"你说。"

"首先，我们的朋友承认他手上的确有我想找的东西。"

丹尼说："真的？"他惊呼道，"那太棒了！"

"你们之前对他的猜测是正确的，所以你们很快就能完成任务。"

"好极了。对于地点，他有没有向你透露过什么信息？"

"关于这个，比我们预想的要复杂。"

"怎么说？"

"如果我告诉你，我们这位朋友是无辜的，他并没有犯下被指控的那些罪行，是他的上司给他下了一个套，他原本是想揭发他们……"

"是吗？你相信他说的话？"

这个问题我已经来回思索过无数次了，所以我立刻给出了回答。

我说："是的，我相信。他描述得非常细致，应该不是信口胡编。此外，我已经了解他了，他是一个……我知道你可能会说我耳根子软，但他是一个好人；他……他是一个好爸爸；我们打牌的时候，即便有机会，他也不会出老千，他从骨子里遵守职业道德。"

"但是给他定罪的人可不这么想。你还记得，对吗？"

"我记得，但是我觉得他是被算计了。"

"好吧，就算是这样也改变不了什么。"

"也许会。"

"怎么说？"

"因为如果他真的是无辜的，那么我接下来请你办的事，或许对所有人来说都会更容易一些。"

"什么事？"

我说："我想让你和他谈一谈合作，最诚心的合作。就仿佛他的确是无辜清白的，他只是替罪羔羊，本该进监狱的其实另有其人，这样你才能和他真心合作。可以吗？"

"这个得看情况。我们现在说的合作是什么合作？"

"首先，减少他的刑期。他原本就不该继续待在这里，我希望你能赶快让他离开这个地方，对他进行目击者保护，比如说让他改变姓名和面容，然后和家人一起去个别人肯定找不到的地方。除非等他离开这里，否则不能泄露这件事。不对，是等我们俩都出去了。不能留下引渡或者指控的记录，不能让坏人看到任何痕迹。这件事关乎他的性命，还有他妻子和孩子的性命。"

"是的，当然。"

"给他足够多的钱，让他无法拒绝。"

"多少钱？"

"我不知道，但是金额一定要足够大。"

丹尼说："好，如果我能安排这事。你能确保他一定会接受合作吗？"

"现在还不能。"

"但是他有兴趣。"

"是的。如果你们想拿到他手上的东西，就不得不先考虑大局。"

"我明白你的意思。我要咨询一下上级。你明天下午给我打电话。"

我说："好。"

我挂上电话。但愿没人听见我们这次的通话。

第三十七章

赫莱拉又一次看向天际线，等待着一团涌向洛萨利奥二号工地的尘土，那是一个噩兆，意味着一队路虎揽胜越野车正来势汹汹。

一辆以每小时三十英里车速行驶的敞篷小卡车，其实不会扬起什么尘埃，可就算是这样，它轰隆隆的声音还是会让赫莱拉感到隐隐不安；一辆老旧的达特桑小型货车的反光车窗，也会让他杯弓蛇影。似乎不管什么事情，都会让他陷入这种状态中。赫莱拉在脖子上挂着一副望远镜，这样才能将没有威胁的征兆排除在外。

他猜测不出艾尔·维欧到底什么时候会到。

自从赫莱拉回到墨西哥，这种焦虑感就一直挥之不去。艾尔·维欧早就得到了他在佐治亚州行动失败的消息，他动用了那么多的人力和资金，自然瞒不过艾尔·维欧。

赫莱拉必须告诉艾尔·维欧自己竹篮打水一场空。新科利马集团有一个私人加密的电子邮件服务器，信息发出去四十八小时之后会自动彻底删除。因为很安全，所以赫莱拉当时详细记述了自己在佐治亚州的行动，然后发给了艾尔·维欧。

十四分钟后，艾尔·维欧简短回复道："好。"

这不禁让赫莱拉反复思考，所谓"好"是指为我的主动出击和无畏精神鼓掌，即便结果不如人意？还是艾尔·维欧很快就会重新视察，并让人取代赫莱拉的位置？

赫莱拉一度在心里发誓，一旦看见那翻滚而来的尘土，他就立马逃命。

可是他能逃去哪里？他能藏在哪里？

不，他只能抬起下巴直面艾尔·维欧的审视，然后告诉他我还是你的手下，我能解决这件事情。

但是前景黯淡。他此刻站在洛萨利奥二号工地边缘，眼睛时刻盯着前方。这时，一位中士叫他。

"将军。"

赫莱拉转过身，这位中士继续说道："库房里出了点儿状况，需要你立即处理，是关于西弗吉尼亚州……"

赫莱拉不用再听下去了，他穿过寸草不生的土地，进入那栋加厚的水泥建筑。中士领着他走向其中一台电脑终端服务器，那里接收到一条语音信息。

监听摩根敦联邦惩教所电话的绝不是只有美国政府。

赫莱拉听了三遍这段涉及那位银行家的电话录音。他当然知道这电话是打给谁的，不过拨打这通电话的人是谁？他在里面发挥着什么样的作用？他又是怎么接近那位银行家的？

这么多悬而未决的问题。赫莱拉把录音文件复制下来，方便自己随时再听。

他拿出电话，联系他们在美国的一位承包商，想从他那里知道答案。

第三十八章

吃过晚饭后，我赶在开始打牌之前，把我和丹尼的通话结果告诉米契。当然，我进行了一番加工。尤其是对丹尼的反应做了夸张渲染，仿佛我这位联邦调查局的发小对这件事很是热心。不过，米契的态度却模棱两可。

他问道："你明天下午还会给你朋友打电话？"

"是的。"

"那么我猜我们只需要静观其变。"

我只好静静地观望，打牌时我在观望，整晚的漫长黑夜里我还是在观望。加上弗兰克感冒了，打呼噜的声音地动山摇，这一夜愈发让人望不到尽头。

熬到周六上午，按规定，我们终于迎来了令人激动的探监时间，尽管从来没有人到监狱探望过我。为了避免有人问我"嗨，皮特，怎么没人来看你呢？"，我总是假装埋头苦读一本书名为《保持沉默》（*Say Nothing*）的悬疑小说，作者的名字我闻所未闻[1]。

我大概平均每六分钟就要看一次手表，虽然这一点也不能让时间走得更快一些。

11：45，我跑去电话房，迫不及待地想先占一台电话。但是事实证明根本没有这个必要，因为没人用电话。

手表显示 11：59：40，我立刻拨了丹尼的电话，刻意放慢按电话按钮的速度，让最后的二十秒钟走完。

经过一如既往的延迟和语音提示之后，我终于听到电话那头有人说：

---

[1] 此处为本书作者自我调侃的话，他曾于 2017 年出版过一部名为《保持沉默》（*Say Nothing*）的长篇小说。

"嗨，有事吗？"

我深吸一口气，又想到电话被监听的概率低于十五分之一，于是决定这次依然不采用密码的方式，直接对话。

我说："跟我说说，你的上司怎么说？"

"我们可以合作。"

我并没有觉得胜利在望，问道："怎么合作？"

"我们可以满足你提出的所有要求。我们已经和大卫·德拉耶商讨过了，他可以向法官提议，只要杜普瑞高度合作，就可以提前释放。"

"好。你也告诉过他这事情要保密，不能记入任何文件？"

"当然。"

"好，你继续说。"

"提前释放，获得目击者保护，也就是说他将拥有一个新的身份，搬到新的地方定居，还有经济支持，直到他找到工作并且可以自力更生。此外，我们还将支付他 100 万美元，但这受限于指控强度。另外，特别行动署署长明确提出，我们必须先拿到文件，并且由律师核实文件的真实性，否则一切免谈。"

"如果他想先出狱，然后再告诉你们文件的藏匿地点呢？"

"绝对不行。这是局里的死规定。我们已经吃过很多次亏了。你想为你清白无辜的朋友争取些利益，可是他现在终究是一个被判了刑的罪犯。你好像已经忘了这一点，可是我们没有。"

我说："我明白。但是你确定你们的律师会对这事守口如瓶？那些文件可是他的救命稻草。"

"我个人向你保证，在你俩出狱之前不会留下任何文件记录，他的家庭也是。虽然说联邦调查局也不见得总是能做到毫无瑕疵，可终究是不会让平民百姓送命的。"

我说："好。还有其他事情吗？"

"我想没有了。"

"棒极了。请保持电话通畅。我去问问我们的朋友怎么想。"

一张出狱的自由卡，一个受全球最强大政府保护的新人生，而且新生活的开始就有 100 万美元——庞大的七位数，前面还有一个美元货币符号。

米契不可能拒绝，难道不是吗？

第三十九章

这一周对阿曼达而言非常漫长。

她的艺术创作一如既往地艰难。太多的日子里，只要她拿起笔刷，想将脑海中浮现出的东西画下来，脑中就浮现赫德森·范布伦色眯眯地盯着她的裆部的画面。于是这一天就这么毁了。

就算只意味着给垃圾车增加负担，她仍然强迫自己作画，因为这关系到一个人的自我形象：一位无法自律的艺术家，等同于一个无业游民向世人宣称自己是艺术家。

然而，她必须承认，更让她左右为难的是那位能够让她摆脱阴影的好朋友去外地了。布洛克乘船去加勒比海旅游了，在最后一刻他还在问她愿不愿意和他同去，甚至提议由他来出钱。

她还是婉拒了，因为害怕寨卡病毒。

这是实话。但更深层的原因是她觉得托米还关在牢里，这时候去旅游极为不合适。即便托米劝她去放松身心，她也无法感到愉悦，单单是罪恶感就能毁掉旅行。

她一直都在思念布洛克。她的手机一整周都安安静静的，周六中午突然收到一条短信，吓了她一跳。短信的内容也让她一头雾水：

"今晚一起吃晚饭吗？我傍晚 7 点去接你？我有些事情想对你说，还有些事想要问问你。"

她没有立即回答。他想告诉她什么？又想问她什么？发这么神秘难测的短信不是布洛克的作风。她试图控制自己不要多想。

但是她又忧心忡忡。她了解男人，也知道他们的心思。布洛克已经走了一周了，他也可以好好思考。像布洛克这样既体面又有涵养的男人，肯定不愿对朋友的未婚妻动歪心思，他需要一段时间去下定决心。

现在，他即将尽可能地以最成熟、最光明正大的方式向她坦露心迹。他希望两人的关系更进一步，不单单只是朋友，不单单只是礼节性的拥抱和兄妹式的亲吻脸颊的关系。他不介意她此刻怀着自己朋友的骨肉，他愿意将这个孩子视同己出，今后他们将孕育自己的孩子，没准儿生两个孩子。现在混合家庭非常普遍，又有什么关系呢？

阿曼达觉得就是这么一回事。

可是她该怎么办呢？她不能接受他的提议，不是吗？

她在问自己这个问题的同时，内心已经给出了答案。布洛克俊朗帅气，有涵养、有智慧，家境富裕，为人风趣；他是一家蒸蒸日上的珠宝公司的继承人，没准儿未来他将推出阿曼达·波特珠宝系列；说不定还能为她岌岌可危的画家生涯找个新的出路，他有这个本事；他身上还有无数的优点，能让女性感到能有他相伴是莫大的幸运。

但是，他终究不是托米。和他在一起时，她感觉不到任何兴奋感。

上帝啊，她怀念那种声音，那种雀跃之情，如同截肢者怀念自己的四肢。

没错，如今她和托米的关系看起来不太乐观，这在所难免。直到现在，她还没有告诉他赫德森·范布伦那件事。这样看来，两人已经几个月没有真正掏心掏肺地说过话了。但是他人在监狱，还能指望两人的关系怎样呢？

等托米出狱了，大概六秒钟之后，两人的关系就能恢复正常。她渴望与托米回到正常的生活，从今往后一直这样走下去。

她给布洛克回复："好。傍晚7点见。"

她只需要委婉地拒绝他。

第四十章

冰冷的雨水倾盆而下，雨点落在地上都能弹跳起来。这种天气，我觉得米契应该会待在兰多夫的某个角落里。

可是他既不在自己的房间里，公共区域里也找不见他。

我迫不及待想知道他的答复，所以也顾不得滂沱大雨。我在几栋楼之间穿梭，先是跑去教育楼，一路上寻找着可以避雨的地方，但是他不在图书室。接着又跑去健身房、篮球馆和其他教室，仍旧没有找到他。

这样的情景让我无比怀念自己的手机，发一条"你在哪里？"的短信，就能解决所有的问题。

我去到餐厅，想看看他会不会在加班，但是他也没在午餐后打扫卫生的队伍里。我又赶去健康所，到了这会儿，我已经开始像落汤鸡一样瑟瑟发抖，那位护士一瞧见我就觉得她不久就该替我治疗肺炎了。

我能想到的最后一个地方，是小礼拜堂。摩根敦联邦惩教所与其他绝大多数监狱类似，是精神信仰的温床——监狱里人均援引《圣经》语录的数量，远超美国其他任何地方。但是即便如此，在我和米契进行的众多谈话中，从未包含上帝、宗教、来世等话题。

我实在没有其他的办法，只好去小教堂碰碰运气。这间礼拜堂原本的设计理念是不限宗教，总体看来还是充满基督教色彩。玻璃是彩色的，里面有几排长凳，前方摆放着一块祭坛式的木头，边上还有一个小型的讲道坛。在我看来，这地方唯一不会使人联想起长老会的地方就是做完礼拜后没有咖啡供应。

我已经在宿舍区的庭院里来回穿梭三次了。当我走进小礼拜堂的时候，外套肩膀处已经全湿了，裤子也已经湿到了大腿位置，雨水从头顶直流进短袖里。我步履沉重地穿过大门，走进礼拜堂的大厅，靴子发出啪嗒啪嗒的声音。

我原本以为只要随便瞧一眼，就应该要打道回府，因为一般来说，周六下午这里没人。但是前排的一张长椅上，却坐着一个人，缩着肩膀。他转过身。

　　是米契。

　　"嗨，你在这里干什么？"我一边说，一边穿过一排排长椅向他走去。

　　"祷告。"

　　"祷告？"

　　"我每天都祷告。"

　　"但是你从来不去礼拜堂啊。"

　　他说："祷告的意义在于，与上帝建立私密的关系。我一直不明白去礼拜堂有什么意义，尤其是在这个地方。"

　　说得有理。我已经走到礼拜堂前面，身上的水滴落在薄薄的地毯上。周边的一切——这些长椅、祭坛以及他不为人知的虔诚——让我一时忘了自己为什么要来这里。

　　他问："有事吗？"

　　"我原本想找你聊聊，但是如果我打扰到你……"

　　他提议："你坐下吧。"

　　我低下腰挨着椅子边缘坐下，用湿淋淋的衣袖擦擦脸，然后才开口。

　　我说："我已经和我那位联邦调查局的朋友说过了。"

　　"我猜到了，然后呢？"

　　"说实话，我觉得……我觉得这事情不难决定。他们给的合作条件非常、非常慷慨。他们同意让你提前出狱，对你进行目击者保护，并且支付你 100 万美元。"

　　我特意强调了"100 万美元"这几个字，希望它们能发挥出应有的效力。我继续说道："他们还保证，在你和家人远离这个地方之前，绝对不会贸然行动，以免打草惊蛇，引起贩毒集团的注意。这个合作真的挺完美的。"

"我要做的就是告诉他们文件在哪儿，对吗？"

我说："对。"

他闭上了双眼。他的眼袋今天看起来尤其明显，在兰多夫，头天晚上没睡好的绝不只是我一个。他缓缓地呼吸，坐在那里纹丝不动，大概是在等待上苍赐予他智慧。

接着他用双手揉自己的太阳穴，然后睁开眼睛，长长地吐了一口气。

他说："抱歉，皮特，请告诉你的朋友，我办不到。"

我惊讶得眼珠子都要跳出来了："为什么办不到？"

"太复杂了。"

"不，米契，量子物理学很复杂，这件事很容易。你能得到100万美元，还是免税的，你还可以马上和家人团聚。"

"事情没这么简单。"

"是，没错。你听我说，我知道生活摆了你一道，你肯定不能回到'美国梦'式的生活了。这是你重回生活正轨的最佳途径。这就像打扑克，手上只有一张七和一张三，结果最后却来了个同花顺。你想想，这100万美元能干多少事啊！你可以送孩子去梦寐以求的大学，还能剩下一大笔钱；你可以和爱人去度假，在海边租一套私人宅子，听着海浪声和她共度良宵；你还可以买一辆休闲车，载着家人想去哪儿就去哪儿，哪怕八英里消耗一加仑[1]的油也不用心疼。你可以随心所欲地生活！"

他摇摇头："你不明白。"

"你说得对，我不明白，所以请你告诉我，你为什么要拒绝这个提议呢？"

"你为什么对这件事这么上心？"

我心想，因为这不单单牵扯到你未来的幸福生活。我想起阿曼达和我们的孩子，我必须离开这个鬼地方，而这一切都取决于他给出的回答。

---

[1] 英美制容量单位，英制1加仑等于4.546升，美制1加仑等于3.785升。

我暗暗指责自己出戏了：静下心来，古德理希，静下心来。

我挨着他的肩膀说："因为你是我的朋友，我希望你有一个最好的结局，而且我……你看，我被困在这里，但是我们之前从来没讨论过，我为什么会来这里。这事情说来也丢人，因为不是什么惊天动地的大案。我只不过是一只愚蠢的丧家犬，有一天实在觉得走投无路，就去抢劫了银行。我那时很傻，完全不知道他们安装了跟踪装置，你现在能猜到故事的结局吧，没过多久我就被抓了。我没骗你，米契。你在银行工作，而我却抢劫银行。

"重点是没有人会走过来给我 100 万，更不会给我自由。我要在这里熬八年。你在为什么事祈祷？我想祈祷我的妻子不会哪一天突然离我而去；祈祷当我出狱的时候，我五岁的孩子还能对爸爸的长相有些残留的记忆，因为毋庸置疑，我那个三岁和一岁的孩子肯定不会有任何印象了；祈祷等我出狱后，还能重新养活家人，找回自尊。那个时候找工作就必须在求职申请表上'你是否是罪犯'一栏上打钩，但愿我不用在大力水手炸鸡店工作到生命的最后一天。

"你原本也要面临这样的日子。但是现在有人愿意给你一个机会，让你免于错过孩子成长，还能过上说得过去的生活，而我呢……我实在不想看你白白浪费这个机会。所以，答应合作吧。就算不是为了你自己，也当作为了我。如果你能出去，我心里会踏实些。"

这段独白说得如行云流水，情真意切。每出舞台剧的最后一幕，如果在收尾处来这么一段，一定能赢得满堂喝彩。

但是米契依旧坐在原地，摇摇脑袋说道："抱歉，我非常感激你替我联系你的朋友，但是我办不到。"

我浑身湿漉漉地坐在长椅上，如同坐在一个水坑里，我的心情和身上的湿衣服一样沉重，感到难以置信。我先是在狩猎小木屋那件事上栽了跟头，现在又铩羽而归，他为什么不接受条件这么好的合作建议呢？他还想要什么？200 万美元？骑着白色骏马高调风光地离开监狱？说不通啊。

我说："好吧。"

我不愿就这么轻易放弃 15 万美元的酬劳，于是对他说："我去告诉我朋友，你需要时间仔细考虑，这样的话，假如你改变主意了，还能跟他们合作。"

第四十一章

孩子们都出去了。

查理非常高兴能去朋友家尽情地玩电子游戏，克莱尔去参加舞蹈彩排。

家里只有娜塔莉，所以两人说完"你好吗？""你呢？"这些招呼语之后，米契可以直奔主题。

他说："今天联邦调查局的人联系我了。"他的语气轻描淡写得仿佛这与每天换袜子一样稀松平常。

"他们去监狱了？"

"不是。这里有个小不点儿，名叫皮特·古德理希，至少他是这么自我介绍的。他也是个犯人，也就看起来算是吧。不过我敢肯定他是在为联邦调查局办事，我猜是他们特意安排进来的。"

"为什么？"

"想收买我，获得我的信任。"

"你为什么这么想？"

"自从他一到这里就试图接近我。波比·哈里森之前告诉过我，这家伙为了和我们一起打牌，不惜支付给波比十个罐头！打牌能赢几个钱，谁会为了这个支付十个罐头？"

娜塔莉反驳说："没准儿他就是喜欢打牌。"

"不只是这个。我曾经提起那间木屋，然后又告诉他那个狩猎的故事……"

"你发现一头五十七磅的大雄鹿，但是你发挥终极人道主义，没有猎杀它。是这个故事吧？"

"对，没错。他就一通胡编乱造，说他有一个叔叔，恰好在查特胡奇也有一间狩猎木屋。他又问我那间屋子在哪儿？上帝啊，这也太巧了吧，他叔叔的屋子也在塔卢拉瀑布附近。那话说的，好像全世界人人都在佐治亚州塔卢拉瀑布周边有一间木屋！"

"他可能……"

"听我说完。我当时还不太确定他到底是不是联邦调查局的人。后来，你听我说，我一告诉他自己为什么会进监狱，巧了，他刚好有一个所谓的'朋友'在联邦调查局当特工，也许能帮我和调查局谈谈合作的事。你别误会我，这小子人很好，真的很好。我也说了，我不怀疑他的动机，但是……算了，不说了。"

"怎么合作？"

"提前释放，给我目击者保护，外加 100 万美元。"

他清楚无误地听见电话那头传来急促的吸气声，然后又是一声低低的惊叹，最后听到她说："哦，米契，100 万美元。"

他说："我唯一要做的，就是告诉他们文件在哪儿。"

她没有回应。他也没有必要再重复一遍。

他问："你没有改动我的遗嘱吧？"

"没有，我为什么要去改呢？"

"所以内容还是原样：如果我死了，不管是什么局面，《可疑行为报告》和存（汇）款单据必须寄给美国联邦检察官办公室，副本就寄给《华盛顿邮报》。"

"放心吧。"娜塔莉向他保证。

"好，我现在要挂电话了。我们没准儿可以留些通话时间。爱你。"

第四十二章

阿曼达已经选好了一件灰色的翻领套头毛衣和一条黑色的裤子，这是她所能想到的性感程度最低的打扮，穿去餐馆也还算合适。

她下午一直在酝酿该怎么措辞，才能尽可能不伤害布洛克的感情，他是一个优秀的男人，对任何女人来说，能与他携手相伴都是一件值得庆幸的事情。她非常喜欢他，也把他当作好朋友。

她心想最后这三个字足以"杀死他"。毕竟，敲打心脏不论是用橡胶锤还是碎冰锥，都是伤害，拒绝就是拒绝。

布洛克停下自己的迷你库珀车，他和往常一样穿着牛仔裤和夹克，阿曼达快速走下门前的台阶，希望尽快解决这件棘手的事情。两人快速地行贴面礼，他和以前一样替她打开车门。

在驱车前往餐厅的路上，两人非常生硬地扯着闲话。这次航海旅行棒极了，船每停靠在一个地方，他都要戴着潜水器下海潜水；船上的食物太美味，以至于他只好频繁利用跑步机锻炼，以尽可能多地消耗脂肪；她真应该与他一同前往，因为他在这次旅行中，全程没有看见一只蚊子。

阿曼达不愿由自己提起那个话题，这终究该由他主动说，由他主动问。两人已经在餐厅坐了下来，他的面前也摆上了一杯酒，他还是只字未提。

他干了好大一口酒后，放下玻璃杯道："我为之前那条神秘兮兮的短信道歉。"

"噢，你说那个，你究竟想告诉我什么？"阿曼达的口吻，听起来仿佛自己对那条短信没怎么上过心。

她做好准备，没想到他来了一句："这次航海旅游，我结识了一个人。"

"哦。"她努力让自己的语气听起来非常高兴，而不是震惊，"布洛克，

220

这太棒了，她叫什么名字？"

"他叫乔纳森。"

一听这话，阿曼达顿时如释重负，但又觉得自己真是有眼无珠、迟钝愚蠢。还用说吗，布洛克肯定是同性恋。从他之前伴随着悠缓的旋律翩翩起舞的样子，她就应该想到这一点。她这个从密西西比州来的姑娘，果然识别不出同性恋和异性恋，她又一次史诗级地看走了眼。

布洛克继续说道："他住在马里兰州巴尔的摩市，所以我不知道还有没有机会见到他。我们当时很愉快，他让我想起了你，虽然一开始的时候非常安静，不过一旦他信任你了，就滔滔不绝。我们没有什么亲密的举动，直到最后。但是，当我们……"

阿曼达说："你知道的，巴尔的摩市离这里也不是很远。"

"我知道，我知道。请你不要告诉其他人，好吗？我母亲知道，她不介意；但是我父亲非常老派守旧，他认为男人就该娶三个太太，生五个孩子。我敢说，他压根儿没想过人还可以有其他的选择。他总是逼问我，为什么还不找个好姑娘安定下来。有些时候我会带一些像你这样的姑娘回去，也就是为了让他高兴。我发誓，他一去世，我就公开，但是现在……他不会理解的。我之所以频繁旅游，半数原因就是为了约会不被父亲发现。"

阿曼达说："真是遗憾，这事的确不容易。"

"其实也没什么大不了的。我猜哈肯萨克市的一些居民，没准儿早就已经了然于胸了，我敢说詹普夫人就心知肚明。"

这也就解释了为什么她未来婆婆在给两人安排带有约会性质的见面时毫无顾忌，为什么后来两人长期厮混在一起，她也毫无异议。

他继续说道："我保守这个秘密，已经久到习以为常了。但是如果我不告诉你，总觉得心里过意不去。我们一起度过了很多快乐的时光，关系变得这么亲密，如果不告诉你，我觉得自己是在欺骗你。"

"放心吧，我不会告诉任何人。"她伸出手拍拍他的手背，"你这么信任我，我感到很高兴。"

"你太客气了。现在你已经知道了我的秘密，我也想听听你的？"

阿曼达僵住了，他什么意思？

他说："我离开的这段时间，一直在想你的事。事实上我很担心你，所以我就在谷歌上查询'音乐剧《妈妈咪呀》巡演剧团'，想看看托米圣诞节的时候大概会在哪里。我那时候的想法是，等圣诞节到了，就送你几张机票，让你飞过去见他。"

她低头看着桌布。

"亲爱的，根本就没有《妈妈咪呀》的巡演剧团！已经好几年都没有了。如果你不愿告诉我，这事我也就不随意插手……但是，托米到底干什么去了？"

阿曼达拾起肩膀上一根金红色的卷发，在自己的手指上来回缠绕。她该怎么回答呢？她阅读过托米与联邦调查局签署的《保密协议》，里面详细说明了一旦机密外泄将出现的后果。

但是布洛克早已熟悉保守秘密的重要性，再说了，他还能告诉谁？因此她让他发誓保密之后，就极为简要地告诉他：托米受丹尼·瑞茨之托，在为联邦调查局完成一项非同寻常的任务。

布洛克认真听着，但是显然一头雾水。

他说："丹尼·瑞茨？你是说我们的发小丹尼·瑞茨？那位从小在哈肯萨克市长大的丹尼·瑞茨？"

"对啊，怎么了？"

"这……这说不通啊。"

"为什么说不通？"

他说："丹尼不可能为联邦调查局工作啊。"

"你这话什么意思？"

布洛克回答："据我所知，他这会儿应该在蹲大牢啊！"

阿曼达的肚子顿时翻江倒海，比晨吐还难受。为了让自己能够坐稳，她不得不双手握住桌子两侧。

她问："你能把话挑明了说吗？"

222

布洛克向前倾了倾身子说道："大概两三年前，我去市里参加了一次聚会，遇见一个毕业后就再没见过面的同学。那时候他家搬离了县城，也就没有理由再回来见见老街坊邻居。总而言之吧，当时他刚从法学院毕业，是联邦法院的办事员。我就问他跟其他高中同学还有没有联络。他说你肯定想不到上个月我们法院审的那位被告是谁。我便继续追问。他说你还记得丹尼·瑞茨吗？"

阿曼达被吓得说不出话来。她已经握不稳餐桌了，更把握不住现实。

"我当然记得危险人物丹尼。他接着告诉我整件事的来龙去脉。联邦政府当场抓到丹尼走私大量冰毒，他可不单单是供应商，他是众多供应商的供应商。我这位朋友说他肯定混得风生水起，因为出庭时带了三名律师，个个穿着高档西装。在我朋友看来，丹尼有罪是板上钉钉的事，可是他却镇定自若地坐在那里，还一直露齿微笑。他的律师团在搜查证还是什么文件上找出了一个漏洞，揪住不放，借此推翻了整个案子，把他救了出来。最后，丹尼大摇大摆走出了法庭，安然无恙。"

阿曼达现在不得不用手捂住自己的嘴，她全身瑟瑟发抖，眼泪喷涌而出，就连鼻涕也没闲着。整件事太荒谬了，她内心的恐惧不断激增、扩大、蔓延。

最后，布洛克说道："这么一想，丹尼并不是在联邦调查局工作，他是贩毒集团的人。"

死神可不在乎你是罪人还是圣人。

——《汉密尔顿》

第四十三章

那把枪一直在她触手可及的地方。

娜塔莉·杜普瑞外出的时候，会把枪放进手提包里；在繁西时装店工作的时候，她就把枪藏进收银台下面的柜子；睡觉的时候，枪就塞在旁边的枕头下面。她随时恭候那位墨西哥人再度大驾光临。

周六晚上，她漫无目的地开着车，这辆起亚车变速时就会发出不祥的"咔嗒、咔嗒"声。与往日一样，那把柯尔特手枪此刻就在她的芬迪包里，包就放在副驾驶座位上。这枪是她的护身符。

她实在是没办法继续在那栋破败的灰色房子里继续待下去了，那里让她感到压抑和空虚，所以她出来了。

克莱尔去别人家过夜，查理和朋友去看电影，只剩下娜塔莉孤独一人，心神不宁。

100 万美元！

她该怎么花这笔钱？

米契进监狱之前，她压根儿没有想过有一天会突然家道中落。那时候，即便路过某块彩票广告牌，上面写着令人咂舌的头奖金额，她心里也不会泛起任何涟漪，因为就算有这笔钱，她的生活也不会发生太大改变。她会继续住在原来的房子里——她喜欢这栋房子，继续和原来的朋友外出，继续送孩子们去原来的学校上学……一切如旧。噢，没准儿度假的时候能更奢侈些，或者买几辆新车。可是真要说起实实在在的变化，她想不出来。

那时候的她在心里想道：我不需要赢彩票，我现在已经是赢家了。

现在已经是今非昔比，想想就觉得心痛。而米契又告诉她，联邦调查局可以给他 100 万美元，并且还他自由……

她感到难为情。刚刚路过巴克海特区的一家高档餐馆，她以前时常和几位女性朋友一起光顾这家店，花 13 美元喝一杯"爱普勒蒂妮斯（Appletinis）"鸡尾酒，吃一盘总共不到四口，却要价 17 美元的开胃菜。她们也不瞧账单，只是将信用卡往桌上一放，从来不用担心月底信用卡的欠款能不能还上。

生命无常！

接近另一家她以前经常光顾的店时，娜塔莉放慢了车速。这里聚满了周六晚上不用在繁西时装店工作的女人，在她们眼里，美甲是一项基本人权，只有妓女和难民才跑去药妆店买染发剂。

她又加快车速。她一度觉得自己被人跟踪，是墨西哥人还是联邦政府？虽然她也没有打算去什么特别的地方，但也不是一路笔直地向前驾驶，然而身后的那对前灯仿佛一直在紧跟着她。

前灯不见了，她心想，哪儿有什么人在尾随自己，全是自己神经过敏。

她不自觉地来到以前的房子前，出神地看着它，回想起与家人在这里度过的美好时光。房子的新主人保留了它的原貌。它曾经是多么完美无瑕啊！

接着，她开车经过那栋新古典式住宅，门前立着的那两头傻不拉唧的石狮子，真是她的眼中钉、肉中刺。

她又经过了几栋住宅，在车道某处拐弯，最后在莱纳家对面的街道上停车。她关上引擎俯身坐着，仿佛坐矮一点儿就能完全隐身似的。

这个街区很安静，那栋房子没有亮灯，距离最近的照明是设计成煤油灯外形的街灯。

她只想在街上肆无忌惮地感受着有理有据的愤怒，脑子里自由地幻想出报复的情景：萨德·莱纳一脸惊恐，接着他的后脑勺炸裂。就要这样。

五分钟过去了。娜塔莉对莱纳的虚伪狡诈恨得咬牙切齿。那时候，米契下班回家，说莱纳根本就没有提交那些《可疑行为报告》——米契处理那件事的方式过于循规蹈矩了。当联邦调查局拿着搜查令，将她心爱的屋子翻得乱七八糟时，那一刻她无比震惊。

十分钟过去了。她现在真是怒火攻心。莱纳老奸巨猾地栽赃、诬陷米契，结果几乎所有人都认定米契有罪。墙倒众人推的速度无比之快，就连她也没逃过人走茶凉的命运。还有她的父母，他们本来最不应该怀疑米契，结果还是把她拉到一边，询问她到底能不能确定米契究竟是不是一直在为贩毒集团办事。真是叫人火冒三丈。

就在她怒火冲天的时候，一辆车开着前灯朝她驶来，这与她先前观察到的前灯形状有所差别。娜塔莉把身子压得更低，那辆车放慢了速度。

她看到一辆宝马拐弯进了莱纳房子前面的车道。

萨德·莱纳乘坐的就是宝马轿车。

轿车在车道末端停下。车库上方的感应灯亮了，于是娜塔莉清楚地看到萨德·莱纳从车里出来，然后走进了宅子的大门。

他一个人。

娜塔莉紧张得一张脸涨得通红。这是一个天赐的绝佳机会，她可以实现自己的愿望，同时不殃及池鱼。她可以冲进去一枪杀了他，然后拿走一些东西，制造出入室抢劫的假象。

不，更好的做法是：在那之后，把他的裤子扒下来，制造出情人幽会却发生争执的假象，这样就能让莱纳的家人像她一样，尝尝蒙羞的滋味。

最后赶紧溜走。没有人会怀疑一个郊区的家庭妇女，而那把枪也是无迹可寻。

她把手伸进手提袋里，握住了枪柄。她非常确定里面装满了子弹，可还是把子弹筒抽出来又仔细检查了一遍。

是的，装满了子弹。她将子弹筒推回去，又感受了下枪的重量，它远比看起来的要沉重。她把枪重新放进手提包里，把包背在肩上。

她要一枪夺取他的性命，也许两枪，两枪一定够了。开枪次数太多会让人疑心开枪的人是为了泄愤。

她深吸一口气，让自己镇定下来，再度深呼吸。她一定可以做到。

她打开车门快速下了车。既然开始行动了，谁也别想拦住她。

莱纳家门前有一条石板路，立着一扇装饰性的锻铁大门，上面涂着亮闪闪的黑色油漆。娜塔莉走到边上拉动门闩，一把推开门。

她最后回头看了一眼身后，确定没人路过，然后就穿过大门。她的鞋走在石头路上发出"嗒嗒"的响声。她敢肯定莱纳会给她开门，以前他每次打量她时，眼神都透露出恨不得把她衣服扒光的欲望。

他真是一头猪！但是，她不得不借这个机会进入他的房子。她会对他说她现在急需用钱，还会说自己现在穷途末路，从而暗示他自己什么要求都能答应。

接下来呢？

报复，正义。事后她会觉得这是白费心机吗？还是会如设想的那样，感到夙愿得偿？她渴望能找到机会证实自己的疑惑。

她这会儿已经靠近了前廊。她解开外套，又解开衬衫上的两颗纽扣。她现在穿的内衣不能充分显露她的乳沟，可是解开扣子也能起到差不多的效果。

她准备好了，大约还有八步路她就要敲门了。

这时，她的手机响了。

她停了下来。

只有收到查理的短信才是这个铃声。查理一定是看完电影了，所以发消息让她去接他。让他再等几分钟吧，先让她了结这桩事。她必须迈步继续向前走。

然而此刻，她的脚步停了下来，刚才那股子狠劲也已经荡然无存。不论刚才是受了什么刺激，如今都消散了。

幻想终归是幻想，娜塔莉·杜普瑞不是刺客，她是一位母亲，她绝对不能行差踏错，最后将自己送进大牢，让孩子无依无靠。

可是她费这么大劲来到这里也不能空手而归。

她拿出枪，瞄准其中一头石狮子，朝它的脸开了一枪。

第四十四章

没有扬起的尘土，也没有亮闪闪的挡风玻璃，赫莱拉等人完全不知道艾尔·维欧即将大驾光临。

那是因为艾尔·维欧是夜晚抵达的。艾尔·维欧随路虎揽胜越野车队抵达洛萨利奥二号工地时，没有人听到任何动静，甚至赫莱拉还躺在床上，他自然没有时间充分思考该如何应对艾尔·维欧的到来。

难以预测，永远都是难以预测。

赫莱拉还在用手抚平睡得乱糟糟的头发，他跌跌撞撞冲进库房时，心里想着但愿自己的衣服已经扣整齐了。艾尔·维欧无比警觉地站在那里，毫无耐性。他穿了一身黑衣服，仍旧佩戴着那副反光的墨镜，腰上的多用皮带上捆了两把枪，而以前只有一把。

他质问道："你去哪儿了？"

着实没有撒谎的必要，所以赫莱拉回答："我在睡觉。"

"你觉得联邦调查局的人也在睡觉吗？你觉得洛斯哲塔斯（Los Zetas[1]）的人现在也在睡觉吗？"

---

[1] 1986 年，墨西哥政府成立了一支特种部队，以保障当年世界杯能够安全进行，之后该部队还参与了打击毒品犯罪的行动。不料几年之后，该队伍逐渐被墨西哥奥名昭著的"海湾贩毒集团"收买。最终该部队的部分成员倒戈，新成立了一支名为 Los Zetas 的军事力量，彻底与贩毒集团沆瀣一气。

赫莱拉心中暗想：是的，毫无疑问。

赫莱拉说："艾尔·维欧先生，我们安排了训练有素的夜间监察人员，时刻关注是否有重大威胁出现。如果锡那罗亚对我们图谋不轨，那么我们随时可以反击，而且一定会让他们吃尽苦头。在您来的路上，我们埋伏了三名飞弹发射兵，好在他们都认识您的车，所以没有开枪。您下次来的时候，请务必事先告诉我们一声。"

这是在撒谎，不过艾尔·维欧听信了这番信口胡诌，于是像是感到不安似的，稍稍移了移身子，仿佛是在想象自己坐在越野车里，被火焰团团包围住的困境。他把头扭向一边，无意间让人瞥见了他右眼的眼白区域。

艾尔·维欧又转过身，说："很好，我们西弗吉尼亚州的那位朋友近来如何？"

赫莱拉抑制住瞬间发作的绞痛感，艾尔·维欧挑在这个时候问这件事，真是糟透了。赫莱拉已经监听了那位银行家和妻子的四次通话，银行家似乎不太愿意接受联邦调查局的合作建议，但是如果艾尔·维欧也监听到了那通对话，却有不同推论……

那会是灭顶之灾。艾尔·维欧或许会认为该任命新的安全主管了。

赫莱拉说道："我们在美国有两位承包商，能力不错，他们的唯一任务就是盯住我们那位朋友，时刻对他密切关注。"

"我想知道的不单单是关注，我要的是结果。这些悬而未决的话我已经听厌烦了。你的出击还是不够强有力。"

"我们正在全力以赴。"

"那两个承包商叫什么名字？"

"瑞茨、吉尔马丁。"

艾尔·维欧说："我要和他们聊聊，现在。"

赫莱拉还有别的选择吗？或许这至少能将艾尔·维欧的怒火，引到两位承包商的身上。赫莱拉拿出自己的手机给瑞茨打电话，这样他们就可以用西班牙语通话。瑞茨接了电话，嘴里还嘟囔着现在是凌晨3点。赫莱拉按下免提键。

赫莱拉大声呵斥道:"起来!艾尔·维欧先生有话问你。"

瑞茨彻底醒了,说:"艾尔·维欧先生!我感到非常荣幸,先生!"

艾尔·维欧质问道:"西弗吉尼亚州的工作有什么新进展吗?"

瑞茨回答:"我们就快成功了。我们已经在监狱里安插了一个人,他已经赢得了我们朋友的信任。"

"是之前说的那个大个头儿黑人?"

"不是他,先生。"

"说清楚。"

瑞茨说:"我之前告诉将军,我们在里面安插了一个人,但是至于到底是谁,我没说实话。请原谅我撒谎了,艾尔·维欧先生。我们费了九牛二虎之力才发展出这么一个人,我只是不想有人搅局,破坏我们的行动。我们安插的眼线不是那个大个头儿的黑人,而是一个身材矮小的白人。这人不是杀手,他是一个演员。"

艾尔·维欧说:"演员!"

是赫莱拉听错了吗?艾尔·维欧的口吻似乎……很高兴?

"是的,艾尔·维欧先生。他现在还不知道自己到底是在为谁办事,他以为我们是联邦调查局的人。现在这位演员向我们的朋友慷慨许诺,用 100 万美元换那些文件。"

"但是钱还不是我们出嘛!"艾尔·维欧说这话的时候,居然面带着微笑。赫莱拉从没见过他微笑的样子。

现在赫莱拉更不敢让艾尔·维欧听到银行家和妻子通话的录音了。一旦艾尔·维欧发觉银行家压根儿不愿接受这个合作提议,他脸上的微笑一定会瞬间消失。

瑞茨说:"是的。我坚信我们的朋友会接受合作建议,他现在正在斟酌考虑这件事。"

"很好。如果有必要的话,可以开价到 200 万、300 万,你尽管报价,钱不是问题。"

"明白,艾尔·维欧先生。"

"那个演员现在还不知道自己究竟是在为谁办事？"

"艾尔·维欧先生，我可以向您保证，他完全被蒙在鼓里。"

第四十五章

周六晚上我没有去打牌。

我对外宣称因为在雨里来回奔跑，所以现在身上不太舒服。我让马斯瑞去顶替我。我想那些家伙也不会在意。

我一整晚都在反复思考。我已经给丹尼打了电话，告诉他杜普瑞需要时间慢慢考虑。因为这个信息太显而易见了，所以我用了约定的数字密码，毕竟没有必要总是去冒十五分之一的风险。

丹尼也用数字密码回答，说他会向主管汇报情况，这个合作提议可以保留一周。

我还有一周的时间去说服米契改变主意。我必须想出一个法子。

另外一个办法是，接下来的四个月里我继续黏着他，但愿他会不经意间透露出一些信息，然后我转告丹尼和瑞克让他们查下去，希望新信息比那个小木屋靠谱。

不论如何，我已下定决心绝不放弃。我已经在监狱里待了两个月，成绩不错，未来四个月肯定能坚持下去。就算我拿不到巨额奖金，至少还有7.5万美元的酬劳。从现在到4月9日，不管是做什么工作，我都不可能挣到这么多钱。

第二天醒来，天气很冷，窗外依旧在下雨，我觉得自己好像是真的病了。周日没有检查，所以吃完早餐后，我就继续躺在凌乱的床上。弗兰克去教堂了，房间里只有我一个人。我有一本书，想着待在屋里，除了读书什么也不干，好歹要熬到吃午饭的时间。本来一切进展得还算顺利，没想到8点钟的时候，兰多夫的一名狱警突然走了进来。

他说道："古德理希，你有一位访客。"

我困惑不已，问道："我有一位访客，谁啊？"

"你的表妹。"

这怎么可能呢。我的确是有两个表妹，但是她们生活在纽约州的扬克斯市。就算是在没进监狱的时候，我也很少——

这时我突然反应过来是哪位"表妹"了，肯定是阿曼达。她是我的访客名单里唯一一位非虚构的人。

但是她来这里干什么？而且没有事先通知？我们周五才和平常一样通过电话，但是她压根儿没提到要来看我啊，我甚至完全不知道她什么时候萌生的这个念头。

我一脚踢掉毛毯，从上铺跳到地上，系鞋带的时候，手指在不停地发抖。我忍不住想，究竟出了什么事，迫使我的未婚妻不惜花费五个小时从西弗吉尼亚州过来看我，而且还不算这个会面所要承担的风险。

我的各种猜测都不是什么好事。第一个念头是孩子，她流产了或者胎儿出了问题，又或者她出了问题。

或者是其他的可能。我的母亲病了，或是受伤了，也可能是我们家某位亲戚去世了。不管是出于什么原因，既然她不愿意在电话里直接告诉我，而是刻不容缓地亲自过来，事情一定极为严重，而且十万火急。

那名狱警已经走了，我独自一人跑去行政楼，访客中心就在那栋楼里。门那头的另一位狱警替我登记，然后提醒我不能从访客手中接过任何东西，还有我回来的时候会被搜身。我哪里还能聚精会神听他说话啊！

我被带进探访间。房间很大，布置得像一间咖啡厅，靠墙摆放着几台自动贩卖机，里面摆满了桌椅，只有几张桌子坐了人。

阿曼达坐在一个角落里，她一瞧见我就站了起来。她穿着一件翻领套头毛衣，以前她一直觉得自己穿这件衣服一点儿也不性感，我当然是不赞成这种说法的。她上一次穿这件毛衣的时候，我们一起去参加了一个聚会，回到家翻云覆雨一番之后，就赤裸相拥而眠。

不过，今天过后，如果我再度回忆起这件毛衣，恐怕就不会是美好

233

愉快的记忆了，因为此时穿着它的阿曼达看起来精疲力竭，眼神空洞，仿佛大哭过好几次。

我本来就已经设想了无数种恐怖的可能性，眼下更加悲观了。我的心脏在胸腔里剧烈撞击。一定是噩耗，先是她被击垮，现在轮到我了。

看到阿曼达让我又是欣喜，又是担忧。

我走过去，一言不发，亲吻了她的嘴唇，我已经丝毫不在意狱警会不会觉得这不像是对待自己表妹该有的举动，我抱住她。摩根敦联邦惩教所允许在探监的开始和结束时，分别有一次拥抱和一个亲吻。是啊，监狱管理局甚至对犯人的亲密感情都要进行限制。我一定要用完这些配额。

现在我身处监狱，四处受限，对即将听到的噩耗也感到惶恐不安，但是能和她靠得这么近，仍然让我觉得难以置信。关在牢里，被剥夺了很多自由和物质上的享受，尤其是那些琐碎的小事，比如没有随意行走的自由，也没有选择牙膏品牌的自由，不过最严重的还是被剥夺了与亲人接触的自由。从深层次的情感需求以及更直观的肢体接触两个层面上来看，我都无比怀念那种感觉，或许在此之前我都没有意识到这一点：不到一点五秒钟，我就有了性冲动。我紧紧抱住她，她身子紧绷，双手放在我的臀部上。我呼吸着她的香味，无比怀念这股气味。

我可以一整天都这样抱着她，即便不说话，即便一动不动，只是抱着她，感受她的体温，感受她身体的弧线。我以前唱过那么多关于不想放手的歌曲，这却是我第一次切身感受到不愿放手的心情。

某个一直在自动贩卖机旁徘徊的狱警走了过来，轻声说道："好了，犯人，够了。"

我们放开彼此然后坐下，她尽可能靠我近一些。我很想握住她的手，感受她的存在。可是其他人都没有这么做，我也不愿再把狱警招来。

我开口说道："我一直都很想你……"

"我也一直很想你。可是我们现在没时间说这个了。我必须告诉你一件特别重要的事。"

好吧，霉耗来了，我给自己打气，然后说道："什么事？"

她接下来的话完全出乎我的意料。

"丹尼·瑞茨不是联邦调查局的人。"

我感觉到自己的眉头一皱，问道："你说什么呢？他当然是调查局的人。"

接着，阿曼达便告诉我布洛克是如何发现我并没有巡演，以及如何从我们高中同学口中得知丹尼·瑞茨曾出现在联邦法庭。

只是他是作为被告出庭，而不是执法目击者。

我说："这……我敢肯定这其中一定是有误会。你也见过他，他驾驶了一辆联邦调查局的车，有联邦调查局的徽章、联邦调查局的名片、联邦调查局的求助热线、联邦调查局的钱，还有那些联邦调查局的文件……我的意思是，这些东西都……"

她平静地说道："假的，全是伪造的。"

"不。一定是布洛克搞错了，肯定可以解释这件事……"

她说："我一直都和布洛克待在一起，是他连夜载我过来的，因为他知道我这个样子没办法开车。这一路上，我都在网络上搜索。丹尼尔·瑞茨是一个极为常见的名字，但是布洛克记得丹尼的生日是 11 月 10 日，晚他一天。"

"是的，以前在学校的年级教室里，我们连续两天收到过纸杯蛋糕。"

"总而言之，我付了全额费用，进入一家政府文件网站，发现一名名叫丹尼尔·洛贝托·瑞茨、生日在 11 月 10 日的男性，曾经因为毒品走私罪被联邦法庭审判，但是法官最后的判决是驳回控告，写的是自主驳回[1]，这个术语我也不太懂，地点是纽约州南区法庭，时间是两年前。"

我回忆起那个劳动节的周末，我们从摩根索剧院出来，丹尼一路上向我介绍他这些年的经历。那时他还提到过自己是怎么参军、上大学，然后被联邦调查局录取的，他还说他已经在调查局工作了三年。

---

[1] 它指法庭不受任何外力影响，独立作出的判决，其中包括涉案各方。

他那时说的是："是啊，三年了，真是难以置信，不过也还算顺利。"

他描述的时间线里没有因为毒品犯罪而被法庭审讯这件事，联邦调查局应该不会容许有法律污点的人逃脱罪名，他或许能做一个线人，但绝不会成为特工。

我说："上帝啊。"

我抬头看着天花板，想将眼泪憋回去，可是我无法控制，眼泪很快就顺着脸颊流了下来，我为自己大错特错感到惊慌失措。

我无比痛苦地说："阿曼达，噢，上帝啊！"

"嘘，亲爱的，别这样。"

这无法让我平静下来，至少没有起到立竿见影的作用。她不得不承认这一点，所以只能由着我宣泄一阵子。

奇怪的是，我忽然回想起很多年前在科学课程里学过的一些知识。不管在什么时候，我们都携带着一团类似和大气一样高的气体，它非常重，对于一位正常体格的成年人而言，大约接近四万磅，相当于十三辆东风思域轿车的重量。但是我们感受不到它，因为在上面那团气体压我们的同时，另外有一团气体从下面支撑住了我们，所以最后能保持平衡。

至少理论上是这样。但是明显这个理论此时在我身上不太适用，那团气体的所有重量压着我，但是却没有另外一股力量去抵抗它。我仿佛再也没办法从椅子上站起来向前走了。

我双手捂着脸，艰难地呼吸着，连续发出了好些口齿不清的声音之后，终于清楚地说："我是个傻子，我真是个傻子。"

"我们都被蒙蔽了。"

"我是那个大傻子，最大的傻子。我……我真是瞎了眼，因为钱，因为我与丹尼的友谊，因为……"

因为我想跟你，阿曼达，永远在一起。可是这话我没有说出口。我不想让她觉得我将自己的愚蠢归咎于她。

现在回想起来，我意识到很多疑点。我回忆起他们第一次和我接触后的那个早晨，我们三个人又重新聚在那家小餐馆里。那时候丹尼建议我提高价格，我以为他是为了我好，但这其实是我一厢情愿的看法。这是一个局，设计好了诱饵等着我上钩。当我询问吉尔马丁，我可不可以请一名律师替我审核文件的时候，他大概早就猜到了我压根儿没钱请律师。

这个局就这样顺利进行了下来。他们提醒我不要超速，其实是因为他们自己不敢惹上官司。在摩根敦的时候，他们不愿意靠近法庭也是因为如此。他们一直都是用现金支付，就算给自己买东西，他们用的也是现金，其实这都是因为他们无法伪造联邦调查局的信用卡。

我移开了手看着她，说："我很抱歉，我很抱歉，这都是我的错。我不单毁了自己的生活，我也毁了你的生活，毁了我们孩子的生活，我把一切都毁了。"

阿曼达说："你控制一下情绪吧。"

我瞥了一眼狱警，他距离我大概五十英尺，正在密切注视着我，因为我这会儿显而易见情绪很激动。我压低声音，但还是很激动地说："我怎么控制呢？你难道没看到吗，我在一个货真价实的法庭上承认自己有罪，还在一个如假包换的法官面前心甘情愿地认罪。现在就算我想出狱，联邦调查局也不会允许，因为真正的联邦调查局，压根儿就不知道我在这里。人生未来的八年里，我就要在这里度过了，八年啊！"

"小声点儿。"阿曼达又提醒我。

"这是无法改变的事实。我还能做什么呢？跑去真正的联邦调查局，然后说有件事搞混了。这里的管理人员根本不会允许我跟联邦调查局通话，手册上白纸黑字规定得清清楚楚，我不能主动与任何执法部门联络，只能联系法院。而法院呢，他们大概会重新检查我的案子，然后说：'哦，抱歉，小子，是你自己承认有罪的，我们爱莫能助。'得到这个结果的前提，还是我能先引起他们的注意——但我估计自己根本做不到这一点。更有可能的结局，是他们对我熟视无睹，因为我只不过是又一个发了疯的罪犯，因为在监狱里憋出病来了，所以胡言乱语，净说些没人相信的疯话。

"我还不能说：'哈哈，认罪的那个人是皮特·古德理希，不是托米·詹普，所以你们就把皮特·古德理希关起来就好了，托米·詹普现在要走了。'因为我给他们留了指纹。是的，没错，我大概可以趁着他们不注意，溜掉几个小时，可是你也知道，他们很快就会开始找人。等他们逮捕我的时候，压根儿不会管我究竟是托米·詹普，还是皮特·古德理希。对他们而言，我的指纹属于一个必须关在监狱里的人。我溜走的唯一后果，就是因为企图越狱再加五年刑期，到那个时候，我待的监狱肯定比现在这个恶劣多了。"

我喋喋不休地说了这段话后总结道："我这辈子彻底完了。"

阿曼达千里迢迢赶过来，显然不是为了眼睁睁看着她的未婚夫精神崩溃的。她神情坚定，十足的密西西比州人的典范，她说："不一定。"

她让我冷静，然后告诉我她的打算。

接下来的一小段时间里，她像安抚一名婴儿一样安慰我。她从自动贩卖机上给我买来一瓶水和一包曲奇饼，让我多做几次深呼吸，在房间里多走几圈。

这自然引来狱警询问。不过阿曼达早有准备，回答说："他的猫咪死了，事发突然，那只猫一直都很健康。"狱警一听也就不再干涉了。

我的眼泪止住了，呼吸也恢复了正常。她让我重新坐下来。我们头挨着头，低声交谈。

她问："感觉好些了吗？"

"稍微好点儿了。你怎么能这么镇定呢？"

"噢，说出来你别不相信，当布洛克告诉我这件事的时候，一开始我也是阵脚大乱，我的第一反应和你刚才如出一辙，甚至比你还要夸张。我们当时在一家餐厅里，我一把鼻涕一把泪的样子特别丢人，我直接跑了出去。但是我花了十二个小时来恢复理智。来这里的路上，布洛克和我反复地讨论这件事情。他真是一个心地善良的王子。"

"请替我向他转达我的谢意。"

"我会的。但是先说重要的事——大卫·德拉耶。"

那个副检察官，至少从法律程序上来看，是他给我定的罪。"他怎么了？"

"他们肯定是一丘之貉，同时他也是丹尼·瑞茨和真正的司法部门之间的纽带，是他准备了所有文书，最后让你承认犯罪的事实。如果没有这个深谙司法流程的大卫·德拉耶，所有的这一切原本都无法进行。"

"好吧，就算你说的都是对的，可是对我们有什么帮助呢？"

阿曼达说："我觉得他应该不是自愿牵扯进来的。你还记得那会儿他到假日酒店和我们见面时的模样吗？他坐立不安，一直打量着丹尼和吉尔马丁，仿佛是要确定'我这样做对吗？'，他早就知道他们是冒牌货。现在回想起来，我觉得这是因为他惧怕他们。"

我说："噢，上帝啊，科瑞斯·兰哲迪格。"

"谁？"

"你还记得那会儿丹尼让你暂时离开房间，因为他要给我看一些高度机密的文件吗？"

"噢。"

"不是文件，是副检察官科瑞斯·兰哲迪格被残杀的一张照片。很明显他们在杀他之前，曾惨绝人寰地虐待、折磨过他。那张照片无比恐怖，简直令人发指。丹尼意图表示，这是他成为一名精忠效国的特工的动力，好像他就是科瑞斯·兰哲迪格的复仇天使。但是，他实际上是在给大卫·德拉耶传达一个信息：闭嘴，否则这就是你的下场。"

"你之前怎么没告诉我？"

"现在这理由听起来特别傻，但是当时我是不想让你担心。也许……也许我也不希望你劝我不要参与这件事情。"

她的眉头微微皱起说："我明白你的意思。但是从现在开始，不管什么事情，我们必须不能对彼此隐瞒，不需要藏着掖着，好吗？其实有件事我必须向你坦白。你还记得你那位阿肯色州的朋友吗？"

"当然。"我回答。

"劳动节那天，你和你妈妈在露天阳台上聊天儿的时候，他打电话来，想问你有没有兴趣去阿肯色州剧院工作。我当时答复他你已经接了另一份工作了——虽然从理论上来看确实是这样的。接着，我就假装这事压根儿没发生过一样，因为我不想看到你又改变主意。我和你一样，都被金钱蒙了心，所以，你不用感到抱歉，也不要觉得是你毁了我们的生活。造成今天的这个局面，我也是有责任的。如果你想冲我发火，我也可以理解。"

我从未想过要冲她发火。我看着她的眼睛，心里只觉得无比感激，也不知道自己哪辈子修来的福分，可以结识这么出类拔萃的女人。我现在处于人生低谷，一败涂地，她原本可以直接扭头离开我；但是她不但不离不弃，还一直在鼓励我，用自己的后背扛起另一半的压力。

阿曼达又说起她曾经一直在担心的事情：我们的爱情从未接受过考验。现在好了，我们正面临无比残酷的考验，而她一定能通过这次难关。

我脱口而出："你无法想象，此刻我有多么爱你。"

"别惹得我抹眼泪。我们必须集中精神——大卫·德拉耶。"

"好。"我说道。

"你刚才提到科瑞斯·兰哲迪格的遭遇，进一步证实了我的猜测，大卫·德拉耶不愿意参与这件事。我推测贩毒集团起初联系的是科瑞斯·兰哲迪格，也就是大卫·德拉耶的同事。有可能科瑞斯·兰哲迪格与他们合作了一阵子，但是后来想退出；也有可能他一开始就拒绝合作。不管怎么样吧，最后贩毒集团杀了他，然后就开始对大卫·德拉耶威逼利诱。"

"类似于接受这笔贿赂，否则你的下场会跟科瑞斯·兰哲迪格一样？"

阿曼达说："是的，也许就是这么回事。重点是，他不是真心实意给贩毒集团办事，他所做的一切都是被逼无奈的。我必须去马丁斯堡一趟，找他说说这件事。"

"如果他直接向丹尼汇报呢？"

"我觉得他不会。他骨子里还是想做个好人。"

"你是说，他是被逼无奈才跟贩毒集团合作，所以我们可以劝他停止合作？"

阿曼达说："也许他能找到突破口。他可能也是被逼到墙角了，但是也许他知道哪里有一扇窗，可以让你爬出囹圄。"

"这倒也有可能，或许他能找个出口让米契也爬出去。"我告诉她关于栽赃陷害、《可疑行为报告》、存（汇）款单据以及萨德·莱纳两面三刀的事情。

访客室里的人越来越多，我们不得不提高音量说话。很快，我们的声音就大到别人不可能听不见的程度了。

虽说是依依不舍，但是我俩还是认为与其被别有用心的人偷听到我们的对话，还不如现在赶紧停止。我必须重新做回皮特·古德理希。因为要装出走进访客室前那种一无所知的样子，我的压力更大了。

此外，我告诉了阿曼达，即便是在电话中，皮特也不能对他的妻子凯丽毫无隐瞒，因为我已经帮贩毒集团在电话里都安装了窃听器。我们必须等到每周五约定好的时间才能通话。而通话时，我们也必须装作一切照旧的样子。

一旦说了或做了某些异常的事，比如摧毁那些窃听设备，都有可能引起贩毒集团对我的怀疑。如果大卫·德拉耶真的能为我们找到一个逃离的出口，那么我们就必须保留住对抗贩毒集团的为数不多的优势：为了出其不意地反击。

依照规定，我们可以亲吻、拥抱。我们的动作非常迅速，我低声对她说："答应我，注意安全。如果你察觉到大卫·德拉耶有可能将这件事告诉贩毒集团，哪怕再小的蛛丝马迹，你也要立刻逃走，千万别停下来。你放心地走吧，我不会有事的。我最不愿看到的是你被贩毒集团视为威胁。"

我又补充道，"我已经见识过他们的手段了。"

第四十六章

在前往马丁斯堡的路上,阿曼达进行了两次交流,一个容易,一个艰难。

容易的是和布洛克的交流。阿曼达把托米告诉她的事转告了布洛克。

艰难的是和芭芭的交流。她特意为阿曼达做了华夫饼,原本想着这是最适合周六下午茶的点心,结果却发现自己未来的儿媳竟然没有在房间里睡觉,这让她心乱如麻,因为她认定,阿曼达一定是"掉到哪条臭水沟里爬不出来了"。

阿曼达试着安抚她,她说自己没有掉进水沟,而是在西弗吉尼亚,没想到这话丝毫没有起到安慰的作用。更糟糕的是,芭芭对阿曼达的闪烁其词和遮遮掩掩非常不悦。

当她终于从阿曼达口中逼出了真相,她宣布道:"好,我现在就赶过去,几个小时之后咱俩碰面。"

阿曼达试着阻止芭芭,解释说她其实帮不上什么忙。

芭芭对此回应道:"我也许真帮不上忙,但最后事实将证明咱俩都想错了。"

她随即就挂断电话。

很快,布洛克就把阿曼达送到了 13 号高速公路口。几个小时之后,芭芭与他们会面。三人没有住在假日酒店。阿曼达担心如果在假日酒店下榻,没准儿一转身就会撞见瑞克·吉尔马丁。他们最后选择了戴斯酒店。

周一上午,三人挤进布洛克的迷你库珀车,抄近路直奔 W. 克雷格·布洛德沃特美国联邦法庭大楼。布洛克把两位女士送到大门口,三人约定好了他在外面等着她们。如果德拉耶有任何出人意料的举动,例如将她们逮捕，或者贩毒集团的人突然来抓她们，布洛克就是她们唯一的指望。

她们穿过了那扇玻璃门，那时候托米也是穿过同一扇门去自首。两人被穿着相同蓝衣服的法庭保安询问，阿曼达说她们想见大卫·德拉耶，其中一名保安让两人出示身份证明。阿曼达当然无法假扮凯丽·古德理希，所以就将自己的驾驶证交给了他。

德拉耶对这个名字可能完全没印象，这倒也是件好事。

他问："你们有预约吗？"

她简要回答："没有。"

"你为什么要见他？"

她再度简短地答道："我不能说，这是我和德拉耶先生之间的事。"

那位保安仔细打量着她。她已经做好准备对他说，她无论如何都要见到德拉耶，否则不会离开。她会一直待在大厅里，如果德拉耶下班去吃午饭，她就会立刻跟在后面；如果他出门坐车，她也会一直尾随他。她已经做好了战斗的准备。

不知道在哪一刻，阿曼达终于恢复正常了，也许是在前往新泽西的路上，也许是在和托米交谈的过程中，也许是在前往马丁斯堡的途中。过去的几个月里，尤其是在赫德森·范布伦办公室的几个小时里，她遗失了自我，遗失了密西西比女孩儿特有的英勇好斗的天性，她一度让自己沉沦，顾影自怜，身陷沼泽而不愿自拔。

让那些都见鬼去吧！阿曼达不再是一位无助的受害者了，她已经忘了赫德森·范布伦那张图谋不轨的面孔。她是一个五点三英尺高，有着金红色头发、脸上长着可爱雀斑的战士，她要惩罚恶人。

大概是她坚定的眼神，成功地将自己绝不会善罢甘休的决心传达给了那位蓝夹克保安，他在对讲机上交流了几个来回之后告诉她："好了，请上四楼。"

两人一言不发搭乘着电梯。一个秘书向她们问好，并将她们带到德拉耶的办公室。他戴着那副无框眼镜坐在一张书桌后面，一直盯着自己的电脑屏幕。他那头脆弱的白发，比起阿曼达第一次见他的时候，看起来更加地凌乱不堪。

他一见到阿曼达就立刻认出了她，他在那家酒店的客房里见过这个女人，她的丈夫被他送进了监狱。德拉耶的脸瞬间变得和头发一样惨白。

"芭芭，请把门关上。"阿曼达的语气平静而坚定，这个女人容不得别人质疑。

芭芭依照吩咐把门关上，然后坐了下来。阿曼达双手抱胸，站在德拉耶的书桌前。

"我看出来了，你还记得我。"阿曼达依然保持着自己严词厉色的口吻，"我的未婚夫，你们十月份的时候把他送进了监狱。他不叫皮特·古德理希，他的真名是托米·詹普，他压根儿没有抢劫银行。不过我想这一切你都心知肚明。"

德拉耶不敢，也没法回答。

阿曼达继续说道："酒店房间里的那两个男人也不是联邦调查局特工，他们实际上是在为新科利马贩毒集团办事，不过这你也早就知道。"

他说："我不……我不知道你在说什么。"

这话从他嘴里出来，还没让在场的人听清楚就已经消散了。没有人相信这话，就连德拉耶自己也不相信。

阿曼达皱着眉，完全不买账。这时候，德拉耶将目光转向芭芭，她一副一切就绪，就等着掐断他喉咙的模样。他的右腿紧张地剧烈颤抖起来，没法继续装作毫不知情。在他的职业生涯里，他用无可辩驳的证据还原了一个又一个真相。

最后，他放弃了装模作样。

他绷着嘴低声说道："你们不明白，我……我也是别无选择。他们找到我的家，巨细无遗地告诉我科瑞斯·兰哲迪格的遭遇：他们对他开出了条件，但是他拒绝合作，所以就惨遭毒手……大概就是这样吧。那时候，我们都知道科瑞斯·兰哲迪格被人谋杀，也知道他的尸体被肢解，死前也许还被人折磨、虐待过。我在那个时候还能做什么？等着看他们会怎么对付我吗？我真的……"

阿曼达打断了他，说："所以你就把一个无辜的人送进监狱？"

德拉耶辩解道："你听我说，我之前对他一无所知，他是你的未婚夫吗？我到现在都还是一头雾水。我当时以为他也是贩毒集团的人，我当时想着……唉，我也不知道我那时候是怎么想的，我当时就是按命令办事情。那些贩毒集团的人让我写起诉文件，我就照做了。他们告诉我，我怎么写，这个人就怎么认，最后他认罪了。我当时就是恨不得这件事情赶快结束。"

阿曼达说："但是你还是拿了他们的钱。你收了他们的钱，我们也收了，但是区别在于，托米以为他们是联邦调查局的特工，而你却知道背后的秘密。"

德拉耶说："我把钱捐给了慈善机构。我女儿在一个非营利组织——弗吉尼亚自闭症研究所——工作，我把钱全给了它们。"

"这肯定让你少了些心理上的负担，可是我的未婚夫还被关在监狱里。"

德拉耶摇摇头，继续重申道："我当时真的别无选择。"

阿曼达说："现在你有选择了，你可以做一件好事。我的未婚夫不是罪犯，他是一个演员，这就是为什么新科利马贩毒集团雇用了他。他们希望他能扮演一个角色，进监狱为他们完成一项工作。我知道这听起来很荒谬、很疯狂，但他还是接受了。可他是无辜的，他不应该被关在监狱里。"

"你觉得我可以做些什么呢？"

"你当时既然有办法把他关进去，现在肯定也有办法把他弄出来。"

德拉耶反问道："我怎么弄？我在这里不过是一个普通的检察官，我不是上帝，我无权指挥联邦司法机构，或者是监狱管理局。就算我告诉法官这名囚犯一直在与联邦政府合作，应当酌情减少他的刑期，这也需要召开听证会。法官需要联邦调查局提供证词，我总不可能凭空捏造出

245

压根儿没有发生过的合作吧。我很抱歉，我希望能帮你，但是真的爱莫能助。"

芭芭一直努力保持沉默，但她此刻终于忍不住爆发了。

她说："你爱莫能助？来的路上我注意到，法院旁边有一家报社办事处。你了解报社吗？他们特别喜欢像阿曼达这样年轻貌美的白人姑娘。"

"你知道他们更喜欢什么吗？这些姑娘的照片！报社特别喜欢年轻貌美的白人姑娘身陷囹圄的照片。至于姑娘们到底出了什么事，她们是不是有话要说，甚至她们是不是在阿鲁巴岛迷路了，这都无关紧要。报社会在头版头条的位置刊载，那些欲火焚烧的老男人走过报摊的时候就会惊呼：'嗨！这个年轻漂亮的白人小姑娘到底怎么了？我最好还是买份报纸一探究竟。'我们要不要带阿曼达去那家报社办事处，让她向报社诉诉苦，让他们拍拍照？"

德拉耶颤抖得非常厉害。

"请不要这么做。"他说话声如细丝。

"可以，不过我想你的思维必须更有创意一些。被你送进监狱的托米·詹普是我儿子。报社采访完阿曼达，还可以采访我。比起年轻漂亮的姑娘，报社或许不太喜欢满脸皱纹的老女人，不过'被人践踏的母亲'也能促进报纸的销量。"

德拉耶大口喘着气，说道："好吧，好吧，我愿意帮你们，我诚心实意愿意帮你们，但是我不知道……"

他摇摇头："我只能想到两个办法。第一，重新审判，但是问题在于我不确定该怎么操作。除非找出当时定罪时没有发现的新证据，否则无法进行新的审判。这个难度系数高，因为你们想推翻的，原本就是凭空捏造的事情。我们不可能找到一个人，让他承认'噢，没错，抢劫银行的人是我'，因为压根儿就没有发生过抢劫银行这件事。"

芭芭说："那不在场证明呢？我不知道这个虚构的银行抢劫案发生在什么时间，但是我敢保证托米一定是在千百英里之外的地方，他那个时候一定是在某个地方演出。"

"这也非常困难，因为法庭上会问这个家伙有这么有说服力的不在场证明，那么第一轮审判的时候，他为什么不提出来呢？他当时为什么要认罪？这会引发很多我们无法回答的问题。所以，我们只剩下第二个选择。"

阿曼达问："什么选择？"

"我们可以以他积极配合执法机关的合作为理由，对他重新判刑。这个办法相对容易一些，而且屡见不鲜。问题是，他要怎么配合？必须是实实在在的事情，必须是当我告知联邦调查局的时候，对方会觉得是一个出人意料的惊喜。"

芭芭赶紧说道："他可以证明丹尼·瑞兹和瑞克·吉尔马丁假冒联邦政府执法官员。"她觉得这不是显而易见的事吗。

她话音未落，德拉耶就摇头说道："抱歉，但是我觉得这不管用。法官在衡量合作的时候，他们会考虑这个合作究竟有多重要，能为公众带来多大益处。假冒政府执法官员的罪，还比不上抢劫银行。因此，法官最多将托米的刑期减少一年，虽说这样也好，但是我想你们对这个结果不会满意吧。"

房间里顿时安静了，绝望而无助。

芭芭说："这太荒谬了。托米根本就没有抢劫银行！他怎么能因为一件他没有做过的事而进监狱呢？"

德拉耶温和地说道："我很抱歉，夫人，但是你不能继续这样考虑问题。对于法庭而言，他已经犯罪了，他们追溯案件的过程就是要核实情况——这也就是为什么要预设被告是无辜的。但是，一旦他认罪，要想推翻就难了。另外，如果我们想重审案件，他首先就必须承认自己当时认罪是在法庭上撒谎，这叫作伪证罪；他还必须承认自己从贩毒集团那里收了钱，违了法，这叫同谋罪。两种罪都有对应的刑罚。所以我觉得合作才是突破口，但是必须是重大合作。他有没有掌握贩毒集团的什么罪证？"

阿曼达立即回答道："没有，不过他去监狱是为了接近一个人，那个人有证据。"

阿曼达将托米告诉她的事情转告给德拉耶，关于杜普瑞以及他一直在小心隐藏的如山铁证。

说完之后，她询问道："这些有用吗？"

德拉耶回答："应该有用。如果你的未婚夫帮忙击垮西半球最臭名昭著的毒品大亨，我想任何一位法官都不会视若无睹。"

阿曼达问道："好，我们接下来该怎么办？"

德拉耶说："我们去找联邦调查局，如假包换的联邦调查局。"

第四十七章

赫莱拉一直等到艾尔·维欧离开洛萨利奥二号，才赶紧给承包商们打电话。他要掌握这名被雇用的演员的所有信息。他们是怎么找到他的？又是怎么说服了他？他现在进展快吗？这个所谓的"演员"真的是演员吗？他有没有同时在为其他人办事？

毕竟现在这个演员是新科利马贩毒集团的次级承包商，就算他本人没有意识到，但是他实际上是在为集团办事。因此，集团的安全主管有责任对他做一番完整的调查。

丹尼·瑞茨向赫莱拉保证自己说的话没有半句是假话。但是赫莱拉却认为再谨小慎微也不为过，现在的执法部门愈发狡猾了，尤其是面对新科利马这类重点打击的对象时。他们为了让贩毒集团落网，更是可以无所不用其极。

这个演员没准儿是潜伏的特工，赫莱拉对这类杀伤力极强的卧底早有耳闻。他们实际上是执法部门的工作人员，用几年时间将自己伪装成没人会怀疑的罪犯，深入敌人内部，等到时机成熟，就一举端了犯罪团伙的老巢。他们甚至不惜做出一些违法乱纪的事情来更好地掩人耳目，而且会一直静静等待着最关键的时机，比如当被渗透的犯罪集团即将找到一些重要文件的时候，他们就会亮出身份。

另外一个更令人担忧的可能性是，这个演员不是执法部门的人，而是另一家有竞争关系的贩毒集团派来的卧底。新科利马集团树敌众多，没准儿其中哪个死对头想通过这些文件，摧毁新科利马苦心打下的江山和供应链。

万事皆有可能，赫莱拉对这次的安排总隐隐感到哪里不太对劲。首先，他很不满意承包商对自己手头上的"资本"没有说实话；另外，瑞茨和这个演员的过往私交也让他惴惴不安。

这个演员到底是谁？

两天之后，赫莱拉带着这个疑惑，再次通过隧道抵达边界，然后进入美国。他又一次用了"赫克托·雅辛多"这个假身份，搭乘飞机抵达特拉华州纽瓦克，然后租了一辆车。

他在新科利马集团位于纽瓦克北区的避难所做了短暂的停留，两个工作人员为自己能接待并帮助这么一位高高在上的集团领导感到无比荣幸。接着，他继续向北前行。

这个演员和瑞茨一同在一个名叫哈肯萨克的地方长大。根据瑞茨说的，这个演员有一位母亲和未婚妻。这让赫莱拉很高兴，因为他可以用她们做筹码。

赫莱拉很快就再次来到地形复杂的美国郊区。现在刚过晚上10点，赫莱拉其实来得太早了，他感到筋疲力尽。他开车进入了那个演员的家所在的街道，从他家门前开了过去，只经过了一次。这个房子很小，和街道上其他的住宅没有什么区别。家里没有亮灯，狭窄的车道空空如也，没有车库也没有车，也就是说没有人在家。赫莱拉当时以每小时二十五英里的车速从门前开过去，能观察到的就是这些。

他在街角停了车，然后下车步行，假装成一个正在散步的普通人。如果今晚是一个新月夜的话，他会更加喜欢。街灯亮起来了。比起在亚特兰大，他在这里其实没那么引人注意，因为这里的墨西哥人很多。

他走完一圈又开始走第二圈，因为想确认到底有没有人在家。第二轮巡视的时候，邻居家的户外灯突然亮了起来，一个裹着穆斯林头巾、身材高大、皮肤黝黑的男人从前门走了出来，站在门廊上。

这男人想传达的意思非常明确：我看见你了，周围的邻居们我都认识，而你不是这里的人。

赫莱拉加快脚步，迅速回到了车里。他暗自责怪自己太过草率，太没有耐心。他开车去了两个县城以外的万豪酒店，用赫克托·雅辛多的名字登记入住，然后在酒店里静静地等待着。

凌晨两点，他又回到了那个社区，那个头裹穆斯林丝巾的男人这个时候肯定已经入睡了。不过为了以防万一，赫莱拉还是从街道的另一头驶入，他不再像之前那样，假装成人畜无害的散步良民，这一次他的目的很明确。

隔着两栋房子的距离时，他套上滑雪面具——手套已经提前戴好了，快速驶入演员家的车道，然后拐到房子的右侧。这里有一个狭窄的过道，两侧围着篱笆，其中一面篱笆是演员家的，另一面是隔壁邻居的。赫莱拉从左边的篱笆跳了进去，很快来到了演员家的后院。

也谈不上什么后院，只不过是一小片草地，眼下正好是冬天，草也衰败了。街灯将房子的影子投在后院里，所以这里很黑。赫莱拉终于可以慢慢细看，也不用担心被人发现。

住宅就像一个平凡无奇、方方正正的白色盒子一样简单，与赫莱拉小时候在墨西哥哈利斯科州见过的那些豪宅截然不同。院子里有一个简单的平台，一把被收起来捆得非常紧的雨伞。除此之外，唯一的物品就是另一头角落里的棚子。

屋里没有亮灯，甚至过道里连夜灯也没有。赫莱拉登上平台的三级台阶，通过其中一扇窗户往里看。他原本想试试自己的运气，但是很遗憾，窗户从里面上了锁。

唯一的一扇门是推拉玻璃门。他寻思着，这门会不会有门闩加固——没有，这意味着他终于找到了进屋的办法。

他又走下平台回到了院子，原本也没指望棚子里放着一整套工具，只想着有什么就用什么，结果发现了螺丝起子、十二平方规格的电线、除草耙之类的各种东西。他现在所需要的东西都找到了，而且也不用担心会制造出任何噪声。

十五分钟后，他进了屋。不管这家里最后是被谁光顾了，但显然是在匆忙之中慌张离去的。洗碗槽里堆着餐具，桌子上遗弃着一个盘子，上面摆放着的华夫饼都已经半干了。

赫莱拉把房子的每一个角落，都尽可能地仔细检查了一遍。房子里有一些照片，照片上有一个矮小的女人，他猜测大概是那个演员的母亲，还有一个与她长相相似的小男孩，应该就是那个演员了。他在年少时期以及刚迈入成年时的体形都非常弱小，直到最近的几张照片里看起来才有些肌肉。

在其中一张照片里，那个演员的手搭在一个漂亮的金发女人的腰上。她肯定就是那位未婚妻。她的上半身被一件毛衣严实地包裹了起来，下面穿着一条露腿的裙子。赫莱拉的目光一直在她身上留恋，这是他最喜欢的金发美女。

赫莱拉用手机给这张照片拍了照，然后继续摸索。屋里并没有能让赫莱拉忽然警觉的东西。他没有发现那个年轻男人从警校毕业的照片，也没有看到司法学院的学位证书，也没有找到这家人曾去过墨西哥的证据，更没有看到因为从竞争对手那里得到报酬而一夜暴富的明显证明。

赫莱拉检查的最后一个房间是另一间卧室。墙上挂满了玻璃镜框装裱的百老汇音乐剧剧照，每一张照片里都有那个演员，除了在舞台上的照片，剩下的都是他与其他人的合影，那些人看上去也是演员，因为他们都焕发着一种特殊的光芒。

赫莱拉把脸凑近玻璃。这些全部是没有经过修改的真实照片。说实话，即便是联邦调查局或者是锡罗亚贩毒集团，也都不会大费周章地制作这么多张假照片。他果真是一个演员。

他又走进和卧室连在一起的浴室。赫莱拉每次检查浴室的时候，从来不放过任何一道门或者一个抽屉，对这间浴室也不例外。打开药物柜的时候，他动作放得极为缓慢。在柜子里的第二层上，除了几个镊子，还放着一罐维生素。

不是普通的维生素，而是产前维生素。

那位未婚妻怀孕了。

有意思！

第四十八章

整整三天，我如坐针毡，心乱如麻。

我一直坐立不安，因为我的大脑一直在运转，总是在想或许我将因为一个凭空捏造的罪名而在监狱里关八年。虽然我有权利指责丹尼·瑞茨或者新科利马犯罪集团，可是归根结底还是要怪自己轻易相信了他人。

这种绝望的情绪一波又一波地向我袭来。有些时候，我觉得自己应该还可以应付。虽然我犯下了一个弥天大错，还将为此付出沉重的代价，可是在这个世界上有很多人，他们所犯的错误更为严重，又或者是遭遇了更大的不幸，如果他们都能继续活下去，我也一定可以。

八年又不是终身监禁——虽然给人的感觉和终身监禁没有什么区别。

可是有些时候，这种绝望的情绪过于强烈，压得我喘不过气来。八年啊，我将体验八年行尸走肉般的枯燥生活，在监狱里等待着韶华逝去，还会让我心爱的人痛苦不堪。

这八年正好是我从二十岁迈入三十岁的过渡期，这本来应该是人一生中最为意气风发的时期，而我却将错过我的儿子或者女儿生命的前七年，出狱后将毫无父子或父女关系可言，他或许还会感到无比困惑，甚至还要背负着父亲坐牢的羞耻感。在这段时期里，孩子的性格会基本定型，甚至是全部定型，而我对此却贡献不了任何力量。

252

与此同时，阿曼达将作为一名单身母亲，艰难地维持着生活。我不敢设想，当我出狱的时候，她该心怀多少怨恨和不满，而我们的关系又会变成什么样子。

这类的胡思乱想让我恨不得找个地方藏起来，但是联邦监狱不会给囚犯放假。

所以我只能每天坐卧不安，心里七上八下。每天早上，我失魂落魄地去洗衣房工作，晚上就去打牌。为什么不去呢？我必须假装皮特·古德理希一切如旧，即使已经发现了自己被人愚弄，我也要假装生活里毫无波澜。

尽管我努力表现得举止正常，但是我敢发誓，米契对我的态度已经完全发生了改变。起初我以为这只是因为我过于敏感，然而过了几天以后，我可以确定米契的态度已经彻底变了。他开始自我保护起来，不再提关于狩猎的事情，也不再回忆他在联合南部银行任职时候的往事了。

其实都已经无关紧要了。我的任务发生了变化，早就与米契无关了。

我如今的任务是离开这个鬼地方。

因为没能和阿曼达联系上，我愈发感到寝食难安。她那边有什么进展吗？德拉耶有没有把她拒之门外？她会不会已经放弃了，然后回了新泽西？她是不是打算弃我于不顾？我只能瞎猜。

或许这三天里最奇怪的事情在于，从某些意义上来说，似乎什么都没有改变。尽管对我而言，那个周六上午，世界发生了天翻地覆的改变，但是对于摩根敦联邦惩教所来说，一切如旧。

一直到周三的上午，我结束了洗衣房的工作，刚走出来就被凯伦·兰波叫住了。

她轻轻拽住我的手臂，把我拉到四周没什么人的地方，然后轻声说道："狱警派我过来找你。来了两位联邦调查局的特工，他们在行政楼的会议室等你。请你和我去一趟好吗？"

我的第一反应是瑞茨和吉尔马丁简直是胆大包天，竟然敢拿着伪造的徽章直接闯入摩根敦联邦惩教所。闯入监狱和踩踏草坪能是一回事吗？

我的第二反应是恐惧。这两人真是"勇敢"，简直不把法律放在眼里。他们显然不会平白无故地来看我，一定是阿曼达的行动引发了连锁反应，很可能是德拉耶直接去找了他们，所以他们才过来，想要警告我不要企图玩阴的，没准儿还会威胁我，甚至威胁阿曼达——这更令人感到恐怖。

我跟着兰波太太进入行政楼，继而引发了我的第三个反应，或许我可以借着这个机会揭露瑞茨和吉尔马丁的真面目。我能不能在不让这两位假冒特工发觉的前提下，向兰波太太或者摩根敦惩戒所的其他高层人员发出暗示：这两名所谓的联邦调查局特工，实际上是贩毒集团的狗腿子？他们来探监真是大错特错，因为我可以借着这个机会，扭转现在不利的局势？

我爬上坡走向行政楼，脑子里各种想法层出不穷。

兰波太太领着我进了楼，走过一条铺着地毯的过道，我以前从来没有来过这片区域。她没有做任何的解释，只是打开了办公室的门，里面坐着两个人。

不是瑞茨和吉尔马丁。

办公室里坐着一男一女，都穿着正装。那位女士看上去一副正气凛然的模样，她的棕色头发刚好齐肩，已经掺有部分白发；那个男人一头金发，国字脸。这两人我以前从来没见过。

他们请我坐下。我按照吩咐坐下之后，脑子里依然在琢磨这究竟是怎么一回事，这时门又一次被打开了。

走进来的是米契·杜普瑞。

他既没有看我，也没有看那两位穿着正装的陌生人，相反，他似乎对那张书桌极为感兴趣。

那位女士对我说道："我是特工莉娅·海恩斯。"她说话的声音柔和质朴，只有在家人或者小学教师那里，才能听到这种音色。她示意旁边的那位男士，"这位是特工克瑞斯·霍尔。"

克瑞斯·霍尔看了我一眼，接着继续板着他那张面无表情的脸。他这种话少的人，大概连一篇仅仅只有五个段落的文章也写不出来。

海恩斯特工继续说道："我们是联邦调查局专门负责白领犯罪的特工。杜普瑞先生已经与我们很熟悉了。很高兴又见到你，杜普瑞先生。"

她平静地看了米契一眼，但是他却依旧热忱不减地研究着书桌。她分别递给我们两张名片，这场景真是似曾相识，当时的丹尼·瑞茨也是同样的动作。不过这一次应该是正牌特工了吧？毕竟杜普瑞以前见过他们。

她的名片上写着：

莉娅·海恩斯
联邦调查局亚特兰大办事处特工
地址：佐治亚州亚特兰大花街 3000 号
邮编：30341

这名片看起来是真的，不过话又说回来，丹尼给我的那张看起来也挺逼真的。

真是一朝被蛇咬，十年怕井绳，我请兰波太太上网查了查联邦调查局的官网，接着又拨打了亚特兰大办事处的电话，以核实莉娅·海恩斯的特工身份。兰波太太花了好几分钟，但是她很快就朝我竖起拇指，对着电话那头的某个人说道："谢谢。"

在这个过程中，莉娅·海恩斯安静而耐心地坐在原位等待着。之后，她继续说道："古德理希先生，你显然是不相信我，不过没关系，我非常理解。杜普瑞先生应该知道我从来都不喜欢兜圈子。我希望你们把一切挑明了说，至于你们最后高兴或者不高兴，我都不在乎。你看怎么样？"

"没问题。"我虽然这么回答了，可是对于现在究竟是怎么一回事，仍然一头雾水。

她说："今天我们来这里的缘由有点儿不同寻常。西弗吉尼亚州北区一位名叫大卫·德拉耶的副检察官主动联系了我们，他说你的未婚妻将你们的谈话内容转告给了德拉耶先生，她想通过与我们合作减少你的刑期。在讨论细节之前，我希望你能明白，联邦调查局不是国家的司法部门，所以无权缩短或者取消你的刑期。我们最多只能向法官提议，然后就无能为力了。你明白了吗？"

"明白。"我回答道。

"很好，那么我们继续。我们听到的事情，说实话，与我们往常熟知的截然不同，其中一些细节还涉及杜普瑞先生一直不愿意交给我们的那些文件。我想你知道我在说什么？"

"是的。"我回答得很真诚。

"你是否介意把你告诉你未婚妻的事情再说一遍？我想确保自己没有理解错误。"

米契瞪了我一眼，他的愤懑之情溢于言表，这无疑是违背了永不告密的准则。可是我已经不在乎了，只要有助于我走出摩根敦联邦惩教所的大门，我甚至不介意把米契扔下"车"，任凭他的脸被碾压出车痕。

我把米契之前告诉我的内容精简、压缩后，对两位特工重述了一遍。虽然说我是律政界的外行，可还是感觉到海恩斯特工对那些存（汇）款单据特别感兴趣，于是我告诉了她我所知道的一切。

等到我说完了，她转向米契。

"杜普瑞先生，这些细节远比你之前给我们的要丰富。你能否证实古德理希先生刚才所说内容的真实性？"

米契的下巴变得很难看，下牙狠狠地咬着上嘴唇，说话的时候也是凶神恶煞的。

他说道："你们现在想和我说话了？你们这群家伙！我当时想告诉你们联合南部银行到底是怎么一回事的时候，你们充耳不闻；但是现在，你们又有兴趣了？把我关进监狱，毁掉我的人生以后，你们就有兴趣听了？别想了，现在别想了，以后更别想了！我对你们无话可说。"

海恩斯对此处变不惊，毕竟"小学老师"之前又不是没有对付过叛逆任性的"三年级学生"。

但是，她再怎么冷静也没能平息米契此刻的怒火。其实，如果设身处地站在米契的角度来看，他原本竭尽所能想要阻止贩毒集团继续犯罪，没想到最后却被诬陷入狱，换成是我，我也会暴跳如雷。

现在的问题在于，他的愤愤不平让他变得目光短浅，他对联邦调查局的偏见极深，坚决不愿意让对方有任何成功的可能性，完全没有考虑到怎么才能为自己争取最大利益。

我必须提醒他，如果他交出这些文件，实际上就是在拯救自己以及他的家人，也包括我和我的家人——当然，我不能刻意强调这一点。但是我忽然觉得，如果我继续假扮皮特·古德理希，我就很难说出自己的真心话，而他必须从托米·詹普的嘴里听到这些真心话。

海恩斯特工即将开始她的第二轮进攻，我突然打断了她："海恩斯特工，能不能让我先和米契说几句话？有些事情我必须向他坦白。"

不喜欢说废话的莉娅·海恩斯特工好奇地打量了我，然后简要回复道："当然，请说。"

我转向米契，然后说道："我想告诉你的第一件事是……"

我此刻不再用皮特·古德理希的西弗吉尼亚山区口音。

我用自己正常的发音说："我的名字不是皮特·古德理希，也不是什么历史老师，我没有抢劫银行，也没有妻子和三个孩子。我之前和你说过的关于我的事几乎全是假的。"

说到这儿，我停顿了一下，想看看他对此会有什么反应。然而，他面无表情，所以我继续说道：

"我叫托米·詹普，是新泽西的一个演员。我有一个正怀着身孕的未婚妻，还有一个每天忧心忡忡的妈妈，我只有这两个家人。联邦调查局雇用我，就是想让我查出你究竟把文件藏在了哪里。他们给了我 7.5 万美元作为报酬，而且承诺如果事情办成了会再给我额外的奖励。我原本以为那个人真是联邦调查局的人，因为他是我的发小，所以我选择了相信他，结果没想到他实际上是贩毒集团的人。我刚到这里的时候对

257

这事毫不知情，以为自己真的是在替好人办事。"

演员善于判断观众的反应，很显然，在座的各位都没有料到会有这么一出反转。大卫·德拉耶肯定没有提及这部分内容，这也不难理解，因为一旦说了，无疑就是承认他在其中起到了推波助澜的作用。

"上周末，我的未婚妻得知了事情的真相，特意跑来提醒我。紧接着她就去找了那位检察官，所以才会有我们今天坐在一起的场面。事情的核心不单单是我的愚蠢，我一直在骗你——我对此感到非常抱歉；但真正的重点是，贩毒集团会继续寻找那些存（汇）款单据，他们会不遗余力地寻找，而且手段会越来越高明，越来越阴险。他们原本是想利用我，但是显然失败了。可他们肯定不会轻易罢手，他们会想方设法、不择手段地达到目的。

"一旦某一天他们找到了想要的东西，得偿所愿是迟早的事情，那会儿你就真的穷途末路了，这样的事情还少吗？但是，假设你将这些文件交给联邦调查局，结局就不一样了。我知道你不相信联邦调查局，这也不是你的错。可是你想想，他们会怎么利用这些存（汇）款单据呢？他们会用它击溃贩毒集团，彻底地摧毁它，绝不手软。艾尔·维欧要么是死——他绝对不会容许自己被生擒活捉——要么就是被关在超高戒备级别的监狱里，完全与世隔绝；而他的手下呢，死的死，被抓的被抓，剩下的有可能会为取代新科利马集团的其他贩毒组织卖命。虽然说需要一段时间，可是到了最后，就不会再有人有谋杀你的意愿或者渠道了。你也不用每天活得惶恐不安，你将重获自由——真正的自由。所以啊，告诉他们文件在哪里，让我们都回家吧！"

我翘首以待地看着米契。毋庸置疑，我刚才说的话已经让他有些动摇了，因为他不像之前那么怒火中烧了。

至少，他看起来似乎正在琢磨掂量整件事情。而他作为一名银行家所接受的培训，就是评估风险，避免损失。我刚才陈述的那些话适用于这些原则。

一阵沉默之后，他看着海恩斯特工，询问道："你正在录音吗？"

"没有。"她回答。

他说："我想，或许你应该开始录音。"

她从衣服口袋里拿出自己的手机，按了几下，然后把它放在桌上。作为官方记录，她首先介绍了日期和场地，然后介绍包括她在内的所有在场人士。

她说："好了，杜普瑞先生，你与联邦调查局的对话将被录音，请你继续。"

"好。我只是想确认自己理解无误。如果我交出这些文件，那么我就会被视为'合作的目击者'，对吗？"

海恩斯特工回答道："对。"

"那么联邦调查局将会怎么帮助我呢？"

"我们也许能给你提供比上次更优越的帮助。"

米契追问道："怎么说？"

"我们现在已经知道那些证据很有价值，也许会提议让你提前释放。我猜，你肯定是希望能为你自己和家人申请目击者保护，我们可以批准。"

米契说道："这只是一个开始，但远远不够；我希望你们能追查、起诉萨德·莱纳，对他以及联合南部银行其他知道这件事情的人给予最严厉的惩罚；我还要求联邦调查局开具一份书面道歉信，承认起诉、制裁我是错误的，承认我是百分之百无辜的，而且你们既失职又无能。"

海恩斯特工抿抿嘴唇，这是她唯一一次情感外露，很快她又恢复了冷漠的表情。

她说道："如果你的证据真的像你所说的那样，那么我们可以承认工作的失误。"

"书面承认。"

"书面承认。"她重复了一遍。

米契坐在那里俯视着她，享受着这沉冤得雪的短暂时刻，期待着下一个更大的惊喜。

他说:"那就是说,我提前释放,你们起诉莱纳,外加书面道歉信,用这些来换那些文件,我理解对了吗?"

海恩斯说:"是的,外加我刚才补充的前提。"

我屏住呼吸,不禁想起了阿曼达,想起了我们的孩子。我再也不用在监狱里替犯人洗内衣了,我终于可以重新过上虽说枯燥无奇,但平安静好的日子了。

接着,米契阴毒地笑了一下说道:"好啊,你们见鬼去吧,我不会答应的。"

这个浑蛋。他分明是有预谋的,故意在我们身上插把刀子,然后再转一下。

米契·杜普瑞绝不松口。也就是说,我必须在监狱里待上将近十年才能重获自由。我忍不住发出一声哀号。

"我很高兴,这些话都录下来了。各位,失陪了,我还要继续服刑呢。"他扬扬得意说道。

他起身时把椅子向后一推,朝着门口走去,留下我们几个有点儿不知所措地待在原地。

这时,那位金发特工克瑞斯·霍尔第一次开口说话。

他说:"杜普瑞先生,或许你应该稍等片刻。"

米契没有停下脚步,他的一只手已经握住门把手了。霍尔从一个文件夹里拿出一张照片放在桌上。那是一张8英寸×10英寸的彩照,上面是一个瘦小的女人,金色的头发暗淡无光。

那是杜普瑞的妻子,她的手里握着一把枪。

第四十九章

米契仍然握着门把手,但是没有继续朝走廊的方向前行。他转过身对着桌子问道:"这是什么?"

霍尔提议道："你不如坐下吧。"

"这到底是怎么回事？"

"杜普瑞先生，这位是你的妻子……"

米契火冒三丈地说："浑蛋，我当然知道。"他扭头看了海恩斯一眼，"你他妈的别再录音了。"

接着他又盯着我问道："你知道这事吗？"

我说："我不知道，我可以发誓。"

米契还站在门边，不过已经不得不朝我们靠近了一步。

霍尔又说："先生，坐下。"他这次的口吻更加坚决。

不管米契与自己做了哪些心理斗争，他很快就回到那张还热乎的椅子上。他坐了下来，然后说道："好，你说吧。"

霍尔说："你应该也知道，我们一直在留意你的妻子，不过也不是时时刻刻都在跟踪她，毕竟我们没有那么多的人手，我们只是偶尔去她的新家周围远远地看看，有时候会派人跟着她，希望她能带我们去某个我们还不知道的地方。"

米契下巴的肌肉皱成一团，仿佛他的后槽牙全都长到一起去了。

"几天以前，一个周六的夜晚，我们有一名特工尾随她。根据我们的经验，那些怀疑被我们跟踪的人，到了周末总会变得大意，因为他们觉得我们周末要休息。不论怎样吧，我们拍到了好几张特别有趣的照片。说实话，我们之前完全不知道这些照片有什么用，尤其是在周一德拉耶先生拜访我们之后，这些照片开始变得棘手了。或许你想看看这些照片。"

霍尔把照片摆着桌子上。照片里有大片阴影，貌似是在夜晚拍摄到了某个黑暗的地方，不过图像还是很清晰。第一张照片上，娜塔莉·杜普瑞坐在一辆起亚车的驾驶座上，那辆车停在一栋大砖房前面，房子有白色圆柱装饰。

霍尔说道："你应该知道这里是萨德·莱纳的住所。"

米契没有回答。在霍尔接着摆放出来的照片上，娜塔莉手中握着一把枪，然后又把手枪放回到手袋里。

霍尔说："这个时候是她第一次即将违法。在佐治亚州，你可以在自己的住所或者私家车里持有手枪，但是，如果想要拿着手枪走出私家车，就必须具备持枪许可证明。根据我们调查的记录，她没有持枪许可证明。这只能算是行为不当。不过故事才刚开始，我们继续往下看。"

另一张照片上，娜塔莉下了车，她的手扶在那栋大砖房子的前门上，扭头向身后打量，最后一次检查有没有被人监视。虽然说我并不知道接下来她要干什么，但是假如我是陪审团成员，我现在就已经做好准备给她定罪了。这场景仿佛是有一位导演嘱咐她："请问你可以看起来更具犯罪感吗？"

霍尔显然很得意，继续说："所以，我们现在抓到她非法侵入他人住宅，因为她是在未被邀请的情况下擅自进入他人的私人住宅，有违法意图。顺便补充一句，我们从那扇门上采集到了指纹，非常清晰，她真是给我们留下了好东西。"

下一张照片上，她登上前门台阶。由于拍照的角度问题，我们只能看到她的侧脸，不过她那豁出去的神情仍旧显而易见。

"我们现在要看的是一个重罪行为。"霍尔快速摆上四张照片。

娜塔莉·杜普瑞用手枪对准那栋房子，摁住扳机。接着，她眼睛半闭，枪身因为后坐力微微上扬。最后一张照片上，我们看到的是房子前门一侧的一头石狮子。它是事发之后隔了一段时间才拍摄的，因为已经是白天了。石狮子脸部有一小块已经脱落了下来。

霍尔说道："如果你好奇的话，我们已经找到弹壳了，虽然说稍微有些走形，不过我们法医鉴定科的同事非常老练，他们可以轻而易举地确定这颗子弹究竟是从哪把枪里发射出来的。"

米契原本以为更糟糕的事情已经发生，比如血肉模糊的犯罪现场，或者萨德·莱纳的验尸照片，没想到事情的结局是良性的，至少相对而言是这样。因此，米契转守为攻。

米契说道："她朝石狮子开了枪，那能怎么样？那个社区大概有一半住户都恨不得朝那两头傻狮子开枪。"

霍尔摇摇头，仿佛这番言论让他备感忧伤："在佐治亚州，威胁目击证人是一件非常严重的事。"

米契喊道："你在开玩笑吧！"

霍尔没正眼瞧他，只是继续说："法律牵涉两个方面。第一，企图谋杀或者威胁目击证人，刑期为十到二十年。那么这起事件属于企图谋杀吗？根据法律，在他人住所使用武器，可被视为企图威胁对方生命。至于如何定罪，检察官说了算。鉴于杜普瑞太太对莱纳先生显然心怀怨恨，这案子是板上钉钉的事。"

"她只是朝石狮子开了枪。"米契重复道，这次是大声咆哮。

"那么我们就要看看法律的另外一方面，这与我们现在讨论的事情密切相关，它说的就是，如果某人威胁要破坏，或者已经破坏了目击人的财产或住宅的情况。杜普瑞先生，听清楚措辞，财产或者住宅。我们现在说的这起案件，财产和住宅都牵扯了。依照法律，最低刑期为两年，此外，因为她是使用枪支进行的犯罪活动，所以刑期恐怕会延长，法律规定最高可以增加至十年。

"不论多少年吧，你的妻子总归会是一名被判了刑的罪犯，将被关押在监狱里。根据我们的了解，她的父母残疾，所以社会服务部门恐怕不会认定他们为合适的监护人。再看看你的刑前报告，你在佐治亚州也没有其他亲属，所以你的孩子将被寄养。超过五岁的孩子是出了名的难以安置。因此，你的两个孩子最终会被安排在群居家庭。"

米契说："够了，我知道了，我知道了，住嘴吧。你为什么要告诉我这些？"

海恩斯特工重新参与谈话，说："杜普瑞先生，事情其实特别简单。我们给你开出的合作条件，其中之一就是对这些照片视而不见。但是现在，萨德·莱纳怀疑是你的妻子开枪打了他的石狮子，尽管目前他还没有任何证据，我们也会竭力确保他拿不到证据，因为我们最不愿看到的事情就是一位想与我们合作的目击证人，却要时刻担心自己的妻子有没有可能被起诉。另外，一旦杜普瑞夫人享受目击者保护，就将获得新的身份，要想再把她带回佐治亚州接受犯罪起诉几乎是不可能的了。所以最好不要发生起诉的情况，对我们来说也更便利。"

米契总结道："所以，总的来说，你们不单单会给我自由，也会给我妻子自由。"

他摇摇头，每一次呼吸都伴随着身体的微微颤抖。

他说道："你们自己知道吗，你们这些家伙真是人渣！跟踪我的妻子，然后用这些照片来威胁我。我简直不知道你们晚上怎么能睡得着。"

海恩斯说："杜普瑞先生，这话我不太爱听。与贩毒集团相比，我们的做法完全不值一提。你藏着这些文件不上交，其实就是在让他们继续为非作歹，谋杀、恐吓、贩毒，无恶不作。只要在我的法定权限内，我会不惜一切代价遏制他们的气焰，所以我晚上睡得很好，承蒙你关心。"

霍尔冷冰冰地说道："杜普瑞，把文件交出来吧，别耽误时间了。"

米契居然笑出了声，他摇摇头，这声音和动作又是怨恨又是嘲讽。他低头看着桌子，又摇了好几次头，仿佛是对眼下的一切都难以置信。终于，他又抬起头来。

他说道："你说得对，别耽误时间了，我该告诉你们真相了。"

他的话音一顿。此刻的他就如同一个即将用手指引爆炸弹的人，他按下了按钮：

"真相是，我没有任何文件。"

如所有优秀的演员一样，在说完那句令人目瞪口呆的台词后，米契留下一段长长的停顿空隙。

他是要给观众们喘息的时间，让我们自行消化他的话。不爱说废话的莉娅·海恩斯听完后一脸吹毛求疵的表情。冷峻严厉的克瑞斯·霍尔的国字脸下巴看起来像是突然失去了平衡，仿佛就连他的沉稳都承受不住这个真相。

这对我来说如同晴天霹雳。我一开始被两个冒牌货蒙骗，承认犯下了莫须有的罪名，就是为了进入监狱找东西，结果这东西居然只是凭空捏造出来的，压根儿不存在。整件事情就像是一个多层蛋糕，是用一个又一个的谎言堆积起来的，上面铺着"讽刺"做成的冰激凌。

米契说："我也想交出文件，可是我怎么能交出自己压根儿没有的东西呢？我之前在这里对皮特——我也不知道他到底叫什么名字，我对他说的那些话全是真的。当时我是一位恪尽职守但微不足道的监督主管，好几年时间里，我填了《可疑行为报告》，还附带了存（汇）款单据的扫描件。我把这些文件全部交给了萨德·莱纳，以为他会上传到金融犯罪执行网络。这些东西全都储存在电脑里，我每次都把那些存（汇）款单据撕毁了。我多么希望自己当年哪怕是保留了一张也好，这样我现在就不用待在这里了。但是，我早就已经将它们悉数销毁了。

"我当时绝对想不到，自己有一天会被上司摆一道。我原本以为金融犯罪执行网络的工作人员迟早会上门调查，然后遏制整个事件。我当时就想，鉴于我和莱纳的关系，恐怕也会被他牵连，但那对我来说，最糟糕的情况也不过就是重新找一份工作；如果真的是这样，那我也是一个英雄，因为我积极主动汇报了情况，让银行免交一笔巨额的罚款。

"当我终于意识到莱纳并没有提交《可疑行为报告》的时候，我寻思着自己还能有时间搜集到更多非法交易的证据，同时继续保留着存（汇）款单据，却没想到在我和莱纳在他办公室发生争执的第二天早晨，在上班的路上，我发现自己被几个墨西哥人跟踪了。我以为是自己想多了，因为觉得这太不真实，然而事实上，他们的确在跟踪我。我开始感到恐慌，接着，我还在努力搜集证据，准备检举的时候，莱纳却先发制人，很快你们就带着徽章和搜查令上门逮捕我了。"

他翻了个白眼，然后继续说道："你们显然是混淆了好人和坏人，可是我说服不了你们。客观说来，针对我的证据的确是板上钉钉的，尤其是当我发现那些《可疑行为报告》已经不存在了的时候，我就知道自己只能认栽了。萨德·莱纳不仅没有提交这些报告，还利用自己副总裁的特权，将它们从服务器上删除得干干净净。他非常完美地掩盖了自己的行为。我终于明白，自己是一个后患，贩毒集团为了避免东窗事发，肯定要灭了我。我很担心自己的家人，毕竟这些墨西哥人知道我的住址。所以我就伪造了这个故事，谎称自己还留存着《可疑行为报告》以及存（汇）款单据。只要我怀疑周边安装了窃听器，就大肆宣扬这件事。这是我用来保护自己和家人的唯一办法。

"我和妻子两人总是在说，她想申请目击者保护而我却不愿意，我知道文件的藏匿地点而她不知道，我还把这当成附录添加进我的遗嘱里。其实这一切都只是在做戏。就算你们威逼利诱我交出文件，我其实也没有什么文件可以交给你们。你们所做的也只会是错上加错，给一个已经分崩离析的家庭施加更多的痛苦。"

他双手抱胸靠在了椅子上。海恩斯特工的表情依然没变，仿佛是在咀嚼什么难以下咽的东西。霍尔特工先开口了。

他说："我不相信你。你只是为了保住你的妻子。"

米契说："你能不能有那么一刻清醒一点儿？你好好想想，如果我真的有那些《可疑行为报告》和存（汇）款单据，在审判我的时候，我为什么不拿出来证明自己的清白？"

霍尔反击道："因为你想为贩毒集团掩盖罪行，正如你现在所做的这样。而你愿意遵照他们的指令继续服刑，是因为他们最终会给你一笔钱。"

米契向上挥动手臂："我已经不知道和你说过多少次了，我没有替他们办事……"

霍尔打断他："没有吗？你具备语言技能，你有机构特权，你还有人脉关系，你去过墨西哥那么多次……"

米契反驳道："那些都是合法的银行差旅。我当时在拉丁美洲部任职，我还能去哪儿出差？澳大利亚？"

"谁知道那不是你想出来的又一个理由，想为你在泽西岛的账户做辩解？让我来猜猜，或者你想说你继承了一笔遗产？"

"你就不能听我说一次吗？我对那个莫名其妙的账户真的毫不知情。那是萨德·莱纳搞的鬼，全都是……"

米契突然不再说话了，他沉重地叹了一口气，接着说道，"算了，已经没有意义了。你们想起诉我的妻子朝一座雕像开了枪？随你们的便吧。你们想让我的孩子变成孤儿也由你们去吧。如果这能让你们在职场上节节高升，我希望你们能为自己的升职感到由衷的、发自内心的骄傲，你们这群没心没肺的家伙。"

霍尔居高临下地说道："扣动扳机的人不是我，也不是我……"

海恩斯特工把手放在霍尔的手臂上，打断了他的话。

她说："好了，各位先生，我们今天就说到这儿吧。杜普瑞先生，如果你改变主意了，请告诉兰波太太。她知道怎么联络我们。"

"不，这与我改变……"

她对此充耳不闻，只是对霍尔说道："我们走。"

海恩斯特工站了起来，从桌子下面拿出公文包，将包打开，霍尔则开始收那些照片。

这次见面结束了。我接下来的刑期就要开始了，整整八年啊！我对米契没有文件这事确信无疑。经过两个月的相处，我非常了解他，米契·杜普瑞一定会不惜一切代价让自己的妻子免遭牢狱之苦，让自己的孩子不用寄人篱下。

但是，两位特工是否相信米契已经不重要了，至少就我的情况而言是如此。如果米契没有文件，我也必须待在监狱里继续服刑。我或许可以去哭诉自己是受了瑞茨和吉尔马丁的蒙骗，也可以去起诉大卫·德拉耶，让法院看到我的困境。

可是这些又有什么用呢？事情到最后总会回到一个最根本的问题上来：我承认自己有罪，所以我就应该坐牢。

米契凄凉地看着两位特工。他这一生遭受了太多不公平的对待，早就已经偏离了原本设想的轨迹，如今的他只剩下了凄凉。他的怒火很快就熄灭了，取而代之的是无助。

他问:"你们会怎么对付我的妻子?"

两位特工继续收拾东西。

他再次问道:"娜塔莉会怎么样?"

海恩斯将公文包合上,霍尔扣上他的外套。

米契悲戚地说道:"我求你们了,我的孩子只有这个妈妈了,你们已经夺走了他们的父亲,请不要夺走他们的母亲。我对你们发誓,我真的没有那些文件。如果我有,我早就交出来了。请你们相信我。我没办法制造出压根儿就不存在的东西。求求你们!"

他的声音在颤抖。我过于沉浸在这出戏里,以至于我忽视了他今天反复重复的那句最重要的话:

我无法制造出压根儿就不存在的东西。

这倒是给了我一点儿启发,可是还没有成形,只是模模糊糊的有个雏形,最多只能算得上是一团湿漉漉的黏土。我真希望这次见面能让我一直保持沉默,直到我真的想出一个万全之策。

可是没有时间了。这两位来自亚特兰大的特工绝对不会因为收到某名低端罪犯宣称自己设想出了一个天衣无缝的计划的消息后,大费周章地折回西弗吉尼亚。哪怕我现在只能呈现出一个半成品,我也必须立刻告诉他们。

我无法制造出压根儿就不存在的东西。

有一个念头一直在我脑子里的某个地方,我真希望能够拨开盖在上面的层层障碍,把它掏出来。

我无法制造出压根儿就不存在的东西。

我终于问了自己一个关键的问题:如果我们可以制造呢?

两位特工已经离开了桌子,朝房间门口走去。他们已经向兰波太太告别,并感谢她的热情款待,而她也礼貌地回应了。再有五步路,甚至不到五步,他们就要离开这个房间,永远从我的生命里消失了。

我要是再不张嘴，就再也没有机会了。

我说道："请稍等，我想我们不能错过一个绝妙的机会。"

这句话让两位特工停下了脚步，他们转身看着我。我滔滔不绝地继续说道：

"米契说那些文件已经不存在了，我相信他。你们是否相信其实也无足轻重。重要的是，新科利马贩毒集团坚信这些文件还在。米契非常了不起，能让他们相信这个谎言。我们可以借着这个'谎言'对付他们。"

大家都在听我说话，于是我又继续说道。

"我想，联邦调查局肯定希望能逮捕两个假冒调查局特工的贩毒集团分子，这两人还谋杀了一位名叫科瑞斯·兰哲迪格的副检察官，他们已经向大卫·德拉耶承认了这件事，我想德拉耶可以做证。"

海恩斯特工说道："说下去。"

"好。因为现在，那两个假冒的特工以为米契正在考虑他们开出的条件，也就是100万美元，外加目击者保护等各种条件——只要他能说出文件的藏匿地点。他们还不知道我已经和你们见过面了。我可以给他们打电话，然后告诉他们好戏开始了，我已经知道你们不是调查局的人，不过米契愿意游戏继续。他可以交出文件，但是索价500万美元，而我也要收取500万美元的中介费。他们肯定是想先看到文件，那我们就让他们看。我们只需要让米契伪造一些《可疑行为报告》和存（汇）款单据。你可以伪造出来吗？"

米契压根儿不用细想，他说："只要给我一台电脑。我过去四年每天都在填写这些东西，闭着眼睛都能弄出来。"

他对海恩斯说："事实上，如果你们派人去墨西哥的货币兑换机构，拿几张空白的存（汇）款单据回来，我一定能够做到以假乱真。反正那些签名都是假的，他们似乎都是随意想了几个西班牙语名字，诸如胡安（Juan）、卡洛斯（Carlos）、帕布鲁（Pablo）和乔瑟（José）之类的。有

269

些单据稍微有点儿折痕，就好像在衣服口袋里放了一段时间，不过这很容易模仿。"

米契又对我说道："唯一的问题是，过去四年里我几乎每天都在提交《可疑行为报告》。我甚至还伪造了一个大概的数量，九百五十一份。因此，他们一直希望拿到九百五十一份报告。如果伪造起来，这需要很长的时间。每份报告有三页。我大约二十分钟能伪造出一份。可是，就算是以这个速度，依然需要好几个月……"

我说："你不用那样做。因为要是没有存（汇）款单据，那些报告是没有价值的。我们可以对丹尼说，你只保留了单据，而且你已经把它们带进了监狱。这不会让人起疑心，因为我们可以携带合法文件入狱。九百五十一份单据大概一个鞋盒就能装下。"

海恩斯特工说："所以，我们以伪造的存（汇）款单据为诱饵，然后搞一个突然袭击，把他们都逮捕？"

我说："完全正确，你觉得怎么样？"

大概有十秒钟，房间里没人说话，这时，米契用他所处的现实情况，往我的热情上浇了一盆冷水。

"抱歉，我不知道自己能从这里面得到些什么好处。"他一边说，一边朝特工转过身，"他们将掌握不少的贩毒集团成员；你可以证明自己本来不应该被关在监狱里，也许法官会改变他的判决；那我究竟能得到什么呢？我恐怕是在给自己火上浇油。你大概也看到了，我已经有一堆麻烦事了。"

我说："如果你愿意合作，这就能证明你过去并没有在为贩毒集团办事。"

"是吗？那又能怎么样呢？他们有可能会授予我'年度公民'的称号，再给我一条天蓝色的表彰缎带。我冒了这么大的风险，收益却几乎为零。"

我说："不是零。我坚信两位特工一定会同意销毁你妻子的那些照片。"

270

一听到"照片"两个字，米契就一脸苦相。但是霍尔却说："我想我们可以答应这件事。"

大家都陷入了沉思。其实就算没有米契的合作，我们也能展开行动。没有他的帮忙，我们依然可以伪造存（汇）款单据，也许伪造出来的东西不如他的逼真，但是也够用了。

我发现大家开始对这个计划感兴趣了。对于我而言，瑞茨和吉尔马丁或许是救命稻草，可是对新科利马集团来说，他们最多只能算是中层步兵，这样的人不管死多少个，贩毒集团都不会在意，它们还是会继续运作。海恩斯和霍尔也许能从上级那里得到些支持。我到底能不能出狱还是未知数。说到底，这件事太微不足道了。

我必须有更宏大的计划，必须体现更大的价值。

如果说我刚才的计划还是雏形，此时我却突然想起了《大卫》（*David*）。

我说："如果我告诉瑞茨，米契要求将存（汇）款单据直接交给艾尔·维欧本人会怎么样？这样的话，剧本就会变样。米契索要 500 万美元以及一次会面，因为他要求艾尔·维欧亲自承诺，只要他交出这些单据，他和他的家人就不会被人谋杀。我们可以要求他们在多尔希旋钮花园进行交接，时间定在半夜。吉尔马丁对这个流程很熟悉，因为我们之前曾经在那里交接过。"

毫无疑问，这个提议让两位特工非常兴奋，也本该如此。如果哪位特工能够抓到艾尔·维欧，不管是在调查局内部还是在社会上，这赫赫的名声都能够长伴他一生。

可能会有人撰写相关的书籍，也可能会有人提议将它拍成电影，更有可能的是这位特工将会得到至上荣光。

霍尔此刻跃跃欲试，仿佛有人在他鞋里放了几枚大头针。海恩斯呢，她也难以掩饰脸上无比向往的神情。

她说道："也就是说，你引诱艾尔·维欧来到西弗吉尼亚，我们设下埋伏，等他现身的时候，伺机逮捕他。"

我说："没错。但是你们一定要小心谨慎，艾尔·维欧肯定会怀疑有陷阱。一旦他起了疑心，认为你们可能在附近……"

霍尔说："你别担心我们，我们知道该怎么办。你确定你能掌控那边的情况吗？你确定自己可以说服他们，让艾尔·维欧来这里吗？"

"可以。"我嘴上无比自信，心里却在犯嘀咕。

我赶紧补充道："但是……"

海恩斯盯着我，霍尔也不再那么跃跃欲试。

我说："我需要你们百分之百答应我一件事。"

海恩斯问："什么事？"

我说："我们俩都可以出狱。一旦事情传出去，是米契算计了艾尔·维欧，那时他如果继续待在这里，恐怕会有生命危险。至于我，我原本就不应该被关在监狱里。"

两位特工用眼神短暂交流了一下。

接着，海恩斯说："如果你们真的能够帮助我们抓到艾尔·维欧，我个人觉得你们将搭乘豪华轿车离开监狱。"

第五十章

接下来的几个小时里，我们一直在商讨行动的细节。

等到我们终于商议出切实可行的计划时，已经是下午3点了。我觉得自己已经做好准备给丹尼·瑞茨打电话了，至少我已尽力了。

我们一致认为，我应该用预付卡手机给他打电话。如果我用兰多夫的电话，监狱管理局的人极有可能会监听，其他的都先不提，首先丹尼说话就会有顾忌。多亏兰波太太的帮忙，霍尔特工出去买了一部翻盖手机，从外形上看，好歹不会让联邦调查局的人感到不适。

我说不想当着大家的面打电话，海恩斯特工起初极为不赞同。我告诉她，我的任务本来就够艰巨了，请不要再给我额外增加负担，逼我在几位观众面前现场表演打电话了。我还说，要想这个计划成功，在未来的日子里，我们必须彼此信任。这番话终于说服了她。

最后，她让步了。他们把我安排在会议室楼下一间空置的办公室里。这个场景太诡异、太神奇了，我从进入监狱开始，到现在两个月了，一直都过着与世隔绝的日子，如今突然有了一部手机。我拿着这部廉价的预付卡手机，仿佛是手持着古代传说中亚瑟王的神剑。

我坐在一张办公桌旁，感觉自己好像是监狱管理局的中层领导。我做了几次深呼吸，让自己在精神上做好准备。我必须装出还是受雇于瑞茨和吉尔马丁的样子，还是那个普通的演员，绝对不能让他们疑心我已经瞒着他们改变了"作战"方向。

我拨通了丹尼的号码。响了三声之后，我听见他无比警惕地说道："你好？"

自从知道他的真面目以后，这是我第一次和他通话。我忽然想起他对我变相的背叛，得意忘形地将我玩弄于股掌之间，而我呢，几乎一直是蒙在鼓里，毫无城府。一想到这些，我就觉得自己受到了羞辱，并且无比愤怒。

我克制住自己愤恨的情绪，用正常的语调，而不是皮特·古德理希的口音，对他说道："嗨，我是托米。"

"穷弹？这个手机号是从哪儿来的？"

"这是一部预付卡手机，我委托一名狱警帮我弄到手的。我想和你说一件事，不想让监狱管理局的人监听到。"

"哦，好，你真是够机灵的。你想和我说什么？米契终于下定决心了？"

"是的，没错。"

"他怎么说？"

"先不说他。有件事，我们要好好说说。"我单刀直入地将最新获悉的信息说了出来，"丹尼，我知道你的真实身份，我也知道你在替谁办事。"

"抱歉，你说什么？"

"我知道你不是联邦调查局的特工。"

"难道我不是吗？"丹尼依旧保持着他那处变不惊的语调，试图调侃我，"那我现在为什么还穿着调查局的制服呢？"

"省省吧，丹尼。我知道你曾经因为贩毒被法院审判，我也知道是你谋杀了科瑞斯·兰哲迪格，你逼迫大卫·德拉耶与你合作，你之前所说的一切都是谎言。"

"冷静，冷静，我完全不知道你到底在说什么。难道是有人……你是不是听了什么话，让你丧失了理智？帮帮忙，我实在想不通你这些话都是从哪儿听来的。"

"够了，别装了，一切都结束了。"

"我没装，我真的……"

"好啊，那你就证明给我看。你敢来摩根敦联邦惩教所吗？带瑞克·吉尔马丁一起来——谁知道他的真名是什么，告诉这里的狱警，你是联邦调查局的人，想找一名犯人谈谈。给他看看你们那个金光闪闪的假徽章，看看你们的身份证明能不能经受住不到五分钟的检查。"

"哇，别激动，穷弹。我……我现在手头上有点儿事，我不能因为你的奇思妙想就放下手上的工作……"

"这不是奇思妙想。"我为了保护阿曼达，所以撒了一个谎，"丹尼，别装了。我雇用了一个律师，让他去查档案，结果发现了你之前接受过审判的文件。纽约州南区法庭最后自主驳回，时间是两年前，而你却告诉我那个时候你已经在联邦调查局工作了。所以你还是别再撒谎了，这样我们的谈话才能继续。或者是你还想继续浪费我的时间？米契·杜普瑞已经下定决心要接受交易条件了，请你停止惺惺作态，否则我们无法交谈。"

有些术语是职业演员无从知晓的，例如"自主驳回"。我在语言上将丹尼逼到了墙角，我猜此刻他正在努力地从自己非常有限的回应方式中，寻找反击的办法。

接下来的近十秒钟里，透过这部预付卡手机的听筒，我只能听见嘶嘶的信号声。

他最终说道："好，我不是联邦调查局的人。"

"你一直在替新科利马贩毒集团做事。"

"是，也不是。我退伍之后做起了生意，一笔连一笔，后来就和他们扯上关系了。我帮他们做分销的时候被抓捕，他们替我出钱请了律师，让我全身而退。之后，他们认为我不该继续从事产品销售，所以我现在是独立的承包商。没错，我现在只为新科利马集团办事。"

"好极了。"我不得不再次压制住心中的怒火。

我想痛骂他，想让他给我一个解释。我希望让他对这么恶毒地蒙骗我这件事，感到罪不可赦。他把我骗进了监狱，现在不知道什么时候才能出狱，我想让他发自真心地向我道歉。我希望他好歹还能有点儿人性。

我提醒自己，这些都只是痴心妄想，而且现在已经不再重要了。我这个演员必须先把自己的情感放到一边，专注于任务。

丹尼问道："米契·杜普瑞是什么想法？"

"他知道你的真实身份，也知道我的真实身份。他现在愿意做这笔交易。"

"他会告诉我们文件在哪儿？"

我说："那些文件他带在身边。我当时一说出真相，他就承认自己从来没有保留过什么《可疑行为报告》，而是只留下了存（汇）款单据，毕竟这些单据才是裁定贩毒集团洗钱的实证。不管你相不相信，他把所有单据全放在一个鞋盒里，一共有九百五十一张。它们现在安全地存放在摩根敦，他可以随时取用，因为这些东西是合法文件。他愿意将它们带去多尔希旋钮花园，就是上次吉尔马丁给我鲭鱼时的地方，他知道具体位置。不过金额变了。"

"多少？"

"500万美元，两个人都是。鉴于你不是联邦调查局的人，所以肯定是没办法将我俩弄出去的，因此这个数目才对得起我们被关在这里的时间。我们会开海外账户，在米契将他的护身符拿出来之前，钱必须到账，

275

而且……"

在说出重点内容之前，我特意用了"而且"二字，以示强调。

"米契只愿将存（汇）款单据交给艾尔·维欧本人。"

丹尼立刻回答道："这不可能。"

"不好意思，必须要这样。米契要求艾尔·维欧本人和他面对面亲自做出承诺，这次交易结束之后，他们井水不犯河水，互不伤害。艾尔·维欧本人也不用担心自己头上有可能笼罩着"被引渡"这片乌云，继续做他的国际贩毒大佬；米契则继续做一名囚犯，但是心里却知道他和家人不会再有生命危险，而且等到他出狱的时候，还能有 500 万美元可以花。这就是交易的条件。"

"你不懂。艾尔·维欧不是小丑，也不是你打个电话他就上门为你家孩子生日聚会绑气球的服务人员，他从来都不约定见面的时间，即便他手下的人都不知道他什么时候会突然现身——他总是爱出人意料地现身。"

"好啊，那你就打电话告诉你的上级，米契会把存（汇）款单据交给联邦调查局，真正的联邦调查局。"

电话里的咔嗒声越来越明显，连续的沉默让我意识到我刚才说的那种做法，恰好是艾尔·维欧最害怕的世界末日。

丹尼说道："我想，他肯定不愿意看到那种结局。"

"我也是这么想的。还有一件事。"

其实这部分内容我不太确定，不过海恩斯特工援引了联邦调查局心理学家的多份报告，她强调过，速度极为关键。

我说："你只有二十四个小时可以考虑。如果答复是'不'，那么文件将会被送到联邦调查局；如果你愿意接受条件，那我们明天晚上就做交易。我明天这个时候会再给你打电话，等待你的答复。"

第五十一章

瑞茨将那位演员传达的消息转告给了赫莱拉。赫莱拉听了之后，立即发送了电子邮件。

四分钟之后，艾尔·维欧回复了四个字："你在哪儿？"

赫莱拉回复说自己在新泽西萨德布鲁克的万豪酒店，此刻正在鞠躬尽瘁地处理那个演员的事。

艾尔·维欧回答了四个字："原地待命。"

很快就到了下午4点，然后又到了晚上7点，现在已经是晚上9点了。

赫莱拉坐立不安，他一整天都在监视那个演员的家。他用假名"赫克托·雅辛多"又租赁了三辆车，这样的话，那个喜欢多管闲事、裹着头巾的男人就不会总是看到同一辆车来来回回了。

上午屋子里仍旧没什么人，刚过下午1点，两辆车出现在车道上。赫莱拉开车经过了车道，大概过了半个小时之后，他看见那个演员的未婚妻从她越野车的后备箱中取出了一个帆布行李袋。

他原本计划天黑以后再回来，那样可以更加便利地监视她，然而此刻他却不得不在酒店的房间里待命。赫莱拉甚至猜不透现在究竟是什么情况。按理来说，就算是艾尔·维欧要凑集那笔钱，也不需要用这么长的时间；对他来说，1000万美元是小数目。他显然是在思考交易里的另一个条件，判断风险和收益的关系。

拖延时间非常折磨人。艾尔·维欧素来行动干脆，做事从来不会耗费这么长的时间。他肯定也知道时间不等人。那个演员威胁要向联邦调查局举报也许只是虚张声势，但是一旦举报了，要付出的代价可就太高了。

赫莱拉一直在看手表。他不敢睡觉，就怕错过什么信息。

277

还差十五分钟就半夜 12 点了，他终于收到了一条信息。这次仍然是言简意赅的两个字："房号？"

这重要吗？赫莱拉在心里想道。但是他还是回复了。只要是艾尔·维欧发问，他就必须回答。

四分钟之后，有人敲响了房门，赫莱拉透过猫眼仔细观察了三次，确保自己没有看错：艾尔·维欧本人，他的身边还跟着两个保镖。他们此刻站在美国一家万豪酒店的走廊里。

难以预测。

赫莱拉既惊喜又害怕，也许害怕更多一些。艾尔·维欧应该不会在高档连锁酒店里杀人吧？

没有时间再去胡思乱想了。赫莱拉打开房门，努力做出一副喜出望外的表情说道："艾尔·维欧！这真是太出人意料了，天大的惊喜。"

艾尔·维欧说："是的，我想也是。"然后他让两名保镖留在原地。

接着他开始往房间里走，赫莱拉靠边站了站，让他进去。艾尔·维欧依然穿着黑色的衣服，戴着墨镜，系着多用途皮带，但是这次皮带上面没有挂武器。尽管这样，赫莱拉也没有放松下来。因为要是艾尔·维欧想任命新的安全主管，他大可以马上把外面的保镖喊进来干掉他。

赫莱拉不知所措，只好站在原地，对艾尔·维欧接下来的举动感到惶恐不安。

接着，艾尔·维欧一屁股坐在房间那头的一张扶手椅上，他那副卸下警惕的模样赫莱拉前所未见。他摘下墨镜，把它放在椅子旁边的小桌上，紧接着揉了揉自己一只好一只坏的双眼。

艾尔·维欧是从哪里过来的？墨西哥？欧洲？谁知道是哪里呢。但是他显然筋疲力尽。

"我想喝点儿东西。"他说话的声音很沙哑。

赫莱拉呆住了。艾尔·维欧应该不是想喝酒吧？房间里也没有迷你吧台，赫莱拉手足无措。

这时艾尔·维欧补充道："水。"

"需要加冰吗？"赫莱拉问道。

"加。"

赫莱拉拿起小冰桶，从两名保镖面前走了过去，然后又进入走廊，朝着电梯的方向走去，他之前在那里看到过造冰器。眼下的这个场景太超现实了，这个在墨西哥可以一手遮天的人，此刻正在等着赫莱拉给他拿冰水。

赫莱拉回到房间，倒了一杯水递给了艾尔·维欧。他一饮而尽后说道："请再倒一杯。"

又喝了两杯之后，他说："谢谢。"这会儿说话的声音更加有力了。他深吸一口气，又缓缓吐了一口气。赫莱拉努力不去看他的那只白色眼睛，它已经萎靡到没法和那只正常的黑眼睛同步了。

艾尔·维欧说："美国的那几位承包商干得不错。这其实是一次绝佳的机会。"

"是，但是我担心恐怕会有陷阱。"

在过去的几个小时里，赫莱拉就琢磨了这一件事。

艾尔·维欧问："谁给我们设陷阱？执法机关还是竞争对手？"

"都有可能，我们都要防范。"

艾尔·维欧说："我同意。我不认为那个银行家在跟美国执法部门合作。他之前曾经有机会跟政府合作，但是却放弃了。按理来说，即便是在一个安全级别最低的监狱，他也不太可能和其他贩毒集团联系上。但是，那个演员是一个新因素。我们现在对他了解多少？"

赫莱拉此刻自信暴涨，这个问题他可以回答得准确无误。

赫莱拉说："他背后没有什么秘密。丹尼·瑞茨与他从小一起长大。他一直在做演员，这确凿无误。我今天早上偷偷进入他家，里面挂着很多音乐剧的剧照，照片上都有他。我想这些照片应该不是伪造的。"

"他叫什么名字？"

"平时大家叫他皮特·古德理希，全名是彼得·兰费斯特·古德理希。"

艾尔·维欧微微点头，细细琢磨这些信息，然后问："你有没有查到什么证据，证明他去过墨西哥？"

"没有。"

"那我们最大的顾虑就是这个彼得·兰费斯特·古德理希在与美国执法部门合作。有这个可能吗？"

"虽说有可能，但感觉又不太可能。我没有找到相关的线索。"

艾尔·维欧闭上眼睛。显然，两只眼睛的眼睑都是正常的。赫莱拉从没见过艾尔·维欧的这一面，他此刻竟然开始犹豫不决，顾虑重重。

赫莱拉提议道："我们可以用替身。"

艾尔·维欧说："谁长得像我？"他睁开眼睛，显然是想让自己一好一坏的眼睛都盯着赫莱拉，"网络上到处是我没有戴墨镜的照片。如果因为我们玩手段而没有得到文件……"

艾尔·维欧不愿细想，他摇摇头说道："我想让这事赶紧结束。"

赫莱拉心想我比你更希望这事赶紧结束。正是因为这个想法，他忘记了生与死的威胁，脱口而出道："我觉得我们必须 atrevido（无畏），只需要 1000 万美元和你生命中的一个夜晚，我们就能让这件事彻底了结。"

当赫莱拉说出 atrevido 这个词的时候，艾尔·维欧眯起了眼睛。

艾尔·维欧问："如果那个演员想玩什么花样呢？"

"我有个办法。"

"什么办法？"

"我们可以买一份保险。"赫莱拉拿出手机，给艾尔·维欧看那个演员和他未婚妻的合影。

赫莱拉补充道："她怀孕了。"

艾尔·维欧打量了一会儿那张照片，点头说道："给瑞茨打电话，告诉他，我们接受交易条件。"

第五十二章

第二天清晨，起床的闹钟还没响，我就被突然惊醒了。

在兰多夫关了两个月，我早就养成了即便伴随各种噪声依然能够入睡的本事，可是我今天听见的噪声和以往相比稍微有些不同：金属门反复发出嘎吱嘎吱的声音、赤脚在房间里来回踱步的声音，以及拉拉链的时候发出的吱吱声。

好像是有人在打包东西。我睁开眼看着弗兰克，他已经穿好了自己的卡其色衣服，在房间里走动。我伸手去拿挂在床铺金属梁上的电子手表。

5点38。而我要等到下午3点，没想到还需要等这么长的时间。

弗兰克说："抱歉，把你吵醒了。我太兴奋了，睡不着。"

他所有的物件其实不算多，现在全部从储物柜里挪了出来，堆放在桌子上。

"你要走？"因为是清晨，所以我的嗓子干涸，发出的声音也很嘶哑。

"是的，先生。"他一边回答，一边挺起本就高大魁梧的身子，"今天是最后一天，我要回家了。"

我不禁微笑起来，说："噢，弗兰克，这太好了，真的太好了。你在这里待了多久？"

"我的刑期本来是八个月，因为表现优秀，所以提前两个月回家。"

我说："太好了，恭喜你。"

我倒是也可以继续躺下去，可是我为回家将要做出的努力也让我坐卧不安，尽管我回家的方式并不像弗兰克的那样传统。我用胳膊肘支撑起了身子，看着他继续打包出狱的东西。

我之前贿赂过他，让他挑衅米契，除此之外，我们的沟通交流极为有限。他有他的信仰，我有我的计划；我们互相尊重，保持距离，这似乎对我俩都有益。

281

可是我现在忍不住想知道一件事。

"请恕我冒犯，你之前是因为什么来到这里的？"

他转过他的大脑袋看着我。我正躺坐在上铺，终于可以和他平视着进行交流。不过我也只能看到他的眼白，他身体其余的黑色部分已经和黑暗的房间彻底融为了一体。

"那时候我女儿生病了，肾出了问题，那个病的名字我到现在都念不全，她每年需要 2.2 万美元的医疗费。先生，我是除草工，我的妻子是做美发的，我们能糊口，可是却买不起保险，更拿不出 2.2 万美元。政府说我们不能为女儿申请到免费医疗，是因为我们的收入太高了！所以我就偷了别人家的一张医保卡，然后带我女儿去看病开药。"

我说："所以你的罪名是医疗诈骗？"

"这件事我干了好多年，最后被关到这里。政府说，如果不是因为我行为恶劣，原本交一笔巨额罚款也就算了。但是又有人说我盗用了15 万美元的医疗费，因此必须蹲大牢。"

我说："因为你想让你的女儿好起来。"

"是的，先生。政府说希望我在服刑期间能长点儿脑子，可是如果迫不得已，我还是会这么做。"

一道微光照进了房间，映在他闪闪发亮的眼睛上。

他说："为了我女儿，我什么事都愿意做。"

"我明白。"我非常能理解他的这种心愿，"她现在好些了吗？"

"只要坚持服药，病情就能控制住。我被关进这里之后，我们家终于穷到可以让政府给我们买保险了。托上帝的福，尽管他保佑我们的办法有时候过于离奇。"

他背起了行囊，在他巨大的肩膀上，这个包显得非常小。

他说道："我必须走了。狱警们说如果我 6 点去行政处报到，就能搭顺风车出去，他们那时恰好有一辆卡车。"

我说："弗兰克，祝你好运。"

我们最后一次握了握手。接着，他离开了。

第五十三章

阿曼达这辈子都没有这么筋疲力尽过，她甚至怀疑自己到底有没有精力充沛过，至少体力上肯定是没有。

昨天整整一天，她、芭芭和布洛克从西弗吉尼亚驱车回来，两辆车是一前一后开回来的，但阿曼达觉得自己简直像是步行回来的。

晚上8点，她实在困得睁不开眼睛，只好上床睡觉。她的产科医生提醒她，头三个月里，肚子里的胎儿将形成至关重要的人体结构，所以她必须多睡觉。只是阿曼达怎么都想不到，这会让自己觉得像是患上了嗜睡症。

就像现在，已经过去了十二个小时，她依旧躺在床上。如果没有十个希腊赫拉克勒斯大力神的拽拉，她根本起不来。

这次去西弗吉尼亚途中并不觉得累，但现在才发觉真是要了她的命。首先，在监狱的探访间里，她目睹了托米几近精神崩溃的场景；接着，她又对大卫·德拉耶好说歹说，劝他合作；最后，她和联邦调查局的海恩斯以及霍尔两位特工见面的时候，他俩一开始根本不相信她，她费了好大的劲才说服了他们。

每一步都是耗心耗力的挑战，她不得不使出浑身解数，这些方法学校可从没教过她。好在有布洛克以及芭芭在一旁帮忙。即便是她这样勇猛好斗的密西西比姑娘，有时候也需要后援。

阿曼达原本想要待在西弗吉尼亚，这样能离托米更近一些。但是大卫·德拉耶和两位特工说，要想有实际行动恐怕需要数周时间，而且如果想要重审托米的案子并获得减刑——这将是最好的结果，恐怕需要更长的时间。

因此，大家最好还是全部回家。阿曼达勉为其难地答应了，尽管她总是怀疑，两位特工是不是故意找个借口想把她、布洛克和芭芭打发走。

好了，她现在回家了，躺在自己的床上，或者应该说是托米的床上。唉，干吗纠结这件事情呢？她睁了好几次眼睛，费了好大劲才把脚挪到地上。

托米的梳妆台有一面镜子。阿曼达站了起来，看着镜子中的自己。她穿着托米最喜欢的睡衣，他之所以喜欢这身衣服，主要是因为脱起来方便。她最近养成了一个新的习惯，就是拉起衣摆，研究自己的肚子。

肚子看起来比正常的要更圆一些，不过也有可能只是气胀。她打了个哈欠，伸伸懒腰，下楼去厨房。有些时候，如果她少量进食，没准儿就能减少呕吐的次数。

她觉得哪里不太对劲。首先是芭芭，她坐在沙发上，就那样安静地坐着，芭芭一向是风风火火的，不可能这么安静地坐着不说话。再说了，难道她不是应该已经去上班了吗？

第二个异样是芭芭的脸颊。她的脸紧绷着，也没在微笑，阿曼达还从来没见过她这种紧张的神情。

阿曼达进入房间以后，最后的也是最大的意外出现了，一个声音在她耳边响起。

一个男人在她身后说话。

他愉快地说道："早上好，我是赫莱拉，但愿你刚才睡得很香，我可不想吵醒你。"

"你是谁？"阿曼达一边问着，一边转过身去。她看见自己身后站着三个男人，应该都是墨西哥人。

那位自称赫莱拉的男人走过来，他上上下下足足打量了她三次。

他说："请跟我们走一趟。"

他说话的时候，她完全没有看他，因为只顾着看他手里的枪了。

第五十四章

下午 3 点，我走进了行政楼那间空置的"中层领导"办公室，手里握着重达六盎司的沉甸甸的预付卡手机。

海恩斯和霍尔两位特工也在精心地做着准备，他们从联邦调查局附近的办事处请求调派支援，希望能一举击溃新科利马集团可能带来的武装力量。他们的推测是，艾尔·维欧肯定有很多携带武器的保镖，除了保镖还会有一支装备先进的团队，在他们老板现身多尔希旋钮花园之前，他们肯定会对整块区域进行全面排查。

因此，做好隐身工作至关重要。霍尔特工说："我们的工作是要确保公园一英里范围之内的所有工作人员看起来毫不起眼儿，如同一个木桩或者是一棵树。"

米契也没闲着。那天早上，从墨西哥寄来一个包裹，里面装了共计一千份的空白存（汇）款单据。前一晚这些单据就作为"优先加急"的邮件被寄了出来。他让杰瑞·斯特洛瑟、波比·哈里森和罗伯·马斯瑞给他帮忙，他先是要求他们绝对保密，接着就将他们纳入了他所称的"造假小分队"。他们的工具包括十二种不同颜色、不同粗细和不同墨水的笔。大家躲在一个房间里，里面放着一块巨大的白板。米契根据自己的记忆，在上面写满了贩毒集团曾经用过的西班牙语名字。

根据米契的指示，每张存（汇）款单据上都填写了不同的姓名，随机写上一些金额。有些单据直接放进鞋盒，单据的表面平整光洁。但是有些则被不同程度地弄皱，例如被人坐在上面、折叠或塞在口袋里等等，然后再放进盒子里。大家熟练之后，每人平均一分钟就能伪造出一张单据，按照这个速度，他们现在应该已经完成了九百五十一张的任务。

我们的计划是，米契和我一起上山，等到艾尔·维欧对他保证他可以不受贩毒集团的打扰，平安长久地活下去之后，他就把鞋盒交给艾尔·维欧。我和米契都不会携带窃听器，我们一致认为这样做风险实在太高了，不过联邦调查局已经在附近安装了足够多的窃听设备，即使是一只蟋蟀放屁的响声，他们也能听见。

联邦调查局希望艾尔·维欧会对米契说一些暴露罪行的话，不过就算是没说，也不妨碍他们在我和米契离开后马上冲出来抓人。最初的起诉将是妨碍司法公正，因为他收受被盗证据。这大概类似于指控阿尔·卡彭[1]偷税漏税，不过管他呢。

海恩斯和霍尔将审讯瑞茨和吉尔马丁，让他们承认自己是受艾尔·维欧的指使，谋杀了科瑞斯·兰哲迪格。谋杀联邦政府检察官足以让艾尔·维欧以及所有相关犯人被判死刑，绝无假释的可能性。

万事俱备。我现在只需要确认双方同意交易。

电话才响了一声，我就听见瑞茨唐突地说："嗨。"

我也懒得说客气话浪费时间，直接问道："同意吗？"

"同意。"他说。

我紧握拳头说道："好。晚上1点准时见，我会穿着一套狱警制服，上次和吉尔马丁见面的时候我也穿着那套衣服。杜普瑞会和我一起去，他会把九百五十一张单据全部带去。你现在可以记下账号，然后给我们各自汇500万美元吗？"

"可以。"他说。

我告诉他海恩斯给我的账号。她当时解释说，联邦调查局会利用这笔钱对新科利马集团提出更严厉的法律指控，我不介意，反正我这辈子注定与钱无缘。

我说完之后，他说道："记下来了。"

"银行为高额个体储户提供全天候、无假日的热线服务。我已经告诉他们我将会有两笔巨额存款到账。晚上12点半我会给他们打电话，

---

[1] 1899—1947年，美国黑手党头目。

如果钱没有到账，我们就将直接联系联邦调查局。"

"明白。"

"还有，你们别想着趁米契交出单据的时候，借机朝我们开枪，我的室友知道我去了山上。"我嘴上虽然这么说，可实际上，我的室友此刻估计已经抵达南卡罗来纳州了，"我已经告诉过他了，如果半夜1点半我还没有回来，他就会察觉到大事不妙，然后告诉摩根敦联邦惩教所的每一个人，新科利马集团帮我越狱了。大概五分钟之内，你的老板就会成为搜捕对象。警察会封锁道路和机场，出动直升机，他们就靠这种事情吃饭，一定会无比上心。"

瑞茨说道："好。不过你们最好也不要心存侥幸，我们会检查鞋盒里有没有安装跟踪器。一旦里面有任何金属、电子或者其他发送信号的东西，我们立马就会知道。所以那个盒子最好'干干净净'。噢，对了，还有一件事。"

他故意做了停顿，所以我问道："什么事？"

"接下来的两分钟，你注意电话，保持畅通，有人要给你打电话，想和你简单聊聊。完事之后我会再给你打电话。"

"好，是谁？"

我一直在等，没有声音。他已经挂电话了。

三十秒钟之后，我的电话响了。来电号码非常陌生，区号是973，也就是新泽西北区。

我问："哪位？"

"亲爱的，是我。"阿曼达说。听到她甜美的密西西比口音本该是一件令人愉快的事，可是她的声音里却带着不该有的惊慌。

"亲爱的，出什么事了？"

她忽然又用镇定冷静的声音回答："他们要我告诉你，我和你妈妈被绑架了。我俩现在都很好，他们没有虐待我们，我们被关在……"

我只听到这么多。

我惊声喊道："阿曼达！阿曼达！"

她的声音消失了。我感到天旋地转，恶心与惊恐裹挟着我，脑海里一片空白，只剩下恐怖如同尖锐刺耳的音浪，要将周边全部淹埋。我费尽九牛二虎之力才稳住自己，不至于从椅子上跌落下去。

电话又响了。

瑞茨。

我咒骂他，他的母亲，他的祖宗十八代，从他原始人的祖先开始骂起。

等我骂够了，他才开口说："现在，咱们都清楚了，只要见面地点周边有陷阱，不管是执法部门，还是其他竞争对手，出现任何跟你所描述的交易过程不相符的东西，她俩都必死无疑，明白了吗？如果有必要，我们会一直留着她们的命。但要是你们胆敢跟踪我们，或者是艾尔·维欧不能安全回到墨西哥，她俩就休想活命。还有，假如艾尔·维欧对收到的那些单据有一丝不满，她们也活不了。如果我们收到任何风声，有人试图营救她们，不管是警察还是你其他的合作伙伴，我们也会杀死她们。她们是我们手上最万无一失的筹码。你都听明白了吗？"

我一字一句都听进去了。如果我真的对每个字眼都理解无误，如果我真正体会到我的未婚妻和母亲此时陷入危险境地的绝望心情，我恐怕会因为恐惧而立马休克。其实，就在现在，我已经因为急速运作的心脏不断将血液冲入我的血脉而感到头晕目眩了。

我好不容易挤出一句话："你……你们不会伤害她们？"

"我们暂时还没有这计划。"他的回答绝对不是我想听到的答案。

"那我怎么能知道你们会不会交易一结束就杀了她们？"

他说："的确说不准！晚上见。"

我跟跟踉踉地走出了办公室，又沿着走廊回到会议室。海恩斯、霍尔和他们的同事正一边对着笔记本电脑埋头苦干，一边用手机低声打着电话。

大门是开着的，真是谢天谢地，我觉得自己连推门的力气都没有了。

我几乎是凭借着以前接受的发音培训，用自己的肺部呼吸，才能勉强说出话来。

"行动停止吧。"我这么一说，至少打断了三个正在进行的对话，"结束吧。除了米契和我以外，请其他任何有人类特征的东西，都远离那个糟心的公园。"

会议室里大概有六位特工，大家都沉默了，一脸茫然地看着我。

穿卡其色制服的男士也没有告诉他们该怎么办。

海恩斯问道："能告诉我们发生了什么事吗？"

我语速飞快但又支离破碎地告诉他们，我刚才和瑞茨以及阿曼达在短暂的通话中所说的内容。海恩斯听完后，脸色也迅速阴沉了下去。

她说："我们原本应该想到贩毒集团会有这样的举动，也该早点儿采取保护行动的。这是我们的失误。"

我咆哮道："你他妈的说得太对了！"

霍尔对一位特工说："给纽瓦克地方办公室打电话，告诉他们现在的情况。"接着他又吩咐另一位特工，"给亚特兰大打电话，立刻保护杜普瑞的家人。"

他们好像根本没有听我说话。

我说："不，不，你们没听懂重点。别联系纽瓦克，也别联系亚特兰大。你们现在都回家吧，这事完了，他们赢了，我们输了。再见吧，一切都结束了。"

霍尔早已斗志昂扬，仿佛要来一场老式的斗鸡比赛。

"詹普先生，我很抱歉，真的非常抱歉。但请恕我直言，抓住机会逮捕新科利马贩毒集团的头目远比你的家人更为重要。艾尔·维欧已经杀害了上千人，如果我们不阻止他，将来会有更多人死在他手上。你明白吗？"

我说："所以你就准备再搭两条命进去，对吗？你他妈的真是个冷血的狗杂种！"

他冷冰冰地说道："那又能怎么样。"

"我不行！这么和你们说吧，你们现在立即停止，赶紧走人，除非我确定西弗吉尼亚州所有佩戴调查局徽章的人已经离开那个公园了，否则我是不会上山的。你们别想威胁我，也别想用钱收买我，更别指望对我行刑，我的立场不会变。你们都听明白了吗？"

海恩斯用中学老师的口吻说道："大家都冷静一下，深呼吸，好吗？"

我做不到，心里实在是火冒三丈。不过在海恩斯说话的时候，我至少还是闭上了嘴，只是恶狠狠地瞪着霍尔。

"詹普先生，首先，你不能在这里发号施令，这里我说了算。所以我们不会因为你说停止行动就撒手不干。我们暂停行动只可能是因为我喊了'停止'。大家都清楚了吗？"

霍尔本想反驳，但是还不等他开口，海恩斯就打断了他。

"克瑞斯，抱歉，但是我们的行动纲领非常清楚，联邦调查局不是意大利的马基雅弗利集权统治，这不是我的观点，而是我们的政策立场。在事先知道会危害到两位无辜平民生命的前提下，我们绝对不能继续行动，否则，詹普先生就能以误杀罪起诉调查局，那个时候，局长恐怕会开除所有和这件事有关联的人员。这才是我们应该着眼的大局。也许詹普先生说得对，贩毒集团先发制人，赢了我们。我们现在唯一的目标就是要确保大家的生命安全，最好的办法就是我们退后。"

从听到阿曼达的声音以后一直到现在，我终于可以稍微松一口气了。

我说："谢谢你，非常感谢你。"

海恩斯说："你要明白，因为我们抓不到艾尔·维欧，所以也没办法对你提供长期的帮助。我们还是会把杜普瑞先生纳入目击者保护的项目，这是为了他的安全问题考虑，毕竟为了让他今晚能继续合作，我们也不得不这么做。但是，我们帮不了你什么忙了。你可以就你的案子去法院上诉，我希望他们能召开听证会。但是，你极有可能要继续在监狱里待到刑期结束。"

我说："没有关系，真的没有关系。"

只要有一线生机，这个牺牲无关紧要。

她说：“好。今晚你可以继续按照计划进行交易。我们会把那部预付卡手机留给你，方便你检查钱有没有到账，不过你可别幻想着挪动那笔钱，我们为那两个账户设置了支取限制，而且明天早上我们就会更改密码。”

“好。”

“这件事我会事前告诉狱警，所以他不会干预你们。我和霍尔会留在这里，因为只要事情一结束，我们就立马带走杜普瑞，并会把其他所有人都调走。所以你要知道，你们俩上山的时候将没有任何后援。如果贩毒集团想对付你们……”

我说：“我听天由命。”

“好，我想话都说清楚了。你可以回你的房间了。”

我说：“谢谢。”

接着她高声宣布道：“好了，所有人，我们收拾东西，走人。”

第五十五章

以前在舞台上的时候，总觉得时间转瞬即逝；现在，自从我离开行政楼之后，我感觉时间几乎像是静止了一样。

我满脑子都是阿曼达、我的母亲以及我尚未出生的孩子，他们如今身陷困境。眼下对我来说，除非我得到通知说他们性命无虞，否则宇宙中的一切，乃至离我最遥远的星系，在我眼里都没有在正常地运转。

我在想阿曼达这会儿也许正在努力寻找生存下来的渺茫希望，她和我的母亲一定都在佯装坚强，她们不愿意让自己内心的恐惧写在脸上，因为她们担心对方，所以不能显露出害怕和畏缩的情绪。

她们是不是被贩毒分子捆起来了？她们被关在哪间地下室？那些人为了让她们更加顺服，有没有殴打、虐待她们？我不愿意去想，可是又忍不住。

最令人焦心的现实是，她们能不能活下来完全要看这个世界上最暴力的贩毒集团是否还有最基本的人性。我脑子里的思绪几乎要把我压垮，我的身体现在还能继续运作完全是因为它的基本功能还在自动延续，比如出汗和血液流动，它们大概是太傻，所以不知道早就应该停止了。

我自己一个人待着的时候，我就掏出预付卡手机给阿曼达、我母亲以及家里打电话，打了至少有五六次，全部转到了语音留言。我每次都听得很认真，因为我想听听她们说话的声音。

吃过晚饭后，太阳也下山了，我偷偷跑去找我藏制服的那棵树。衣服还是完完整整地放在原处，我松了一口气。

回到房间，我在弗兰克空出来的床铺上打开包裹。慕恩先生已经告诉过我，这张床会空出来一阵子。弗兰克这个大块头走了之后，房间显得比以往宽敞了许多。

熄灯之后，我躺在上铺。这次我不用再去担心要怎么找掩护了，所以现在我就像刚来摩根敦的时候一样，盯着头顶上的木头柱子。真是令人难以置信，居然已经过去两个月了。同样令人不敢相信的是，接下来的几个月里，我还要继续盯着这个天花板。

我的脑海里免不了又涌出一些黑暗的思绪，科瑞斯·兰哲迪格面目全非的死亡惨象吞噬着我，如同一首萦绕在我脑海里的悲歌。

难道我最爱的人也要面临着相似的命运？难道贩毒集团只会这么做生意？如果她俩牺牲了，我能坚持活下去吗？

最后这个问题根本不用多想。我很肯定我活不下去。

我想起自己在这二十多年的生命历程里渐渐领悟到的一些事：就算我们穷尽一生苦苦去寻找，也永远没办法找到能解释一切事物根源的答案，更没法找到可以解释真理的宏大叙事方法。就连古埃及神秘莫测的罗塞塔石碑也没办法通俗易懂地告诉我们，人生为什么总是迷雾重重。人类的步伐总是跌跌撞撞地书写着各自的故事，不断尝试着为自己梳理清楚原本既偶然又混乱的你来我往。

我们讲述着以自己为主角的故事，可是现实似乎又自相矛盾：那些用别人做自己故事里的主角的人往往活得最好，而那些但凡是只为自己的人最终都只会孤独终老。

如果阿曼达和妈妈都不在了，我的日子会是什么样子？

我不想去构思这样的故事，因为它的结局只有无法想象的苦楚和哀痛。

我脑海里反复浮现出各种恐怖的画面，然后就这样一直躺在床上，直到晚上 12∶25。我脱下卡其色的囚服，换上那套狱警制服，把过长的裤腿和袖子也卷了起来。

我走出房间穿过走廊，完全不在意经过的狱警办公室里有没有人。

到了户外，我打开预付卡手机，拨通了银行客户热线。我报上了账号和即将被更改的密码之后，一位带着加勒比口音的女性友好热情地告诉我，当晚早些时候，已经有 500 万美元到账，我又查询了第二个账户，钱也到了。

开始了，大幕拉开。

我上次是 12∶40 出发，时间还很充裕，因此这次我还是踩着那个时间点。不过这一回我不用偷偷摸摸的，动作应该会迅速很多。但是因为有米契在，恐怕又会耽误一点儿时间。这么算下来，其实还是扯平了。

我在外面一直游荡到 12∶38，然后去叫米契。他已经穿戴整齐，在房门口等着我了。我们短暂地对视了一下。他胳膊下面夹着一个鞋盒，里面装着九百五十一张单据，我希望它们是这个世界上最完美无瑕的赝品。

我们什么也没说，我先转身朝前门走去，然后他跟在我后面，到了户外之后，我又让他走在前面。这是我们事先商量好的，因为害怕艾尔·维欧的狗腿子在远处监视，我们这样看起来更像是一位狱警押着一名囚犯，我们需要的就是这个效果。

我们穿过休闲区的时候，我对他说："谢谢你，我知道这么做会给你的家庭带来风险。"

"这么做其实更好。你之前说得对，贩毒集团会一直对我纠缠不休，但愿这些东西可以让他们满意。"

"你接下来要怎么做？"

"联邦调查局还没有给我详细安排。我只希望能去一个暖和点儿的地方，例如亚利桑那州。你知道吗，我还从来没去过那里的科罗拉多大峡谷。"

我说："祝你去那儿玩得开心。"

"但愿如此吧。"

走了几步之后，他说道："关于你家人的事我感到很遗憾，海恩斯都告诉我了。"

我说："请别提这事了。我要是再琢磨下去，整个人都要垮了。"

我们很快就到达了树林区，开始专心致志地爬山。果然如我所料，米契耽误了我们的速度。

我一直警觉地打量着四周，担心海恩斯没有信守承诺，没有撤走她的人。要真是那样的话，我可以随时停止行动。除非艾尔·维欧真真正正地拿到了那些证据，否则联邦调查局没有理由抓人。我看过很多警匪片，所以非常了解，如果逮捕不是名正言顺，后续就会全盘皆输。因此我打算一旦看到让我觉得不安心的东西，就立即威胁米契，或者把他打晕，又或者逼他自愿交出盒子。

可是这树林里除了树还是树，所有的迹象都表明，联邦调查局已经把多尔希旋钮花园让给了犯罪分子。

我们来到山脊边缘，很快就抵达了那片空地。我这次规划的路线更好，所以我们离停车场附近的野餐区更近了。

那里停着三辆车，全都是黑色越野车。一群人围坐在野餐桌旁，我数了数，总共有八个人。从理论上说，其中一个应该就是艾尔·维欧，瑞茨和吉尔马丁显然也是在场的。那么剩下的五个人就是放风的、打手或者保镖，谁知道是什么工种。

"瞧，他们在那里。"我对米契说，说得好像他看不见他们似的。

他们察觉到我们已经来了，于是打开手电筒朝我们照射过来，还故意把光对着我们的脸。

丹尼喊道："你们不用再一起过来了，现在举起双手，一个一个过来。"

我先走了过去。他们手电筒的光线照在了我的眼睛上，导致我根本看不清前面有什么。我只知道有很多只手抓住了我，感觉像是被一只八爪鱼给擒拿住了。其中一个人脱掉了我的上衣，另一个人扯下了我的裤子，第三个人用一根棍棒在我身体前后方进行检查。在检查皮带和铁头靴的时候，那台机器没有响，那估计是为了防止被监听，用来检测发射信号的设备的，而不是一般的金属探测器。好几只手电筒在我身上来回照射着。

我说："动作快点儿。我们必须赶在 1：30 之前回去，否则大家都吃不了兜着走。"

"抱歉，穷弹，这是我们的办事流程。"说话的人是丹尼。我这才发觉，原来拿棍棒检测器的是他。

我才懒得管他们要怎么检查。"八爪鱼"的其中一个爪子用西班牙语嘀咕了几句话，大家都住了手。

丹尼说："好了，米契，该你了。"

我重新穿好衣服。米契也经历了同样的流程。他高举双手的时候，两只手还紧紧握住鞋盒。同样地，有人用西班牙语嘟囔了几句之后，检查停止了。米契手忙脚乱穿好衣服之后，又赶紧像之前那样把鞋盒紧紧夹在胳膊下面。

这时，一个带着头罩的人从暗处朝我们走来。其他人都对他毕恭毕敬，甚至是有些畏惧，由此看来，此人大概就是艾尔·维欧了。

他没有我想象中的那么高大，大概也就比我高了几英尺。夜色里我不太能看清他，不过还是能看到轮廓：他是棕色皮肤，头罩都盖不住他那一头浓密的黑发，他一定是拉丁美洲的人，他戴着一副反光墨镜。透过这样的墨镜他居然还能看清东西。

很明显他也觉得看不清。因此，当他走近我们的时候，他摘下了墨镜。很早以前在那家餐厅里，丹尼就曾经提起过艾尔·维欧有一只眼睛是白色的。现在，这只白色的眼睛正在夜色中发光。

不过我从他强大的气场中真正感受到的是罪恶的气息。被他这样盯着，让人感觉像是日落以后大地被一团预示着凶兆的乌云给笼罩了，光明也愈发暗淡了下去，偏偏还刮起了狂风，而你却只穿着单薄的短袖和人字拖。就算你穿着的衣服是干燥的，还是会觉得仿佛浑身都湿透了，冷得瑟瑟发抖。

他走到米契跟前，停住了脚步。

他用带着口音的英语说道："我就是艾尔·维欧。你想告诉我什么？"

米契显然是彩排过了，所以他的回答脱口而出："我想亲眼见到你，然后听你亲口说，我们今后不会再有任何瓜葛。你会得到你想要的东西，而我也一样，那就是不再被你们骚扰。我希望你发誓，你永远不会再来骚扰我、我的妻子和我的孩子。"

艾尔·维欧平静地说："我是一个尊崇和平的商人。我从没'骚扰'过任何人。我祝福你和你的家人长久安康、衣食无忧。"

米契说："我们握手为定。"

米契伸出右手。艾尔·维欧任凭那只手悬在半空中，仿佛觉得其中有诈，会突然燃起一团火。

米契说："在我出生的地方，当一个男人做出承诺的时候，他就会握住对方的手。"

他的手依然保持着握手的姿势，持续了好几分钟之后，艾尔·维欧说道："好。"

两人握手大概持续了一秒钟。

米契说："好。"他这时扭头看着我，像是在暗示轮到我了。

我说："等你回到墨西哥，请立即释放我的家人。"因为紧张害怕，我的胃里简直是翻江倒海。

艾尔·维欧不可一世地说："我不知道你在说什么。"

他那副事不关己的表情让我火冒三丈。出于本能，我冲上去抓住他的衣服，狠狠地将他拉过来。他身边的人一时间没有反应过来，大概是没有想到我这么一个没有武器的小个头儿，竟然会有这样的举动。

我咆哮道："别说什么不知道！如果你敢伤害她们，我这辈子都不会放过你。"我们的脸挨得很近，我说话时唾沫星子飞到他的脸上，他向后缩着脖子。

我好不容易把话说完。这时，他的一名保镖一把将我从艾尔·维欧旁边拉走，又把我推向另一名保镖。我被他从后面扼住脖子，我抓住他的手臂，试图摆脱他的控制。但他另一只手也围住我的脖子，力道更大了。他将我腾空拽起，我的身体悬空，自身向下的重力严重阻碍了我的呼吸。

艾尔·维欧平静地抚平自己的衣服。正当我眼睛开始冒金星的时候，他才说道："放了他。"

保镖松开我，我四脚朝天地躺在地上。另一位保镖踢我的肋骨，大概并没有用力踢。不过他的目的已经达到了，我肺里的所有空气都被踢了出来。

我还在大口喘着气，但已经下定决心要让这些人看看，我比他们预想的要坚强，所以我努力站了起来。米契看着我，疑心我是不是还想再攻击一次。不过，我的目的已经达到了。

所以，我用嘶哑的声音对米契说："把东西给他们。"

米契伸手把盒子递过去，艾尔·维欧双手接住。

经过一番精巧的布局和各种讨价还价，没想到最后就是这么简单。墨西哥的毒枭花了 1000 万美元，买了九百五十一张毫无意义的废纸。

艾尔·维欧说："谢谢你，杜普瑞先生。"

米契回答："好。"

艾尔·维欧用西班牙语说了些什么。那群人围在他四周，一起朝停

297

车场走去。

我也懒得等他们发出指令让我们离开了。米契也一样，他朝树林走去，我跟在他后面。一旦进了林子，我们就安全了。

我们大概走了十到十五步，前面还有将近五十码的路要走。我的肺现在已经可以正常呼吸了。我这辈子从来没像现在这样极度地渴望回到监狱。

接着，安静的夜晚突然被三次爆炸声撕裂了。

我一时间完全丧失了听觉，轰鸣的爆炸声让我的耳朵成了摆设。

但是我的视觉还在，至少能模糊看见。仿佛就在这一瞬间，凭空出现了一群戴着防毒面具和携带着黑色作战装备的人。

他们从不同的方向涌现出来，甚至让人觉得是从地底下冒出来的。他们手里拿着 AR-15 步枪飞速朝艾尔·维欧那队人跑去，不过我已经分不清谁是谁了。他们全都消失在一团白色的烟雾里。

我惊魂未定，听到的第一个动静就是枪支射击的"砰砰"声。我完全无法分辨究竟是墨西哥人，还是那些戴着防毒面具的人在开枪。我觉得自己本来应该俯下身趴在地上，可是我已经彻底地呆若木鸡、无法动弹。

瑞克·吉尔马丁从烟雾里跑了出来，他只是一个承包商，犯不着为了保护艾尔·维欧而搭上自己的命。他手里拿着一把枪，弓着腰朝树林跑去，全力冲向了一群士兵，对方别无选择，只好向他开枪，他手臂向上一挥，倒地了。

丹尼·瑞茨也试图逃跑，他也带着枪，但是跑了没几步就被击中了，后背连续挨了好几枪，他的身体扭曲，俯身倒在地上。眼前的景象太不真实了。我们年少的时候，常常会在老家哈肯萨克的操场上玩射击游戏，假装自己是电影《星球大战》里的战士，用树枝向伙伴们开枪。可是眼前，丹尼没有穿那个时候的迷彩裤，也不会再爬起来继续进行游戏。

在枪支你来我往的砰砰声中，我听到有人喊道："联邦调查局！联邦调查局！全部趴下！全部趴下！"

一听到这话，我发自本能地从胸腔里高喊："不，不要，不要！"

我顾不上身边横飞的子弹，只管朝着离我最近的那个戴着面具的人跑过去，他正拿着 AR-15 步枪匍匐缓慢前进，枪口朝着那团烟雾，只等下一个人从里面逃出来就开枪。我抓住他的防弹服，仿佛阻止他就能让眼前惊悚的战局立刻停止似的。

我大声呵斥道："你们这些白痴，不知道自己在干什么吗？你们会杀死他们的！"

显然他压根儿不关心，没有人会关心。莉娅·海恩斯特工之前说的调查局政策和误杀罪全都是谎言，就是为了蒙骗我，防止我拒绝合作，我却被她这种小学老师的伎俩耍了。

她甚至还作秀假装撤退，没错，还是一场专门针对我的作秀。她或许压根儿就没想过要取消行动。

克瑞斯·霍尔尽管招人讨厌，可是却说出了伤人的大实话：调查局是不会放过任何可以擒拿艾尔·维欧的机会的。也许调查局认为自己可以及时救出无辜平民，它甚至还冷血无情地权衡过，一个怀孕的女人和某人的妈妈对他们来说不过是连带的损失，对于华盛顿那帮西装革履的人而言，她们的性命安全根本不值一提。

被我抓住的那名特工用力地想摆脱我，我一怒之下就去抢他的枪。我恨不得拿枪杀死这帮特工。如果艾尔·维欧看到我在为他战斗，没准儿就不会觉得是我出卖了他，或许就会放我家人一条生路。

抢枪计划只进行了两秒钟，我就被另一名特工制伏了。后来又来了两名特工，轻而易举地把我压在地上，任凭我大喊大叫，又哭又闹。

我真恨不得他们杀死我算了，比起接下来将发生的事，死亡对我来说轻松多了。

我万念俱灰地想，就算阿曼达和妈妈现在还活着，她们离死期肯定也不远了。

第五十六章

两个女人被捆绑着，她们的嘴被堵上了，眼睛也被蒙上了，总之是作为人类的一切行为能力都被剥夺了。都已经这样了，赫莱拉还是几乎寸步不离，一直监视着她们，他绝不允许任何意外发生。

此刻她们被关在新科利马集团位于纽瓦克的避难所二楼，房间里的所有窗户都被用厚纸板遮挡住了。拉她们来这里的卡车，还是用"赫克托·雅辛多"这个假名字租来的，车停在外面。

年长些的那位女士，她的衣着打扮看起来显然是要去上班。赫莱拉之前故意没有把玻璃推拉门关上，就是为了方便自己那天进入她家。赫莱拉直接将她制伏了；年轻些的女人还穿着睡衣，她的双手被捆着，可还是尽可能用有限的自由不停用手将衣服向下拉。

赫莱拉逼迫那个老女人给她的同事打电话，告诉对方她要外出几天。那一周里她已经请过三天假了，所以再多请几天也不会让人觉得奇怪。另外那个金发的女人就简单多了，她没有工作，所以也不用请假。

没有人会找她们。就算有也无从找起。

负责打理这个避难所的两个手下和赫莱拉一起待在屋里，他俩前两天还曾经帮助赫莱拉准备武器。他们是本地人，也是属于贩毒集团比较卑微的下层，平常的主要任务是清点库存，偶尔再帮忙解决一些小争端。这次行动是截至目前他们碰见的最刺激的行动。

每过一两个小时，赫莱拉就移开塞在两个女人嘴里的破布，往她俩喉咙里灌点儿水。现在必须保证这两个人质活着，以免那个演员要求看到活人。

老女人骂骂咧咧地把嘴里的水朝赫莱拉吐过去。金发女人大概是顾念着肚子里的孩子，所以顺服地喝了水。

艾尔·维欧给赫莱拉下达的指令是……其实艾尔·维欧压根儿不用

费心，因为这其实是赫莱拉制订的计划，所以他知道自己在干什么。这一步他已经准备很久了。他只需要等待时机成熟，等待一个电话通知。

除了老女人骂骂咧咧的声音，外加某个手下间或发出的嘟囔声，房间里非常安静。

终于，赫莱拉的电话响了。

是从西弗吉尼亚打来的。

他用西班牙语说道："你好？"

他走到外面的过道里，听了一会儿电话，接着说道："明白，谢谢你，其余的事我会处理好。"

赫莱拉重新回到房间。

其中一个手下问："时候到了吗？"

"是的，站到那边去，免得血溅你一身。"赫莱拉指指右边的一个角落，面朝缩成一团的两个女人。

赫莱拉从腰带上取下手枪，这把枪装满了十五发子弹。他早已经把枪擦拭干净了，还特意除了湿，就是为了让它万无一失。他不想出任何岔子。

另一个手下说："我们可以玩玩这个金发娘们儿。"

赫莱拉说："对，你说得没错，我们先玩玩。"

他举枪，对着这两个手下。

"手放脑后，你们被捕了。"

两名手下呆呆地看着他，以为他是在开玩笑。这时从楼下传来两个声音。起初是一声刺耳的撞击声，接着是木头坠落的声音，前门被撞开了。

几个声音同时喊道："联邦调查局，联邦调查局！"

"手放脑后。"赫莱拉此时说话的声音更加有力，"你们这是在违抗执法官员的命令。我知道你们身上有武器，但是如果你们胆敢碰一下武器，根据新泽西州的法律，我就有权立即将你们击毙。现在给我举起手来。"

其中一人放下了武器举起双手，另一人的右手偷偷朝皮带摸去。

他还没碰到，赫莱拉就朝他连开了两枪，直接击中了要害。子弹的冲击力将他推向墙壁。他的身体沿着墙壁下滑，在墙面上留下了一条血迹，最后瘫倒在了地上。

尽管嘴被堵上了，可是那个金发女人还是尖叫了起来。

楼下的人喊道："有人开枪，有人开枪。"

剩下的那个手下此时顺从地将手放在脑后。这个时候，传来了几双靴子登上楼梯的声音。

赫莱拉冷静地说道："我们在这里。其中一人死亡，另一人已经投降。"

两名身穿防弹衣的调查局特工进入房间。他们迅速给活着的那个手下戴上手铐，带着他离开房间。

这个多年来自称为赫莱拉的男人此时才收好枪，走到房间另一边。他在两位女士旁边蹲下，轻轻松开她们的眼罩，把她们嘴里的布也拿开。

他说道："你们现在不用害怕了，已经安全了。"

他脱下自己的外套，轻轻披在那名瑟瑟发抖的金发女子肩上。

他说："你们大概也看出来了，我不是新科利马贩毒集团的人，我是墨西哥联邦警局的人。我们与美国联邦调查局合作。我的真实名字是桑切斯，身份是一名卧底特工。很抱歉，让两位遭罪了，但是我们必须要让艾尔·维欧、贩毒集团的所有人、托米以及你们本人都觉得你俩命悬一线。"

年迈的妇人还在调整自己僵硬的下巴。那名年轻女子先说话了。

"托米现在安全吗？"

桑切斯安慰她："他很安全。就在刚才，艾尔·维欧在西弗吉尼亚被逮捕，现在被监禁了，他的一些手下很聪明，没有反抗就投降。托米已经知道你们现在是安全的，也已经知道事情的原委了。我想他很快就会联系你们。他现在由联邦调查局监管，明天他将秘密接受一位联邦法官的紧急二次重审。我们有理由相信，那个时候他就可以重获自由。"

金发女子问道："他怎么会自由呢？贩毒集团会来找他麻烦的，不是吗？"

桑切斯说:"他们自己火烧眉毛,肯定无暇去报复一个大概都不会出庭指证他们的人。不过就算他们有这个想法,我想他们也无从着手。我是新科利马贩毒集团唯一一个知道托米·詹普这个名字的人。其余的人,从艾尔·维欧到他的手下,他们都以为自己是被彼得·兰费斯特·古德理希给算计了。我们都知道,就算他们满世界找这位古德理希先生,恐怕也是徒劳无功的,毕竟他们在创造这个身份的时候也没有留下任何的文件档案。"

年轻的女人问:"那瑞茨和吉尔马丁呢?"

桑切斯摇摇头说道:"我们在逮捕艾尔·维欧的时候,他俩就在枪战中被打死了。只有他俩知道古德理希的真实身份。"

"他俩一死,托米的秘密也就无人知晓了。"

尾　声

演出还没开始，台下就已坐满了观众。即便我不再需要登台亮相，不过能带领这批特别的观众进入梦幻世界，依然令我感到热血沸腾。

托米·詹普作为一名演员的职业生涯不会再延续了。

现在的托米·詹普是哈肯萨克高中春季音乐剧的导演，这是他指导的首部作品。

我们要演出的剧目叫《万事成空》[1]，鉴于我前几个月经历的那些事，这个剧目的名字或许取得非常相得益彰。这部剧是由上一任导演确定的，但是因为他行为欠妥，醉酒驾车，所以不得不提前退出了。

我就成了鸠占鹊巢的备胎，将以历史老师的身份长期顶替他，在这所高中担任导演和教师。我轻松通过了学校的背景审查，毕竟托米·詹普从没犯过什么事，也从来没有承认过什么罪名。

所有的迹象都表明，导演和教师这两个职位将永久地属于我，因为那位老师为了保住自己的退休金已经悄悄退休了。他十分惧怕我母亲机关枪一样的嘴，早些时候就跟我说过，如果我能在明年秋季前拿到教师资格，就可以获得这份工作。我现在已经有一些学分了，只需要再参加一些网络课程，再拿几个学分，就应该没什么问题了。

---

[1] *Anything Goes*，1934 年在百老汇首映，是一部充满巧合的喜剧。

这几个月真是好戏连连，除了工作的事情之外，我从摩根敦回家一周以后，就和阿曼达在哈肯萨克市政厅前举行结婚仪式了。仪式的规模很小，我在誓词里援引了电影《当哈利遇到莎莉》里的台词。现场观众只有妈妈和布洛克·德安格理斯，他给我们的结婚礼物是聘请了技艺超群的结婚乐队。

我们其实已经很少见到布洛克了，他周末一般都在巴尔的摩市。

我们用丹尼·瑞茨和瑞克·吉尔马丁已经支付给我的 7.5 万美元付了购房首付。联邦调查局不知道该怎么处理这笔钱，所以也就视而不见了。说来也是走运，那房子就在母亲那套住房的拐角处，正好挂出"售房"的牌子。我们已经给婴儿房新刷了漆，就等着人住了。

外面的世界也很精彩。艾尔·维欧背负了一长串的罪名，最主要的是谋杀科瑞斯·兰哲迪格，也还有很多其他的指控等着他。新科利马贩毒集团摇摇欲坠，他手下的主要头目要么被引渡，要么四处藏匿。大家都在揣测究竟哪个竞争对手会取而代之。

艾尔·维欧被逮捕的那天，萨德·莱纳也没能幸免，他回头是岸的速度比奥林匹克体操选手转圈转得还快，他迅速交代了所有的罪行：洗钱、陷害米契·杜普瑞以及长年与新科利马贩毒集团勾结。他甚至还承认米契被拘捕以后，他仍旧继续利用自己在银行的高管位置，设立了虚假账户为贩毒集团洗钱，这也解释了为什么贩毒集团一直留着他这条命。

出于安全考虑，他现在被关押在某个秘密地点，与其他所有人都隔离了。即使他积极配合调查，也要在监狱里关几十年。

我们绝大部分消息都是通过新闻获悉的。联邦调查局不太想去触碰彼得·兰费斯特·古德理希这件事，更不想闹上法庭。在情况汇报会上，他们告诉我彼得的证词在法律上有问题，首先他不是真实存在的人，原本就不应该进监狱；此外，我又亲眼目击了丹尼·瑞茨和瑞克·吉尔马丁的各种罪行，可是他俩都已经一命呜呼了。

我和联邦调查局没什么关系，有关系的是米契·杜普瑞。回家三个月之后，我收到一张明信片，卡片的正面照片是科罗拉多大峡谷，背面没有写寄信人的地址，只留了两行字：

> 我的旅途很顺利，
> 好好享受你的巧克力豆曲奇饼。

我们那天晚上以他的名义做了很多曲奇饼。我现在只要看到这种饼干，就会想起他。

我回家不久之后，阿曼达就重新开始了她的绘画，她希望在孩子出生之前尽量多画点儿，恐怕以后就没工夫画了。她参加了一个面向年龄在三十岁以下的艺术家的比赛，毫无悬念地赢得了冠军。后来，上西区的一家小型画廊看上了她的作品。虽然说也谈不上是一夜成名，但好歹也算向前迈出了一大步。今年秋天，她将举办自己的首次个人画览。

赫德森·范布伦终于罪有应得。十二位著名女性艺术家接受了《纽约时报》的采访，详细讲述了过去数十年间他的性骚扰行为。《时代周刊》更是将他戏称为"艺术界的哈维·韦恩斯坦[1]"。

我们也讨论过阿曼达需不需要站出来的这个问题，但最后还是决定采取观望的态度。我们最终决定，如果范布伦企图否认指控，那么她就会站出来说出自己的遭遇，支持其他女性艺术家。后来，范布伦公开向那些因自己举止鲁莽而受到伤害的所有女性致歉，此外他还宣布将永久关闭自己的画廊，并从公众视野里消失。另外，他还向一家旨在帮助性暴力受害者的非营利机构捐赠了大笔资金。我们觉得这件事情的落幕也算差强人意了。

除去这些，我们自己也是分身乏术。阿曼达怀孕三十九周，肚子里怀着的是一个小女孩儿，所有迹象都表明孩子非常健康。产科医生说阿

---

[1] Harvey Weinstein，1952 年出生，曾为美国著名电影制片人，在业内影响力极大。2017 年《纽约时报》爆出其性侵丑闻，之后，数十名女性电影工作者站出来指证韦恩斯坦在过去数十年间的性侵行为，最终引发了席卷全美的 #Metoo（＃我也是）反性侵运动。

曼达现在进入了"第三个三月后期",我说这是"换枕头时期",因为除非小心调整好几个枕头的位置,否则她压根儿无法入睡。

《万事成空》首演当晚,阿曼达并没有出席观看,因为没有那么多的枕头可以摆放在高中大礼堂的观众席,让她舒适地坐在那里观赏两个小时的节目。我的母亲在前排抢了一个座位,还答应阿曼达,看完后会向她详细讲述演出的情况。

我呢?我在后台,我现在觉得自己属于后台。将我毕生所学悉数教给这些孩子,然后看着他们在舞台上大放异彩,这种成就感远远超出了我的想象。我那位曾经畏首畏尾的"蕾诺·斯威尼[1]"现在已经知道了,她只需要打开嗓子,就能唱出醇厚的中低音,那震慑力足以震惊在场的所有观众——除非他是坚如磐石地坐在最后一排;"比利·克罗克"是一个墨西哥和日本混血的孩子,他的歌声是我在哈肯萨克高中舞台上听过的最动人的男高音。

事实证明,当掌声为别人响起的时候,会给我带来更多的满足感。

很多年轻的剧组成员已经在热烈地讨论我们下一季该演出哪部音乐剧了。我考虑了一下《彼平正传》。等到彩排开始的时候,我会告诉他们如何寻找属于自己的天空一角。

这倒也不是说我就打算彻底放弃表演了。我在闲暇的时候还是在继续构思着自己的音乐剧剧本,不过这个剧本讲的是一个曾经的百老汇童星在指导高中孩子演出时重获快乐的故事。也许某一天,等到我已经成熟到可以出演一些性格型角色的时候,等到我的生活没有其他各种琐事的时候,我还是会重新参加试镜的。

前路漫漫啊!事实上,我的梦想和渴望已经不再像以前那样以自我为中心了。作为一名演员需要一定程度上的自私,可是作为一名父亲却不可以。

---

[1] Reno Sweeney,蕾诺·斯威尼和比利·克罗克均为音乐剧《万事成空》的角色姓名。

这场演出已经不再围着我转了。

后来，整场演出中最重要的一个人——至少对我而言是至关重要的，她叫贝斯·弗兰德斯，是一名戴着眼镜的学生。她是幕后的成员之一，也是一个特别有责任感的学生。我安排她负责接听我的电话，叮嘱她我不愿意被任何事情打扰。

除非打电话的人是阿曼达。

因此，在舞台幕布即将升起的一个小时之前，我看到贝斯气喘吁吁地跑来，心里顿时一紧。

她上气不接下气地说："詹普先生，詹普先生，您的爱人，她说她要生了。"

我从她的手中抢过手机说道："谢谢你，我必须立刻赶过去。"

"但是詹普先生，您不在这里，我们该怎么办呢？"

我安慰她："你们不会有问题的。难道以前没有人告诉过你们演出必须继续吗？"

我想应该有人说过，尽管我也不太确定。我必须快速赶回去找阿曼达，这才是重中之重的一出戏，远比我在舞台上演过的任何一出戏都更加宏大，也更加重要。而且，这出戏距离最后一幕还很遥远。

实际上，它才刚刚开始。

致　谢

我曾经是一名记者，后来转型成了写小说的作者，我一直尝试着在虚构的小说里添加大量真实的素材，我以前的工作经验让我受益匪浅。

从微观层面而言，"第四阶级[1]"源源不断地提供了各种深邃的观点和专业的信息、知识，以及一些具有启发性的参考资料，从而让我这么一个步履维艰的作家对很多问题不再懵懂无知。

从宏观层面而言，这一点显得更为重要。当今世界存在的重大冲突，使得承认客观事实存在的人，与试图歪曲事实以牟私利的人之间相互敌对。现在我们比以往任何时候，都更加需要立场坚定、正直诚实的记者为黑暗的角落带来光明，从而提醒我们真相的重要性。

关于这本书，我要特别感谢英国《卫报》的艾德·乌理阿密，他报道了美联银行的渎职行为，以及美国—墨西哥边界的犯罪问题。

---

[1] Fourth Estate，又译作"第四权"，一般指新闻媒体。

尽管我从来没和他见过面，也没有交流过，可是我写这部作品的时候却从他精彩的报道中深深获益。

这部作品里有很多虚构的成分。如果没有杜敦出版社的鼎力支持，大家恐怕也没有机会读到这部作品。我首先要感谢我的编辑杰西卡·莱哈姆，接替她工作的斯蒂芬尼·凯丽，以及她们的好帮手玛雅·帕斯修托。我还要感谢为作品做宣传的玛利亚·维兰、贝琪·奥德尔和阿曼达·沃克，还有做市场推广的艾琳娜·维斯贝恩和凯蕊·斯温顿尼克、封面设计师克里斯托弗·林、产品编辑莉安·庞布敦、纸质版专家本杰明·李，以及三人组成员约翰·帕斯利、克里斯汀·贝尔和伊万·赫德。

谢谢大家，你们是最棒的伙伴。

除此之外，我还要感谢将这本书带给世界各地读者的外国出版社的工作人员：法贝出版社的安古斯·卡吉尔，他的编辑能力令人由衷钦佩；费施·舒尔茨出版社的安德里亚·迪德理希斯，以及其他多位和善的工作人员。他们取得的成绩非常显著，一定会让我的德国祖先感到骄傲。我想用德语对他们说Herzlichen dank（非常感谢）。

另外还有爱丽丝·马特尔，她在这篇《致谢》以及我的心里占了一个独特的位置。没有你，我该如何是好呢？

和往常一样，我是在哈德餐厅的一个角落里写完这部小说的大部分内容的，这是我的另一个家。我尤其要感谢本吉·福莱尔，这二十年来，他每天都态度极佳。

我还要感谢摩根敦联邦惩教所的玛丽莲·尔缇和蒂姆·汤普金斯，他们让我进监狱参观，而且还特别好心地让我当天就出来了。

乔伊斯·弗拉纳甘、帕特·迪慕茨欧和已经过世的雪梨·吉贝，多年以前在康涅狄格州里奇菲尔德高中，他们培养了我对舞台音乐剧的热爱。

感谢冯·斯卡拉菲尔和格雷格·帕克斯，如果我要是犯了什么法律上的错误，绝对不能责怪他们。

罗伯·马斯瑞的妻子娜塔莉向弗吉尼亚自闭症研究所做了一笔慷慨的捐赠，我还将她丈夫的好名字用在了一名囚犯身上。

皮特·古德理希、阿曼达·波特，以及我们在弗吉尼亚州基督岛学校大家庭的所有成员，能够重聚，我感到很高兴。

最后，感谢科瑞斯·兰哲迪格以及其他所有新罕布什尔州卡地根山学校可爱的人们，是你们让这个夏天如此魔幻。

我还要感谢各家图书馆的管理员，尤其是斯汤顿公共图书馆的萨拉·斯克洛比斯。特别声明，她的听力没有任何问题。

新泽西斯普林菲尔德巴纳斯和诺贝尔出版社的图书销售维洛妮卡·瓦格斯，多年来一直向客户积极推销我的作品。

我最后要感谢的是你，我亲爱的读者。我热爱作者这一职业，我永远记得自己能够坚持写作全是仰赖读者的支持。非常感谢大家购买我的作品、出席我的签名售书会，还有发邮件告诉我自己在阅读时的感受。有的读者因为沉迷于阅读我的作品而忘记了去洗衣服，对此我备感荣幸。

我原本一开始就应该先感谢我的家人，没想到却留到了最后。我对自己有一个幸福的家庭感到十分幸运。我的父母——玛丽莲·帕克斯和波博·帕克斯，他们一直都是我最忠实的支持者；我的岳父岳母——乔安·布莱克理和艾伦·布莱克理，他们是我孩子最称职的外公外婆。

　　当然还有我的妻子和孩子。在这部作品里，托米曾经有一刻突然顿悟自己为什么会出现在这个星球。我很早以前就已经明白，你们就是我存在的理由。谢谢你们。